ANAÏS NIN

Journal

Tome IV

(1944-1947)

ÉTABLI ET PRÉSENTÉ PAR GUNTHER STUHLMANN
TRADUCTION DE MARIE-CLAIRE VAN DER ELST
Relue par l'auteur

STOCK

Titre original :
THE DIARY OF ANAIS NIN, 1944-1947
(Harcourt, Brace and World, New York)

JOURNAL, t. IV
1944-1947

Si ses œuvres sont rédigées en américain, le français et l'espagnol ont été les premières langues parlées et écrites par Anaïs Nin, femme de lettres cosmopolite (et citoyenne américaine), née en 1903 dans la banlieue de Paris, à Neuilly — où son père Joaquin Nin, pianiste et compositeur espagnol, s'était fixé après son mariage à Cuba avec Rosa Culmell, franco-danoise, fille du consul de Danemark à La Havane.
Anaïs a neuf ans quand ses parents se séparent, onze quand sa mère l'emmène aux Etats-Unis avec ses deux frères cadets. A seize ans, elle se fait modèle puis danseuse espagnole pour échapper à la monotonie de la maison meublée tenue par sa mère et elle achève seule son instruction par la lecture.
Mariée à vingt ans avec le banquier américain Hugh Guiler (qui se fera un nom — Ian Hugo — comme graveur et cinéaste), elle vit jusqu'à la deuxième guerre mondiale en Europe où elle écrit ses premiers livres et fréquente les artistes et écrivains étrangers. En 1940 elle retourne aux Etats-Unis, doit publier à ses frais ses ouvrages illustrés par son mari, mais conquiert peu à peu une place dans les lettres américaines.
Son œuvre la plus importante — son Journal *tenu depuis l'âge de onze ans — n'a pu paraître que condensée, étant donné le nombre de volumes qu'elle comporte.*
Anaïs Nin est décédée en janvier 1977.

Dans le premier tome du *Journal*, il s'agit des années 1931 à 1934, vécues en France.
Le tome II s'étend de l'année 1934 à 1939 et débute à New York où l'appelle son ami, le docteur Otto Rank.
Le tome III, ce sont les années 1939 à 1944, période de guerre où Anaïs Nin vit à New York.
Ce tome IV couvre les années 1944 à 1947, années américaines de la vie à Greenwich Village où Anaïs Nin est entourée de jeunes artistes tels que Gore Vidal, Lanny Baldwin, Charles Duits, Richard Wright, Truman Capote, etc., ou de maîtres tels que le grand critique Edmund Wilson qui l'entretient de ses démêlés avec sa femme Mary McCarthy...
Mais toutes ces rencontres avec des gens plus ou moins célèbres, ou qui le sont devenus, ne seraient rien s'ils ne figuraient dans cette quête de soi-même et de l'individu contre la société qui fait du *Journal* d'Anaïs Nin une extraordinaire aventure littéraire et humaine et dont l'intérêt est d'autant plus grand qu'il s'agit de l'œuvre d'une femme, témoin essentiel du XXe siècle.

ŒUVRES DE ANAIS NIN

Dans Le Livre de Poche :

JOURNAL, tome I (1931-1934).
JOURNAL, tome II (1934-1939).
JOURNAL, tome III (1939-1944).
JOURNAL, tome IV (1944-1947).
JOURNAL, tome V (1947-1955).
JOURNAL, tome VI (1955-1966).
VÉNUS EROTICA.

PREFACE

LA publication, au cours des cinq dernières années, de trois volumes tirés du monumental *Journal* qu'Anaïs Nin tient depuis un demi-siècle maintenant a valu à l'auteur une critique abondante et généralement élogieuse. Cette œuvre de toute une vie, ainsi que l'a dit un critique, constitue « l'un des Journaux les plus remarquables de l'histoire de la littérature ».

Ce document intensément personnel semble, en outre, avoir assumé une signification individuelle toute spéciale pour beaucoup de lecteurs contemporains, ce qui va plus loin que l'authentique valeur littéraire, historique et biographique du *Journal*. Transcendant les limites de l'âge et de l'éducation reçue, l'éventail d'expérience, de pensée, d'émotion ici consigné semble inviter à l'identification directe. Dans les nombreuses lettres adressées personnellement à Anaïs Nin c'est toujours la même déclaration qui revient : « Oui, c'est exactement ce que j'éprouve moi-même; je me débats maintenant avec les mêmes difficultés. » Beaucoup de lecteurs, surtout parmi les jeunes, ont réagi au *Journal* avec une intensité, une franchise directe qui ne sont pas sans rappeler les flots d'émotions libérés par Anaïs Nin voici bientôt quarante ans, à l'hôtel Chaotica. Cette réaction très personnelle au *Journal* semble en tout point corroborer l'affirmation de l'auteur, citée dans la préface du deuxième volume, que « la vie personnelle vécue en profondeur débouche toujours sur des vérités qui la dépassent ».

Les circonstances particulières dans lesquelles Anaïs Nin a exploré les « espaces intérieurs » du Moi, présentées lucidement et observées de manière pénétrante, sont faciles à partager : son enfance inquiète d' « exilée » européenne à New York; la longue lutte pour se libérer de l'ombre autoritaire de son père; l'effort durant toute sa vie pour se créer, à elle-même ainsi qu'à ses amis, un environnement nourrissant, « vivable », au milieu d'un monde perturbé, hostile ou indifférent; ses tentatives pour atteindre une totalité d'expérience, une « relation personnelle avec les êtres et les choses »; sa recherche d'une « conscience féminine » intuitive plutôt qu'idéologique tant dans sa vie que dans son art. Le personnel, le particulier, s'amplifie sous le prisme du *Journal* pour devenir, selon ses propres termes, « universel, mythique, symbolique ». (« Le héros de ce livre, déclare-t-elle dans ces pages, c'est la maladie qui fait de nos vies un drame de la contrainte et non de la liberté. »)

Les trois volumes précédents, tirés de la masse abondante des manuscrits originaux du *Journal*, forment chacun un tout. Chacun constitue, pour ainsi dire, un chapitre complet du livre de la vie de l'auteur. Chaque volume représente une étape de l'évolution d'Anaïs Nin. Chacun, à partir d'un point de départ, s'achemine vers un changement, une conscience accrue, de nouveaux commencements. Au cœur de chaque volume est une exploration, une découverte progressive, une croissance.

Le premier tome commence à Louveciennes en 1931, alors qu'Anaïs Nin était publiée pour la première fois avec une étude sur D. H. Lawrence qui avait été discrètement enterré à Vence l'année d'avant. Cette publication, par suite d'un concours de circonstances que l'on ne décèle qu'*a posteriori*, lui fit faire la connaissance d'Henry Miller, expatrié alors inconnu, d'Antonin Artaud, des psychanalystes René Allendy et Otto Rank, et lui fit découvrir les hauts et les bas ainsi que les possibilités de la psychanalyse. Le deuxième tome (1934-1939) voit Anaïs Nin à New York, prise entre les exigences de l'analyse et son besoin d'écrire, opter pour ce dernier et retourner à sa « vie romantique » en France, pour être contrainte de repartir à cause de la seconde guerre mondiale, de dire adieu à une vie qu'elle ne reverrait jamais plus. Le troisième tome (1939-1944) reflète son deuxième « exil » à New York, offrant un parallèle émotionnel avec une bonne part de son expérience d'enfant (qui avait été le moteur initial du *Journal*), de réfugiée malgré elle à Manhattan, et ses efforts pour s'affirmer comme écrivain « étranger » dans ce pays.

Ce quatrième tome continue la chronologie.

Il suit immédiatement sa première « percée » d'écrivain en Amérique, au début de 1944, à la suite de la publication d'une édition imprimée à la main de ses histoires *Under a Glass Bell* dont Edmund Wilson avait donné une critique pour le *New Yorker*. Il a été composé à partir des cahiers soixante-huit à soixante-quatorze du manuscrit original. L'auteur et le présentateur ont respecté les mêmes principes que ceux qui les avaient guidés dans leur choix pour les volumes précédents. Les dates entre parenthèses ont été suppléées par le présentateur. Une fois encore il a été nécessaire d'éliminer certains personnages, et quelques noms ont été changés qui sont indiqués dans l'index comme des pseudonymes.

Les thèmes de base du *Journal*, le Moi, la féminité, la névrose, la liberté, les relations, la confluence de l'art et de la vie, fournissent également les fils essentiels de la trame de ce volume. Une fois de plus on retrouve souvent ce « prophétisme » dans les efforts et les réactions de l'auteur. Ses antennes détectent et enregistrent, ainsi que l'a fait au cours des siècles le radar des véritables artistes, beaucoup d'incidents qui étaient passés inaperçus à leur époque. Beaucoup de ce qu'elle a ressenti et éprouvé devant les aspects vitaux de la vie en Amérique durant les années 40 préfigure, dans ses implications, une grande partie des préoccupations majeures qui se sont fait jour tout récemment sur une grande échelle à travers les jeunes révolutionnaires, les tenants d'une « conscience nouvelle ».

En Amérique, parmi tous ceux qui avaient mis sur pied la gigantesque armada qui vint à bout de l'armée hitlérienne, qui acculèrent le Japon à se rendre à coups de bombes atomiques, elle sut percevoir, au sein du pouvoir et de la technologie, un curieux vide. « Le drame de notre vie actuelle, écrit-elle, c'est qu'il n'y a rien d'assez grand, d'assez profond, d'assez fort. » La contribution la plus active de l'Amérique à la formation du caractère, note-t-elle, c'est le développement d'une carapace derrière laquelle se réfugier. « Une épaisse carapace. Formez-la de bonne heure. »

La plupart des hommes qu'elle rencontre sont « simples, unidimensionnels ». Elle déplore leur esprit étriqué, leur manque de couleur. Ils sont « prosaïques, terre à terre, toujours à discuter de politique, pas un instant dans le monde de la musique et du plaisir, jamais libres du fardeau des problèmes quotidiens, jamais joyeux, jamais euphoriques, faits de béton et d'acier, ou bien comme des chevaux de trait, indifférents à leur corps, obsédés de pouvoir ».

Elle regrette les relations personnelles signifiantes. « Aucun des amis vers qui je me tourne ici ne semble capable d'une grande amitié. » Elle est consternée par la dépersonnalisation des relations. « Mes amitiés, au lieu de se concentrer, comme à Paris, sur un très petit nombre, se sont fragmentées en beaucoup. Je ne trouve que des relations partielles. »

« Je me rends compte, écrit-elle, que ce que j'aime et recherche est illusoire, trompeur... Ce qui devrait être, non pas ce qui est, m'intéresse... Entre les deux, une dévorante solitude. »

C'est toujours dans le monde des jeunes qu'Anaïs Nin trouve refuge, parmi les réalisateurs en puissance et insoupçonnés de « ce qui devrait être ». « Lorsque je suis en compagnie de gens rassis, avoue-t-elle, je sens leurs rigidités, leur étroite cristallisation. » Elle est rejetée, émotionnellement, dans l'atmosphère confinée du père espagnol. « Avec les jeunes, au contraire, on vit dans l'avenir. Je préfère cela. » C'est peut-être en s'identifiant aux jeunes (« Je sens comme eux, je pense et j'agis comme eux »), en étant ouverte et pas encore « finie », qu'elle peut elle-même échapper à la finalité, rester fluide, dynamique.

Elle s'est éloignée des « enfants » dont elle prenait soin autrefois, Henry Miller, Rango, peut-être parce qu'avec l'âge ceux-ci ont perdu une part de leur fluidité, se sont figés, sont devenus finis, prévisibles.

En répudiant ce qui lui paraissait une maturité étouffante, en fuyant les finalités du « monde réel » pour se réfugier dans l'univers de l'artiste où la forme est libre, ce monde centré sur lui-même de l'adulte-enfant (« tous deux vivent dans un monde qu'ils ont forgé eux-mêmes »), Anaïs Nin réussit à échapper pour un temps au « monde extérieur ». Mais, prisonnière d'une culture qui voyait en l'artiste soit un surhomme buveur et vantard, soit une créature efféminée qui se drapait dans sa morgue, même les jeunes doués de sensibilité exigeaient un prix qu'elle ne pouvait continuer à payer. (« J'ai déguisé la femme en moi pour être en mesure de réintégrer le monde du poète, du rêveur, de l'enfant. » « Je crée un mythe et une légende, un mensonge, un conte de fées, un monde enchanté, c'est un monde qui s'effondre tous les jours et me donne envie d'en finir comme Virginia Woolf. »)

Pour un artiste qui n'est pas un simple technicien ni un faiseur de propagande, le climat américain ne semble guère propice (« Beaucoup de ce que l'on écrit en Amérique confond banalité et simplicité, ainsi que le cliché avec la sincérité universelle »), l'importance donnée à la compétition « toujours plus grand et mieux » semble exagérée.

« Mon plus grand problème dans une Amérique éprise de polémique, c'est mon peu de goût pour la politique, la guerre, le combat. Même intellectuellement je n'aime pas les joutes. Je n'aime pas les marathons oratoires, je n'aime pas les discussions ni les luttes pour convertir les autres. Je cherche l'harmonie. Si elle n'est pas là, je m'en vais ailleurs. »

A une époque où il est beaucoup question de changer l'ordre des priorités, la question qu'Anaïs Nin posait voici un quart de siècle semble particulièrement pertinente : « Pourquoi chacun ici se figure-t-il qu'à force de ne penser qu'au mécanisme de la vie, de l'histoire, nous viendrons à bout de tous les problèmes ? » Et elle ajoute : « Je ne crois pas que l'obsession des Américains pour la politique et l'économie ait amélioré quoi que ce soit. »

La réorganisation des priorités, ainsi que l'a souvent fait remarquer Anaïs Nin, doit commencer par l'espace intérieur, avant que l'Amérique, avant que quiconque puisse être re-formé. Elle est loin d'avoir gagné la bataille qu'elle mène dans ce volume. (« J'ai essayé de n'être pas névrosée, pas romantique, pas destructrice, mais peut-être suis-je tout cela sous des déguisements. » Et : « Tant que la névrose domine, toute la vie devient une pièce symbolique. C'est cela l'histoire que j'essaie de raconter... Le récit de la libération complète n'apparaît pas encore dans ce volume. ») Et elle puise à nouveau dans son expérience personnelle de notre manque de contacts, notre mise en capsules « maintenant que nous sommes parvenus à un rythme plus rapide et superficiel, maintenant que nous croyons être en contact avec un plus grand nombre de personnes, de peuples, de pays. Telle est l'illusion qui risque de nous priver d'un contact profond avec celui qui respire à nos côtés. La dangereuse époque où des voix mécaniques, à la radio, au téléphone remplacent les intimités humaines, et où l'impression d'être en contact avec des millions d'êtres aboutit à une pauvreté toujours plus grande de l'intimité et de la vision humaine ».

Avec la possibilité de la diffusion instantanée et à la veille des communications électroniques totales, ces lignes du *Journal* d'Anaïs Nin, écrites il y a si longtemps selon les critères d'aujourd'hui, n'ont peut-être jamais été plus actuelles, plus pertinentes.

New York, avril 1969.

GUNTHER STUHLMANN.

(AVRIL 1944)

LA première édition de *Under a Glass Bell* est épuisée au bout de trois semaines et je dois prévoir une réimpression.

Comme Rango voulait que la presse « fasse professionnel », soit plus impersonnelle, n'ait pas l'air d'une presse privée tenue par des écrivains, il nous a fallu trouver un local qui convienne. *The Villager* venait de déménager du 17, Treizième rue Est. C'était une petite maison de deux étages. Le rez-de-chaussée dont le sol était cimenté se révélait parfait pour la presse à imprimer. Un étroit escalier de fer en colimaçon conduisait au premier qui était juste ce qu'il fallait pour la presse à graver. Le loyer s'élevait à soixante-cinq dollars par mois, presque deux fois plus que le précédent atelier de Macdougal Street. Mais Rango espérait recevoir davantage de commandes.

Nous avons peint la petite maison en vert. Il y avait une grande fenêtre sur le devant qui pouvait servir de vitrine où nous exposerions nos belles éditions.

A côté se trouvait un café fréquenté par des ouvriers. En face, Schrafft's (au cas où nos clients éventuels voudraient nous inviter à déjeuner).

La presse s'appelle maintenant « Gemor Press ». William Hayter est venu avec un travail d'impression. Les amis de Rango lui ont passé des commandes.

Rango est actif, joyeux, métamorphosé. La presse est à lui. Son plaisir me faisait plaisir. Il se mit à se lever tôt. Il était ponctuel à ses rendez-vous. Je pouvais maintenant trouver le temps d'écrire. Mais actuellement, nous devons travailler tous les deux à une deuxième impression de *Under a Glass Bell.* La première édition de trois cents exemplaires s'est vendue rapidement. Un éditeur que j'ai rencontré chez des amis m'a demandé : « Comment êtes-vous devenue aussi célèbre avec trois cents exemplaires d'un livre ? »

L'installation de la presse n'est pas allée sans peine. Il a fallu convoquer l'électricien, le laveur de carreaux, les déménageurs, emballer, déballer, transférer les plateaux de caractères dans la caisse, compter le papier, et maintenant nous nous mettons au travail sur les gravures. La seconde édition n'aura que neuf gravures au lieu de dix-sept. Elle sera tirée en linotypie au lieu d'être composée à la main, et elle coûtera trois dollars au lieu de cinq. Nous avons déballé douze boîtes de papier, les livres, les planches, les outils, etc. Nous avons acheté des corbeilles, des albums, des ampoules, des buvards, des chemises pour les dossiers. Nous avons collé dans un album des échantillons du travail de Rango pour montrer ce dont il est capable en matière de composition.

Tout cela nous a demandé une semaine.

Rango avait pris les choses en main. Il est fier de son local, de sa machine, de son indépendance. Je suis épuisée mais satisfaite. Je suis fière de ma création humaine.

J'ai retiré mille gravures de leurs buvards. J'ai taillé du papier. Epuisement. Satisfaction. Travail intensif.

Au fond de moi-même, je sens que je comprends ceux qui se révoltent contre l'esclavage du travail, mais j'ai vu aussi ceux qui se révoltaient contre le système se causer un tort irréparable.

Je regarde Rango qui est fier de son travail. La culpabilité qui accompagne souvent ceux qui ne travaillent pas, qui ne créent rien, peut être plus terrible et destructrice que la discipline et le sacrifice du travail et de la création.

Rango est-il libéré maintenant de la culpabilité qui l'opprimait et qui empoisonnait ses loisirs? Il n'est plus torturé par l'insomnie. Il ne se sent plus honteux ni humilié en présence de ses amis (l'un est un médecin espagnol qui a participé à la Guerre civile, l'autre un Français qui enseigne les mathématiques à l'université de New York). Le directeur d'une revue sud-américaine vient le voir.

Il est conscient de son pouvoir, il a découvert son adresse et ses dons. En même temps, c'est comme d'observer un enfant qui perd son innocence et sa gaieté à mesure qu'il mûrit et qu'il assume ses responsabilités. Rango a payé cher ses illusions de liberté. Les lettres que m'écrit Henry [Miller] sont remplies de culpabilité et parlent d'expiation. Même Henry qui répétait qu'il se sentait délivré de toute reconnaissance, de tout gratitude. Même mon père qui se considérait comme un libre penseur, un homme qui ne croyait pas à la religion ni, par conséquent, à la culpabilité, faisait figure, durant les derniers jours qu'il passa à Paris, de pécheur repenti et plein de contrition.

J'observe Rango qui travaille, et une part de moi-même s'attriste qu'il ne soit pas libre d'y prendre plaisir, car Rango et Henry avaient tous deux une infinie capacité de plaisir. C'est pour cela que j'acceptais ce qui paraissait aux autres une exploitation de ma personne.

Lettre d'Henry :

J'avais déjà vu la critique[1] *de* [*Edmund*] *Wilson, on me l'avait envoyée de plusieurs côtés. Elle partait d'un bon mouvement, mais c'était complètement à côté et inepte, non? Cela m'a mis en fureur. Ainsi cela a suffi! Le succès ici est frelaté. Pouah! L'autre soir, après avoir relu les épreuves de mon nouveau livre avec* [*James*] *Laughlin* (Dimanche après la guerre), *comme j'avais incorporé dans ce livre d'autres pages sur vous, sur le* Journal, *etc. (vous voyez ce que je veux dire), je me*

1. *The New Yorker*, 1er avril 1944. (G. S.)

suis reporté à mon essai Un Etre étoilique [1] *et je l'ai relu. J'en avais les larmes aux yeux. C'est peut-être le meilleur morceau que j'aie jamais écrit. Même si personne au monde ne peut traduire par des mots tout ce qu'il y a à dire du Journal, je sens que j'ai fait là une tentative merveilleuse, elliptique. (Et comme il est curieux que George Orwell, l'écrivain anglais, ait repris ma phrase « dans le ventre de la baleine » pour m'attaquer maladroitement.) Je me demande tout le temps comment faire pour lancer le Journal. J'en parle à chaque fois que c'est possible. (...)*

Il faut que je vous dise que j'essaie de rassembler une somme d'argent suffisante pour vivre tranquillement pendant un an et terminer le travail que j'ai mis en train. J'ai dû perdre pas mal de temps depuis deux ans pour subsister. Je m'en fiche, mais c'est un gaspillage évident. Je reçois déjà des promesses et des demi-promesses d'aide substantielle. Je crois qu'en fin de compte je recevrai beaucoup plus que je n'ai demandé. Auquel cas je serai en mesure de vous faire parvenir une somme rondelette. Ainsi que je vous l'ai déjà dit, si vous ne voulez pas publier le Journal *dès maintenant, si vous avez besoin de cet argent pour autre chose, eh bien, faites-en l'usage qu'il vous plaira. Je pensais simplement que le Journal, sa publication, serait le meilleur cadeau que je puisse vous offrir. Ce ne serait même pas un cadeau, car je n'ai pas encore fini de digérer, assimiler, absorber les*

1. Paru pour la première fois dans *The Criterion*, Londres, 1937. (G. S.)

cadeaux magnifiques que vous m'avez offerts. (...)

Je me dis que c'est bien dommage qu'avec votre énorme et vraiment « légendaire » réputation, on n'ait qu'un aperçu de votre immense talent. Je vous supplie instamment de vous concentrer sur le Journal. Le monde sera stupéfait lorsque se manifestera vraiment votre esprit, croyez-moi. Ainsi que je vous l'ai dit, en relisant ce que j'avais écrit sur vous, j'étais si ému que j'en étais bouleversé. Cela doit vous énerver passablement. C'est en tout cas l'effet que cela me fait. « Comment peuvent-ils attendre indéfiniment ? me disais-je. Et c'est d'autant plus énervant que pour me venir en aide vous avez délaissé votre propre travail. Mais nul plus que moi ne veut se racheter. (...)

Je vis de plus en plus avec la nature, et cette région de Big Sur (où je suis depuis deux mois maintenant) est vraiment formidable. Il n'y a que vingt-cinq personnes environ par ici. L'arrière-pays, au-delà des montagnes, est absolument désertique. C'est presque aussi inquiétant que le Tibet et je suis fasciné. J'aimerais retourner là-bas et vivre tout à fait seul pendant quelque temps. Mais j'aurais besoin d'un cheval, et d'une hache, et de quelques autres objets dont je ne me suis jamais servi. Cela me terrifie un peu.

On m'a proposé l'autre jour une petite maison sur une montagne, complètement isolée, difficile d'accès à pied (et je n'ai que mes pieds), mais je la prends quand même. J'emménage la semaine prochaine. Mon adresse ne change pas. Je goûterai à la véritable solitude.

Bien sûr tout le reste me manque, terriblement. Mais j'estime que j'ai de la chance. Et je suis de plus en plus en paix avec moi-même. (...)

Cela vous surprendra-t-il si je vous dis que le seul écrivain avec qui j'aimerais rivaliser, et que j'aimerais, si possible, surpasser, est Rimbaud? Je travaille d'arrache-pied pour terminer mon œuvre autobiographique, de manière à pouvoir m'attaquer à l'écriture de quelque chose d'entièrement nouveau. Les aquarelles m'ont beaucoup aidé, m'ont donné du courage. C'est une étrange histoire, trop longue à raconter ici.

Ah! oui, il faut que je vous dise qu'il y a un écrivain du nom de Wallace Fowlie qui aimerait entrer en contact avec vous. Il est catholique, c'est un ami de Maritain et d'autres écrivains du même genre. Il est professeur à Yale, il écrit aussi bien en français qu'en anglais, et il est publié dans les deux langues. Il admire beaucoup votre œuvre.

Et puis j'ai reçu l'autre jour une lettre de Larry Durrell, du Caire (ou d'Alexandrie), disant que Nancy et lui s'étaient séparés et que maintenant elle était à Jérusalem avec l'enfant. Il vous envoie se ses amitiés. Il semble déprimé, par la guerre surtout, me semble-t-il.

J'ai écrit un morceau prophétique qui paraîtra dans le nouveau livre et qui, apparemment, ne plaît à personne; cela s'appelle « Propos sur l'art et l'avenir ». J'aimerais avoir votre opinion là-dessus, lorsque vous l'aurez vu. Ce n'est pas un tableau très brillant, je dois dire. Tout le monde veut absolument rendre l'avenir brillant, et pourtant n'importe quel borgne peut voir comment l'avenir se prépare dès maintenant. Les gens s'attendent à des miracles, mais ils refusent de reconnaître les miracles très réels qui se produisent. (...)

Un dernier point (...) vous avez un chaleureux admirateur, de vous-même et de votre œuvre, en la personne de Jean Varda. Il parle sans cesse de vous. Semble avoir deviné tout votre être. (...) J'espère qu'il vous verra cet été lorsqu'il ira à New York. Je suis sûr qu'il vous plaira. Je connais bien le collage qu'il vous a envoyé parce qu'il a été dans ma chambre pendant plusieurs semaines. C'est moi qui ai suggéré le transfert. Dès que j'en ai connu le titre, j'ai su que vous deviez l'avoir. Ce collage avait pour moi une signification profonde. Regardez-le sous toutes sortes d'éclairages, et particulièrement au petit matin. Ou encore sous des éclairages colorés, si vous avez des abat-jour de couleur. (...)

Bref, c'est un grand allié pour vous, dont vous ignoriez l'existence il y a peu de temps encore. Et il doit y en avoir beaucoup d'autres. Il faut que vous restiez toujours confiante, et surtout patiente. Vous avez la foi qui déplace de montagnes quand il s'agit des autres, mais pas quand il s'agit de vous-même. Cette petite semence de doute qui a été implantée en vous peut tout corroder et toujours lorsque vous avez la situation bien en main. C'est la seule malédiction dont vous soyez l'objet, et il faut que vous la combattiez seule, sans quoi elle détruira tout ce que vous vous êtes efforcée d'édifier avec tant de succès. Ne prenez pas en mauvaise part ce que je vous dis là ! Je ne viens pas vous chapitrer du haut de ma grandeur ! J'ai été très éprouvé, croyez-moi. Mais il me semble que je ne me laisse pas accabler par l'adversité. Et plus j'y réfléchis, plus je pense que cela vient de ce qu'il me reste toujours un grain de foi que rien ne détruit, que rien ne peut détruire. Mais c'est une foi dans tout le vaste processus, pas dans une seule personne, chose ou idée. Et ma foi en vous est indestructible.

J'ai retrouvé la lettre que Jean Varda m'avait adressée en même temps que son collage :

Je prends la liberté de vous envoyer un collage qui porte un titre futile : « Femmes reconstruisant le monde. » Et s'il vous fait plaisir, j'aurai le sentiment d'avoir acquitté une partie de ma dette, et je serai fier de vous avoir rendu un peu de la joie que j'ai reçue des rivières de délectation qui coulent de votre plume.

La première fois que vous m'êtes apparue après la lecture de Winter of Artifice, *vous m'avez dit : « Il est indéniable que la source de tous nos malheurs vient de notre obstination à soutenir que le Paradis est un jardin. Les psychanalystes ont aggravé la confusion en interprétant les rêves de flottaison comme un envol dans l'espace. Le mystique est le seul qui sache que tous les états d'extase sont un état de flottaison dans un milieu plus lourd que l'air. Je dis, mais n'allez pas le répéter à quiconque n'est pas mûr pour le comprendre, que le Paradis est au fond de la mer.*

Et je peux également vous prouver que les anges sont des bateaux. Ils n'ont pas d'ailes, mais de larges voiles, qu'ils déploient sans bruit la nuit pour traverser l'Eternité. »

Comme, avant d'être peintre, je construisais des bateaux, vos paroles me firent une grande impression.

La deuxième fois que vous m'êtes apparue, toujours complètement voilée (par l'eau, ainsi que je m'en avisai plus tard), vous m'avez montré un pied nu d'une beauté hallucinante qui m'a tout de suite fait comprendre que vous apparteniez à la grande lignée des femmes tragiques : Cassandre, Clytemnestre et Iseult. Et vous avez dit : « Et tout art qui n'est en fait que le trop-plein qui déborde du Paradis tend vers un seul but : recréer l'eau. Pensez à Nijinski qui perdait conscience de lui-même dans l'espace, à Shankar qui se débat lentement dans des algues, et à Isadora qui évoquait une méduse géante. Songez aux exercices de ballet. La main reproduit la résistance à l'eau. Et qu'est-ce que la peinture, sinon la transparence absolue ? C'est l'art qui est l'extase, qui est le Paradis et l'eau. »

J'eus alors le soupçon qu'Anaïs Nin était un pseudonyme et que vous êtes en réalité la grande Amphitrite en personne, et que vous m'en voulez peut-être d'avoir révélé un secret aussi bien gardé.

Olga a des crises de dépression uniquement en ma présence. Extérieurement c'est une femme du monde, chaque cheveu bien en place, elle est assagie, porte des tailleurs, son kimono est une réplique de celui de son mari, elle discute de politique avec objectivité. Brusquement elle me téléphone. Elle souffre atrocement d'un ulcère. Elle est presque hystérique émotionnellement. Lorsque j'arrive elle se lance dans une confession désordonnée. Les contes de *Under a Glass Bell* ont renouvelé son contact avec son jeune Moi émotionnel, le Moi qui écrivait de la poésie avant qu'elle ne fasse de la politique.

« Cela semblait plus important de travailler dans la politique. D'être d'utilité publique.

— Mais comment pouvez-vous décider ce qui est d'utilité publique ? Vous déclarez que c'est d'adopter un système politique donné plutôt qu'un autre, et d'y convertir tout le monde. Mais le mois suivant le système s'avère corrompu, et il se désintègre. »

Olga avait le sentiment d'avoir déserté son Moi poète pour une activité plus altruiste. Sa tâche était maintenant terminée. Elle était rendue futile par la tournure que prenaient les événements. Elle revient à une vie incomplète, à une femme incomplète, à une artiste à demi créée. Cette demi-femme revient la hanter et la harceler. Olga recommence à plonger dans des eaux qui ont trop longtemps stagné tandis qu'elle servait une cause impersonnelle. Elle avait perçu la vérité au début, alors qu'elle lisait des poèmes aux ouvriers, et qu'elle les inspirait. Elle a échangé ce pouvoir contre les clichés de la propagande politique, récitant les paroles des autres de la même manière mécanique dont je récitais les questions et les réponses du catéchisme lorsque j'étais enfant :

« Qui a créé le monde ?

— C'est Dieu qui a créé le monde. »

Olga s'était donnée à une cause, à un système, ce système et cette cause avaient échoué. Tandis qu'elle s'y donnait, son développement personnel à un niveau plus profond était resté au point mort.

Lorsque le système échoua (historiquement), personne ne suggéra que l'échec venait peut-être de ce que le système était composé d'êtres humains incomplets, d'êtres qui avaient cessé de travailler à leur développement individuel.

A mon sens, c'est ce développement qui influencera l'histoire du dedans, plutôt que les systèmes. Si un nombre assez grand d'individus avaient travaillé à leur propre développement, l'histoire serait formée comme le sont les choses naturelles, organiquement, grâce à l'impulsion de la qualité et de la maturité.

Et maintenant Olga demandait : « Où suis-je ? »

Vingt années perdues, depuis l'époque où elle lisait ses poèmes aux ouvriers russes, avec sa chevelure d'un roux flamboyant et sa voix rauque, jusqu'à maintenant où elle se rendait compte de l'effondrement des valeurs qu'elle avait servies. Elle remontait vingt ans en arrière à l'époque où elle avait vingt et un ans. Ce n'était plus la journaliste politique, la femme du monde, mais une femme à la recherche de son Moi poétique, qui essayait de rouvrir les multiples portes qu'elle avait fermées sur ce Moi. Non seulement elle les avait fermées mais, en plus, elle avait perdu la clef.

Je lui suggérai que la clef était son ambivalence. Elle est tantôt attirée, tantôt irritée par mon œuvre. Une attirance spontanée (« L'histoire de mon âme se trouve dans vos contes ») et un désir de critiquer, par sentiment de culpabilité, estimant que ce que je fais est contraire au service d'une cause politique.

« Mais la poésie est une cause, elle aussi. Elle nous donne la force et la confiance indispensables pour combattre, pour endurer. Ne pensez-vous pas que vos poèmes donnaient aux ouvriers autant de volonté de vivre que des slogans politiques ?

« Il faut bien que quelqu'un, ajoutai-je, fournisse l'oxygène pour contrebalancer les horreurs créées, inventées par les politiciens pour leur propre glorification. Vous ne croyez tout de même pas que les politiciens font de la politique par amour de l'humanité ? »

La nuit suivante elle rêva de Djuna Barnes et d'Anaïs Nin. Elle cherchait le poète perdu Olga. C'était donc moi, maintenant, qui servais un être humain. Tandis qu'elle-même servait la révolution qui avait été son rêve et son drame, je préparais un monde qui lui redonnerait la force, un monde vital qui ne s'écroule pas sous des systèmes, des dictatures, ou des luttes pour le pouvoir.

« Chaque fois que notre espoir d'un monde meilleur est fondé sur un système, ce système s'effondre parce que les êtres humains sont corruptibles et imparfaits. Je pense que nous devons faire un retour en arrière et travailler à la croissance des êtres humains, de sorte qu'ils n'aient plus besoin de systèmes, mais sachent se gouverner eux-mêmes. Maintenant que vous avez reçu le choc de la désillusion envers une idéologie qui a trahi son idéal, c'est le moment de revenir à la création de vous-même, non pas comme un numéro dans un groupe, mais comme un individu. La poésie est simplement le langage de notre Moi nocturne dans lequel sont implantées les semences de tout ce que nous faisons, et de ce que nous sommes le jour. Pour le contrôler, nous devons le connaître. Mieux vaut revenir en arrière jusqu'à nos intentions premières, plutôt que de mourir de désillusion. »

Je lui ai donné *L'Arbre de la nuit*, et aussi *Choix des élues* de Jean Giraudoux, pour l'aider à rentrer dans le monde du mythe, qui seul peut rendre supportables les monstruosités de l'histoire.

Il lui fallait revenir à une femme incomplète, parce que la tâche qu'elle avait entreprise ne l'avait pas mûrie. Lorsque nous adoptons aveuglément une religion, un système politique, un dogme littéraire, nous devenons des automates. Nous cessons de grandir. Lorsque je fis la connaissance d'Olga, elle écrivait un livre sur la première femme commandant de la marine marchande soviétique, Valentina Orlikova. Une photo d'elle avait paru dont nous étions tous tombés amoureux. Cheveux noirs, courts, traits réguliers mais charnus et sensuels, de beaux yeux noirs, bien prise et stylisée dans son uniforme de commandant. Elle exprimait la fermeté et la compétence, sans froideur ni dureté. Elle était devenue un symbole des désirs les plus cachés de toute femme : pouvoir être libre et prendre en main sa destinée, être responsable sans perdre sa féminité.

Nous voulions imiter Valentina Orlikova. Nous nous voyions comme le capitaine efficace et capable de notre bateau et de notre propre vie. Ce n'était pas le désir d'être un homme, mais d'être libre et capable de nous diriger nous-mêmes et de grandir professionnellement. Je me coupai les cheveux. Cette admiration pour Valentina provoqua une certaine incompréhension. Rango crut que c'était une révolution et il affirma qu'il ne pourrait jamais courtiser un commandant, un tirailleur ou un second, quelle que fût sa beauté.

Lettre d'Henry :

J'ai trouvé un mécène. Je recevrai deux cents dollars par mois pendant un an, à moins que, d'ici là, quelqu'un ne se présente pour me venir en aide. Rembourserai quand et comme je voudrai, ou si je le veux bien. En voici donc cent, et si tout se passe comme prévu vous en recevrez autant chaque mois. Ces cent dollars qui s'ajoutaient aux deux cents autres devaient couvrir mes frais de voyage au Mexique. Mais je ne pars pas. J'ai la maison (pour dix dollars par mois, ou gratuitement si je préfère) et c'est exactement ce qu'il me faut. Je suis seul et je travaille. Je ne bougerai pas avant d'avoir terminé un livre au moins. J'irai peut-être alors au Guatemala où le change, me dit-on, nous est favorable à quinze pour un. De cette manière je peux en faire plus pour tous ceux qui sont concernés par ce que je reçois. Je ne compte pas que cette bonne fortune (matérielle) dure très longtemps; je sens que ce n'est pas ma destinée.

[Ben] Porter m'écrit que vous avez définitivement renoncé à faire paraître le Journal ici en Amérique. (...)

Pourquoi ne commencez-vous pas, en vous en remettant à la Providence pour trouver l'argent nécessaire pour continuer la publication ? Lorsque vous serez prête à quitter l'Amérique vous pourriez avoir tout publié, sauf les passages difficiles que vous compléteriez en Europe. Je suis certain que vous recevrez de l'aide.

Je vis sur le même pied que d'habitude. Mes besoins sont modestes. Mais je suis maintenant amené à secourir fréquemment, et je fais de mon mieux. Plus je recevrai, plus je pourrai donc répartir. Je ne suis qu'un distributeur.

J'ai cru comprendre que vous étiez en train d'écrire un roman proustien, c'est du moins ce que dit Porter. Vos deux livres imprimés par vos soins font partout sensation. Vous ne devriez plus jamais être obligée d'imprimer à la main. On devrait venir à vous, et on y viendra, pour vous proposer de faire le travail à votre place. Ayez confiance.

J'aimerais arriver à savoir qui est mon bienfaiteur. Peut-être vaut-il mieux rester dans l'ignorance. Je sais maintenant que c'est un peintre qui habite en Californie.

Il y a une petite revue à Berkeley, Circle. *Le type qui s'en occupe, George T. Leite, est un Portugais intelligent et plein de bonnes intentions. Je l'ai vu l'autre jour alors que j'étais dans les parages. Il pense être en me-*

sure d'imprimer le prochain numéro de la revue (le premier était ronéotypé). Il vous demandera peut-être aussi d'envoyer quelque chose. Il ne peut pas payer pour le moment; il en est déjà de sa poche pour tous les frais de publication, il travaille comme chauffeur de taxi et il a une femme et un enfant. Ne vous a-t-il pas envoyé un exemplaire ? Vous ne trouverez pas cela fameux, mais je vais l'aider à trouver de bons artistes ou écrivains, pour arriver à quelque chose. Dudley, à ce qu'on m'a dit, a reçu cinq mille dollars pour lancer sa revue. Je me demande s'il en fera quelque chose de sérieux. J'attends qu'il m'envoie cinq cents dollars avant de lui écrire à nouveau.

Je reste ici à Big Sur jusqu'à ce que j'aie fini Le Cauchemar climatisé.

Débordante d'activité, j'ai fait des changements dans le studio, j'ai rangé mes coquillages, ma collection de chaussures exotiques, pour plus de simplicité et de sobriété. Mais que puis-je faire d'autre ? Retourner à la presse comme assistante pour imprimer, couper du papier, composer sous les ordres d'un Rango indécis ?

En quittant Olga aujourd'hui j'ai pris conscience d'une admiration pour la femme qui est tout à fait distincte de mon admiration pour l'homme. J'avais le sentiment que la femme souffre davantage dans les relations, sacrifie davantage, prend davantage à cœur.

(MAI 1944)

La vie extérieure deviendra-t-elle si forte que la vie intérieure va disparaître ? Je vis moins dans le *Journal*. L'œil intérieur qui reflète tout est moins actif. Le repliement pour communier, soulager, ruminer, conserver et interpréter est moins fréquent. Activité intense à la presse. Quarante gravures de plus à tirer. Puis je rentre prendre un bain, dîner, recevoir des amis, des coups de téléphone, des visites. Presque pas le temps de raconter ce qui m'arrive. La vie des autres, les faits et gestes des autres. Le téléphone ici remplace les lettres.

Notre psychanalyste, Martha Jaeger, se révolte contre son rôle de mère, mais trop tard. Martha dans l'incapacité de rejeter son rôle parce qu'elle a tout ce qu'il faut pour le jouer : elle est grande et grosse, une poitrine généreuse, bien en chair. Elle apparaît forte, ample, nourrissante. Elle rayonne de solidité, de présence physique. Nous avons tous un côté maternel, mais ce n'est pas aussi évident dans notre apparence. Nous nous enorgueillissons de n'avoir pas l'air d'épouses, mais plutôt de maîtresses. La femme fatale est notre idéal, en matière d'apparence ! Martha nous a aidés à nous libérer, et nous ne pouvons lui venir en aide. Elle connaît l'infidélité de son mari et elle en souffre. Nous avons tous essayé de la rendre belle. Frances Brown et moi l'avons envoyée chez le coiffeur. Nous avons changé ses robes démodées d'institutrice provinciale. Nous l'avons mise au régime. Elle a un profil de matrone romaine, une voix mélodieuse. Mais c'est tout ce que nous avons pu faire. Lorsque nous avons essayé de l'introduire dans notre vie (d'écrivains, de sculpteurs, de peintres, de poètes, de musiciens), elle n'a pu s'y adapter. Lorsque nous l'invitions à nos réunions, il arrivait souvent que plusieurs d'entre nous s'étaient entretenus avec elle sur un plan professionnel, et elle ne pouvait donc se soustraire à son rôle. On la traitait avec déférence, comme l'oracle et le conseiller avisé.

Un jour, elle était d'une grande beauté : les cheveux brossés vers l'arrière avec noblesse, faisant ressortir ses traits réguliers; elle portait une voilette. Nous étions tous fiers de l'œuvre de nos mains. Mais alors elle oublia la voilette et, affligée d'un rhume, elle se mit à se moucher au travers.

Martha ne comprend pas que je crois qu'il y a un temps pour l'analyse, et un temps pour vivre passionnément et un temps pour consigner et interpréter cette vie.

A mon sens, il ne faut avoir recours à l'analyse qu'en cas de nécessité, comme à un médicament. Lorsque j'eus retrouvé mon orientation, tourné le dos à l'analyse, et recommencé à vivre, à écrire, Martha voulait que je continue les discussions en groupe. J'estimais que ces discussions étaient stériles. Je voulus m'expliquer : « Je suis une artiste, Martha. J'ai recours à l'analyse pour m'orienter, mais une fois que j'ai fait le point, je regagne mon sous-marin et je me replonge dans les profondeurs au-dessous du niveau de l'analyse, des mots, des discussions. Je suis maintenant dans ce domaine où la vie et l'écriture prennent leur source. »

Martha insistait et je résistai. J'encourus ses foudres. Elle répétait que j'avais besoin tout le temps de ce genre d'objectivité. Je soutenais que ce n'était pas le genre qu'il me fallait.

Une odyssée de la vie intérieure à la vie extérieure.

Les chambres intérieures de l'âme sont comme la chambre noire du photographe. Comme un laboratoire. On ne peut y séjourner tout le temps, sinon cela devient la cellule isolée du névrosé. Je connais des gens qui enferment toute leur énergie en eux-mêmes, lovée à l'intérieur, et alors tous les sens, l'ouïe, la vue, le toucher, s'atrophient. La communication s'arrête. Ils se dessèchent.

L'analyste fait pour nous tellement plus que le sorcier d'autrefois.

Les Haïtiens m'ont raconté l'histoire d'un couple hanté par un ancien amoureux jaloux. Le couple était persuadé qu'il vivait avec eux, les observait et guettait le moment de leur faire du mal.

Le sorcier accomplit des rites vaudou très compliqués afin d'exorciser l'amoureux jaloux.

L'analyste va tellement plus loin. Il démontre que l'amoureux jaloux qui nous hante est une création de notre cerveau; qu'il ne nous possède que par suite de notre sentiment de culpabilité pour l'avoir abandonné; que c'est la présence d'une conscience troublée, sous la forme de l'ancien amoureux, qui engendre une crainte de la persécution ou de la vengeance.

Mais nous sommes les auteurs du fantôme, et c'est pourquoi nous avons le pouvoir de dissiper cette présence qui gâte notre vie actuelle.

C'est l'autodétermination grâce à la pénétration, l'inverse du fatalisme. On peut modifier le caractère, les idées, les réactions émotionnelles. Cela est une manière plus subtile, plus profonde, de devenir le commandant de son propre vaisseau.

Martha m'a libérée de mon rôle de sauveur grâce au simple expédient qui consistait à me montrer mes limitations humaines de manière réaliste : ce que je pouvais faire ou non. La notion de miracle, héritée de la religion catholique, me faisait vraiment croire que je pouvais aider tout le monde, résoudre tous les problèmes.

Lorsque Martha comprit qu'elle ne pourrait me convaincre de participer au groupe de discussion, elle eut recours à un rite d'excommunication pour me bannir, et cela mit un terme à la confiance que j'avais en elle. Elle m'effraya en demandant à un graphologue de montrer tous les dangers qui me guettaient encore dans mon propre caractère.

Elle détruisit ainsi son pouvoir d'analyste.

Elle s'exposa aussi à perdre notre confiance en révélant toutes les contradictions entre sa sagesse psychologique et sa vie personnelle. En cherchant à réorienter sa vie d'une manière qui n'était pas naturelle, qui n'était pas en harmonie avec elle-même, en cherchant à adopter notre mode de vie plutôt que le sien propre, plutôt que de créer son univers personnel, elle devint un être humain faillible, que nous aimions mais en qui nous ne pouvions avoir confiance.

Si son mariage est un échec, elle aura plus que jamais besoin de son travail. Je ne parle à peu près de rien d'autre avec Frances que de l'inquiétude que me donne Martha.

Notes sur Caresse Crosby : rose Elizabeth Arden. L'intérieur d'une coquille d'Aphrodite. Chambre rose. Salle de bains remplie de chemises et de négligés roses. Mêmes couleurs sur les livres, les pièces de l'appartement, les grilles du jardin, la boîte aux lettres et le papier à lettres. Max Ernst l'a représentée comme un jupon. Le boudoir disparu. Mouvement perpétuel à force de toujours dire « oui » à la vie.

Caresse dit encore oui, oui : c'est l'essence de la mobilité et de sa disponibilité. L'homme de Carlyle qui dit oui et non.

J'ai récrit l'histoire de Hans Reichel (« Le voyage de l'œil ») pour *Dyn*, une revue de Mexico.

La revue *Circle* a publié ma lettre à Luise Rainer.

Il faut que je rembourse le prêt que m'a

fait Samuel Goldberg pour imprimer la seconde édition de *Under a Glass Bell*. Je dois de l'argent à Martha Jaeger, au médecin, au pharmacien. Trois cent soixante-cinq dollars à Thurema Sokol qui a si généreusement contribué au déménagement de la presse.

Je travaille à la presse au moins huit heures par jour. Je suis allée à l'Ecole nouvelle pour voir un film russe sur des expériences avec des chiens. On leur coupe la tête, et ensuite on les fait revivre. J'étais avec Frances et Charles Duits. Nous avions des sueurs froides devant cette perspective de la science capable de contrôler la vie et la mort. Nous étions saisis de terreur devant un pareil sacrilège. Progrès du pouvoir de la science sur la mort ?

Henry m'a envoyé mille dollars, sur la première somme importante qu'il ait jamais gagnée, et cela m'a aidée à rembourser mes dettes; avec le reste il a pu acheter une maison à Big Sur.

J'ai tiré mille pages de *Under a Glass Bell*. Réception chez Moira. Revu Leo Lerman. Les conversations avec lui ressemblent à celles avec Conrad Moricand. Joute spirituelle, feintes habiles, un jeu, charmant et périphérique. C'est un expert en feux d'artifice verbaux. C'est avec Frances que j'ai des conversations profondes qui évoluent. Nous parlons pour nous comprendre nous-mêmes, ainsi que les autres, pour interpréter, pour dissiper la peine, pour créer des contrepoisons pour la peine et la désillusion. Les silences de Tom Brown et son incapacité à regarder en face, à permettre de lire dans ses yeux, ses disparitions furtives, ses entrées et ses sorties en catimini lui donnent un air fantomatique.

Fierté de Rango qui maîtrise la nouvelle presse : « Je l'ai fait fonctionner, et sans prendre de leçons. »

Le *Flag Dance* haïtien est une grande salle. On est transporté au XVIIIe siècle. Les Haïtiens d'un certain âge sont vêtus strictement : robes longues, gants, éventails, châles, queues-de-pie. Ils sont gravement assis sur des chaises alignées le long du mur.

Ils regardent les jeunes qui dansent d'une manière moderne. Puis, à leur tour, ils se lèvent et dansent un menuet comme à la cour des rois de France. Lentement, posément, avec raideur et dignité. Mais sans Albert Mangones, le rêve de Haïti semble avoir disparu.

Rango et Ian Hugo ont travaillé à la couverture, en utilisant la presse à graver. J'ai séparé plus tard les bonnes et les mauvaises pages avec Thurema et Joséphine Premice. Avons travaillé avec entrain jusqu'à minuit.

Fait des paquets toute la journée. Coupé les couvertures. Emporté des livres chez le relieur.

Nous avons imprimé une lithographie par Käte Kollwitz pour une couverture de livre. Caresse Crosby est venue voir la presse. Dîner avec Jean Wahl, professeur de philosophie, rescapé d'un camp de concentration. Cette expérience l'a anéanti spirituellement. Il est parmi nous, mais pas avec nous.

Il est toujours vêtu de noir, dans des complets étriqués de style français. On dirait que nul amour ni amitié ne peut le faire revenir à la vie.

J'ai le sentiment, de temps à autre, que je devrais transformer le Journal, ainsi que l'a fait Proust dans sa vie et ses souvenirs. Mais le risque alors c'est qu'un élément ne manque, ce qui manque à mes romans selon Martha : chaleur et humanité. Elles ont été perdues au cours de la métamorphose en mythe, ou roman. Comment puis-je y parvenir ? Martha pense qu'il faudra longtemps pour que l'on en sache assez sur l'inconscient pour comprendre ce que j'écris. Le fait est que je me perds dans la richesse du Journal et que je dois faire de grands efforts pour l'organiser, le synthétiser. Je me perds dans l'abondance et dans le labyrinthe. Je devrais m'y mettre lentement, progressivement, et les thèmes émergeront peut-être ensuite, par accrétion.

(JUIN 1944)

COMMENCÉ un nouveau livre, *La Faim*. Ecrit le portrait de Stella, inspiré en partie par Luise Rainer.

Henry m'envoie une visite, Harry Herkovitz. Il prononce « Anis », comme Henry. Il a été marin. Il est brun, maigre, intense, et il a écrit une histoire étrange influencée par Edgar Allan Poe, sur des corbeaux qui attaquent un voyageur. Il me dit qu'il a demandé à Henry de lui laisser tous ses manuscrits et ses lettres. Mais Henry a éludé la question. Au cours de notre première conversation il me voyait comme un amalgame de June, de moi-même et des femmes de *La Maison de l'inceste*. J'ai compris qu'il ne me voyait pas comme je suis, qu'il cherchait un mythe. Il rendait visite à une Anaïs telle qu'Henry l'avait décrite, et qui ne ressemble en rien à la réalité.

Développement, épanouissement. Frances dit que je suis une personne très créatrice dans mes relations, mais elle a sur moi le même effet. Je travaille au nouveau livre, et discute avec Charles Duits, dont je ne comprends pas la poésie. Il commente ma faculté de changer. Toujours une nouvelle personne, toujours une personne différente. Je suis passée maître dans l'art d' « ouvrir » non seulement moi-même, mais les autres.

Tiré d'autres gravures. Vu un film russe avec Rango. A une époque, chaque fois que je voyais un film russe, cela paralysait mon travail, mais cette fois-ci, je ne me suis pas sentie arrêtée par la comparaison. La contradiction était résolue. Chaque guerre, chaque révolution tue et mutile les émotions et les sensibilités. Il faut que quelqu'un redonne une impulsion à ces courants. Il faut que quelqu'un ressuscite les gens tués par des doses de douleur massives.

Harry dit qu'il n'avait rien ressenti devant des milliers de morts dont il avait été témoin en Chine, mais avait ressenti la mort d'une seule personne à son retour. Nous risquons de détruire le sentiment par l'immensité des horreurs commises. Je reste persuadée qu'il faut protéger la vie individuelle.

A mesure que l'on mûrit, ces conflits et ces choix paralysants cessent de vous bloquer. Ils se résolvent grâce à un élargissement de la perspective.

Je vois Charles Duits, Edmund Wilson, Jon Stroup, Harvey Breit.

Ma seule force est la force de l'intégrité, de la sensibilité totale. C'est avec cela que j'écris. Harry me dit qu'il est le fils symbolique d'Henry. Il est né dans le même quartier de Brooklyn. Mais il est l'aventurier, le loup de mer, le juif brun, maigre, ardent. Il écrivait à propos de June et Henry une étude sur l'illusion en amour. Je ne voulais pas le revoir. Je veux être libérée de ce passé. Il me prolonge dans ce passé. Je le lui dis au téléphone. Il supplia. Il écrivit une lettre d'amour (à June, Anaïs, Sabina, Djuna, Alraune, Solina, etc.). Au bout de quinze jours je le laissai revenir. Mona, June, Alraune, etc., avaient disparu. Je lui dis : « Maintenant, c'est Harry qui parle, et non une imitation d'Henry. » Il a commencé son propre livre, pas un livre sur Henry, June, etc. Il est violent, primitif, confus.

C'est Rango qui vit pendu à la radio, et qui nous donne toutes les nouvelles. Il y a quelques jours, nous avons fêté le débarquement des Alliés en Normandie. Que va-t-il se passer maintenant ? Nous en parlons, nous en rêvons la nuit.

En même temps, parce qu'il n'a qu'une seule vie, celle qu'il partage avec le présent, dans l'histoire, parce qu'il ne crée pas un antidote aux poisons de l'histoire, Rango n'a pas d'espoir. Il est écrasé par les événements. Il n'a pas de vie intérieure pour assimiler, transmuer les événements.

Je suis allée voir Martha et son mari dans leur chalet de montagne. La tranquillité de la montagne, l'inertie de leur vie, la nourriture lourde, et l'emprisonnement à l'intérieur de leur angoisse, tout cela était une torture. J'avais un sentiment d'oppression. J'écoutais leurs deux confessions. Martha me demandait d'aider son mari, et lui me demandait de l'aider elle, mais il faudrait des années pour renverser le processus de leur désaccord. « Martha ne vit pas avec son corps, je reste sur ma faim sensuellement », dit-il. Et Martha, dans son désarroi, veut placer son mari entre mes mains : « Il peut être influencé par vous, j'ai confiance en vous. » Il avait essayé de se suicider dans le courant de l'hiver.

« Lorsque j'ai eu mes propres ennuis, Martha, je me suis adressée à un médecin. Pourquoi ne faites-vous pas de même, vous et votre mari? Un ami ne peut être d'aucun secours. »

Je suis revenue à la folie d'Harry. Il vit en mêlant la vie d'Henry à la sienne, et il ne peut les démêler. Il dit : « Sauvez-moi du vide de June. » (Sa June est une ballerine.) J'ai refusé : « Je refuse de toujours combattre le symbole de June. Faites-le vous-même. Lorsque vous serez libre, revenez me trouver. » Il n'a que le mot « destruction » à la bouche.

Cela est un faux drame, ou un drame par personne interposée. Il tire son origine des écrits d'Henry, d'une identification. Il répète presque les mots d'Henry : « Je veux écrire, je veux travailler, et elle (la ballerine, réplique de June), elle ne veut pas. »

Mais je ne suis pas la même Anaïs. Je ne peux toujours répéter le même drame. Je ne vais pas encourager une moitié d'Harry dans sa guerre contre son autre moitié.

« Un jour, dans une atroce petite ville, allongé sur un canapé, j'ai lu la description de votre *Journal* par Henry, et je me suis dit :

« Il faut que je connaisse cette femme. » Je craignais que l'Europe ne vous ait prise au piège.

— Mais je ne suis pas la même femme, Harry. »

Il est jeune, et sa faim est immense. Il dépose ses manuscrits sur mes genoux quand il arrive, en offrande. Les pages ne sont qu'horreur, violence, terreur, crime et châtiment. C'est un monde animal. Il semblait si doux, si sensible. Quelle fureur venimeuse dans ce qu'il écrit. Luxure, crime, folie. Ses écrits remplis de défauts et d'erreurs. L'instinct qui se cherche, le primitif frustré.

« Je suis né dans la faim et les privations.

— Mais ce n'est pas une raison pour infliger cela aux autres, dévaster et abîmer le monde pour qu'il redevienne comme il vous est apparu tout d'abord. »

La faim m'a toujours attirée, comme un champ en jachère attire le semeur. Mais cette fois j'eus la force de résister. On peut échapper à certains processus. Harry qui rêve d'amour et de travail, qui demande ma présence. Je serai la réponse à la faim.

« Je ne veux plus partir en mer, à la guerre, dans le danger, dans le suicide. Je veux rester ici pour écrire. »

Alors sa « June » vint me trouver. Ce n'était pas du tout June ! C'est lui qui en avait décidé ainsi. Elle était vulnérable, et profondément amoureuse d'Harry. Elle savait qu'il la romançait. Elle comprenait. « Parce que je sais qu'il le fait, je voulais venir voir s'il vous avait inventée aussi, de même que le lien très fort qui vous unit. Je voulais savoir si c'était un leurre. Si c'est réel, je n'insisterai pas, car vous favorisez son écriture. »

Elle me regardait si honnêtement, que je pouvais tout lire : dévouement, abnégation.

« Je suis heureuse que vous soyez venue me trouver. Harry est un rêveur. Il continue à vivre la vie d'Henry. Il n'y a pas de lien très fort qui nous unisse. J'ai d'abord répondu à des échos du passé. Mais le véritable Harry m'est inconnu. Peut-être que parce que je suis écrivain, je peux lui donner envie d'écrire. Mais vous êtes totalement différente de June; je vois bien que vous n'êtes pas destructrice et que vous avez de l'intuition. Je veux vous aider. Et pour commencer, il n'y a pas de grand amour entre nous. C'est une illusion qu'il a. C'est vous la femme de sa vie. »

Je n'ai jamais vu une femme montrer aussi nettement qu'elle était délivrée d'une peine. Elle rayonnait de foi et de confiance.

« Ce n'est pas moi qui gêne l'amour d'Harry pour vous, mais c'est Harry lui-même qui est rempli de la vie d'Henry et qui ne sait pas encore qui il est. L'esprit plus fort d'Henry l'a rempli; il est rempli de citations et de fiction. Il essaie de vivre la vie d'Henry. Votre tâche sera de le faire revenir à la réalité. »

Nous nous sommes embrassées comme deux sœurs.

Lettre à Henry :

Je suis partie sans parler à Harry de l'er-

reur qu'il commet à vouloir vous imiter. Je sais bien que je ne devrais plus parler de cela. J'ai toujours su que du jour où vous auriez obtenu ce que vous vouliez (une année à l'abri des problèmes financiers, avec le temps d'écrire) vous iriez tout gaspiller pour des gens qui n'en valaient pas la peine. Je renoncerais bien volontiers à ma part, mais je sais que cela aussi ira à quelque personne faible ou peu intéressante. Votre dernière lettre paraissait triste. Votre « protecteur » a sans doute appris que vous donniez à Harry et à d'autres pour ne garder que vingt-cinq dollars. Il s'est peut-être dit qu'il ne vous aidait pas vraiment. Votre première pensée aurait dû être pour votre travail personnel. Ce revenu qui aurait dû et pu représenter votre liberté, vous l'avez employé de telle sorte qu'aujourd'hui vous m'écrivez que vous êtes soulagé de ne plus l'avoir. Est-ce un sentiment de culpabilité qui vous rend incapable de recevoir? Mais pourquoi toujours donner à la mauvaise personne ? Paroles futiles. Nous en avons suffisamment discuté comme cela.

(JUILLET 1944)

MOIRA a loué une grande maison à Amagansett et nous a tous invités pour un long week-end. Quatre jours de calme, de chaleur.

Je me suis donnée à la mer. La mer et le soleil me revigorent toujours.

Mais ce fut un moment douloureux lorsque nous étions tous sur la plage, bronzés, dans des costumes de bain de couleurs vives, les cheveux répandus, gais, et à quelques mètres de nous était assis le philosophe, le professeur de la Sorbonne qui avait été en camp de concentration. Il était vêtu du même complet noir, étriqué, d'un chapeau foncé, de grandes lunettes noires, chaussures noires, chaussettes noires. Il était invité par les Zilka, et nous essayions de l'accueillir comme un ami. Mais nous ne pouvions le guérir, le ramener à la vie. Il restait assis loin de nous, ne se déshabillait jamais, et se mêlait rarement à notre groupe.

Echec de l'attentat à la bombe contre Hitler. Dépression, découragement. Nous avions espéré sa mort si souvent.

La deuxième visite chez Moira devint insupportable. Elle avait invité Martha Jaeger, son mari et Charles Duits. Elle déclara : « Ici, tout le monde est libre. » Mais lorsque nous refusâmes de l'accompagner à un cocktail elle fut outrée. Elle nous quitta en disant : « Il ne reste pratiquement rien dans la glacière. Vous allez le regretter. » Nous décidâmes de nous asseoir autour de la table de la cuisine et de passer la soirée à lire à haute voix *Finnegans Wake*. Charles lut la scène du banquet. Nous dégustions chaque mot comme une nourriture. Nous trouvions les sons délectables. A son retour Moira nous trouva assis, satisfaits, toujours en train de lire, et nullement affamés.

En rentrant de la plage nous demandons : « Puis-je faire quelque chose ? » En costume de bain nous l'aidons à la cuisine. Ce n'est que lorsque Moira n'a plus besoin de nous que nous prenons une douche et nous habillons pour le dîner. Moira est fière de sa cuisine et aime veiller aux détails elle-même. Je me lavai les cheveux et mis une robe blanche. Comme je descendais l'escalier Moira me dit : « Anaïs, c'est votre tour de vider la poubelle.

— Je vais me changer.

— Non, Anaïs, dit Charles Duits, je vais le faire. »

Moira m'a présentée à la poétesse syrienne Berthie Zilka. Elle va apprendre avec moi comment écrire en anglais, mais nous allons publier ses poèmes en français.

Nous avons commencé à travailler sur le recueil de Zilka. Rango a fait la maquette d'un très beau livre. Pour le début de chaque poème James Woodward a dessiné un motif délicat comme une interprétation moderne de motifs syriens.

Les troupes américaines ont percé à Saint-Lô.

(AOUT 1944)

JE me sens plus forte pour avoir reconnu rapidement le négatif, le destructeur et pour ne m'être pas laissé submerger ou victimiser par un combat stérile contre la confusion de l'esprit d'Harry : ses affirmations insensées, ses inexactitudes, ses impulsions désordonnées. J'ai pu les reconnaître à temps.

Cherchant à rompre avec Harry, j'ai pris conscience de plus en plus nettement qu'il est désintégré, chaotique, déséquilibré. Il déclare : « Je veux lire tous les cahiers du Journal. Je veux connaître le secret de la femme, incorporer cette connaissance à ce que j'écris. Je sens qu'il faut que je le connaisse. Nulle autre femme ne peut me donner la vérité. Alors je posséderai la connaissance. » Il parlait comme un envahisseur en pays conquis. Il se plaignait : « On me refuse tout. D'abord vous, et maintenant le Journal. » Je reculai devant son avidité sans fard, son audace, son agressivité.

« J'ai demandé à Henry de tout me laisser dans son testament. Je suis son fils. »

Je finis par lui dire un jour : « Vous ne

pouvez apprendre, aimer ni créer en pillant autrui. Vous devez d'abord vous créer vous-même, et votre travail, et des liens naissent alors de cela, des liens authentiques, et les êtres échangent leurs trésors. On ne peut forcer les choses. »

Libération de la France !

JOIE. JOIE. JOIE. JOIE. JOIE. JOIE. JOIE. JOIE. JOIE.

Joie si grande, bonheur si grand que la guerre se termine bientôt. Bonheur à l'unisson avec le monde. Bonheur délirant.

Dans ces moments-là nous sommes envahis par une joie collective. Nous avons envie de crier, de manifester dans la rue. Une joie que l'on partage avec le reste du monde est presque trop grande pour un seul être. On reste abasourdi devant une catastrophe, on reste abasourdi par le bonheur, la paix, à l'idée que des millions de personnes sont délivrées de la douleur et de la mort.

Pendant plusieurs jours nous n'avons pu travailler. Puis nous sommes retournés à la presse et nous avons terminé le livre de Zilka. La couverture est en suède rouge pour aller avec la sensualité des poèmes. C'est un bon poète, avec des accents nouveaux, des sensations nouvelles qui viennent de son ascendance syrienne.

Nous rêvons de retourner en France.

J'aimerais convertir le *Journal* en un long roman. J'y ai déjà puisé les thèmes de *Winter of Artifice* et de *Under a Glass Bell.* Je veux dramatiser les conflits de la femme. Conflit entre amour maternel et création. Entre romantisme et réalisme. Entre expansion et sacrifice.

Les conflits de la femme dans la société d'aujourd'hui. Thème du développement de la femme suivant sa ligne personnelle, non comme imitation de l'homme. Cela deviendra finalement le thème prédominant du roman : l'effort de la femme pour trouver sa psychologie propre et sa signification propre, en contradiction avec la psychologie et l'interprétation créées par l'homme.

La femme qui trouve son langage propre et qui exprime ses propres sentiments, qui découvre ses propres perceptions. Le rôle de la femme dans la reconstruction du monde. La femme qui apparaîtra dans le roman : masculine, objective; la femme-enfant du monde; la femme maternelle; celle qui recherche les sensations; celle qui est inconsciemment dramatique; la femme infantile; la femme égoïste et froide. Et la femme-guide, intuitive, guérisseuse. Il y aura une évolution qui ira de la subjectivité et de la névrose à l'objectivité, l'épanouissement, l'accomplissement.

(SEPTEMBRE 1944)

Le monde physique comme symbole du monde spirituel. Les gens qui conservent des vieux chiffons, de vieux objets inutiles, qui entassent, accumulent, gardent-ils aussi précieusement des vieilles idées, des renseignements inutiles, sont-ils attachés seulement au passé, même sous forme de détritus ?

J'ai suggéré cela dans l'histoire des chiffonniers. Mais je n'ai jamais pu vérifier la chose. Je ne connais que Zara qui entasse ainsi, et sa croissance, évidemment, a été très tôt interrompue.

J'ai l'obsession inverse. Afin de changer de peau, d'entamer des cycles nouveaux, je pense qu'il faut apprendre à jeter. Si on change intérieurement, on ne doit pas continuer à vivre avec les mêmes objets. Ils reflètent votre esprit et votre psychisme. Je jette ce qui ne peut servir de manière vivante et dynamique. Je ne garde rien qui me rappelle le passage du temps, la détérioration, la perte, le dessèchement.

Il a fallu réimprimer le livre de Zilka parce que Rango avait chargé un ami « français » de relire les épreuves, or il ne connaissait pas le français ! Zilka était bouleversée. J'ai renoncé à la plage et au repos, et me suis remise au travail. Lutte pour maintenir la presse. Tandis que je travaille, l'employé de l'électricité arrive pour couper le compteur, et je dois payer la note séance tenante. Je travaille de dix heures à six heures, et Rango de deux à six.

Episode effrayant. Arrive un homme avec un insigne et des papiers montrant qu'il est gardien, et qui nous déclare que nous devons le payer pour être gardien de nuit. Il mettra une plaque sur la porte qui indiquera à tout le monde qu'il patrouille dans le quartier et surveille la presse. Il nous dit que tous les commerçants du coin l'employaient et que sans lui nous serions cambriolés, etc. Rango protesta qu'il n'y avait rien à voler : « Qui volerait un livre à moitié imprimé, du papier, des caractères ou même des gravures ? » Il discuta. L'homme s'en alla. Le lendemain matin, je vis en arrivant que la devanture était brisée. Le verre était répandu dedans et dehors. N'importe qui aurait pu entrer. Cela m'inquiétait comme s'il y avait un rapport entre le refus d'avoir un gardien de nuit et le bris des carreaux. Lorsque Rango arriva, il fut troublé. Nous remplaçâmes la vitre. Le gardien revint nous voir trois jours plus tard. Il avait entendu dire que nous avions eu des ennuis. Cette fois Rango lui expliqua que nous étions des artistes, pas des commerçants, que nous avions très peu d'argent, qu'en fait nous avions des dettes car nous n'avions pas fini de payer la presse, que nous devions de l'argent pour le téléphone et l'électricité, et que notre dernier travail n'avait pas encore été payé.

Deux jours plus tard la vitre était de nouveau brisée, cette fois nous étions consternés. Nous savions que c'était du chantage, mais nous n'avions aucune manière de nous défendre. Ce soir-là, en rentrant, Rango était si déprimé qu'il s'arrêta au bar, en bas de chez lui. Le gardien était là, cordial. Rango et lui prirent un verre ensemble. Ils avaient les mêmes idées politiques. Ils fraternisèrent. Il ne nous fit plus jamais d'ennuis. Et même il mit sa plaque : « Cet endroit est surveillé par Un tel. » (Un titre qu'il s'était inventé, j'en suis bien sûre.)

(OCTOBRE 1944)

LETTRE d'Angleterre : T. M. Tambimuttu, directeur-poète de la revue *Poetry*, suggère une édition anglaise de *Winter of Artifice* et de *Under a Glass Bell*. Lettre de la revue *Print* : ils ne peuvent faire un compte rendu de *Winter of Artifice* parce que c'est « inconvenant » ! Lettre d'Henry qui va venir à New York car sa mère est malade.

Frances est la femme qui a le plus de profondeur intérieure, l'inconscient le plus prolifique. Je considérerai que tout mon voyage en Amérique valait la peine si je peux donner à une personne comme Frances le pouvoir d'extérioriser sa richesse, de vivre son Moi le plus profond.

Ecrit le portrait de Stella, qui est un amalgame de Luise Rainer et d'autres personnages. Le roman s'intitule pour l'instant *La Faim* et il est divisé en deux parties : « Le pain » et « L'hostie ». (« Pain », symbole de la faim physique; « Hostie », en réponse à la faim métaphysique.)

Essaie d'extraire des personnages complets du dédale du Journal. Essaie de construire une histoire. Mais un roman est l'inverse de la vie. Découvert que les personnes se révèlent par fragments, non pas tout d'un coup; et, au cours de notre vie, nous réussissons rarement une synthèse. Je ne peux travailler dans la forme artificielle du roman. Il faut que je suive des associations libres issues d'une autre source, que je trace une personnalité non pas à travers ses manifestations extérieures, mais dans sa vie souterraine, dans le développement de sa vie nocturne.

Je suis accablée sous le poids de la presse. Je ne peux stopper la force destructrice de Rango.

Pablo parut un jour, de manière amusante. Il se présenta au téléphone : « Je suis dans la marine. Voilà deux heures que je suis dans un bar à lire *Under a Glass Bell*. Puis-je venir chez vous ? Un ami m'a donné votre numéro de téléphone. Je ne suis que pour un jour à New York. J'aime beaucoup *Under a Glass Bell*. Je ne resterai pas, je vous le promets. Je me suis soûlé avec vos histoires, et c'est ce qui me donne le courage de vous appeler. » La voix était chaude, grisée, jeune. « Montez donc, dis-je, nous nous apprêtons à dîner en ville. »

Je ne dis cela que pour me ménager une sortie. Comme il montait l'escalier et que je lui ouvrais la porte, j'aperçus tout d'abord un sourire irrésistible, une petite silhouette, des cheveux roux, des taches de rousseur, un regard rieur. Il me plut dès l'abord. Il resta pour le dîner, et toute la soirée, et nous devînmes amis. « Chez moi, au Panama, mon père américain est médecin. Il a épousé une Panaméenne. Les garçons mûrissent plus vite là-bas, et à l'âge de quatorze ans je fumais, je traînais dans la rue, je fréquentais les boîtes de nuit et les maisons de passe. Mon premier amour fut une femme mariée, une femme qui s'était éprise de moi à un point excessif et qui était prise entre le désir de me libérer et celui de m'attacher à elle. Elle se disait que son devoir était de me laisser partir. Je m'engageai dans la marine. » Il a maintenant dix-neuf ans. Il est ouvert et naturel. Mais il a les mains souples et minces de l'homme féminin. Il est probablement homosexuel.

J'ai reçu un coup de téléphone d'Harry Herkovich, pour m'entendre dire : « J'attends en bas avec un fusil. Je vais vous tuer.

— Mais enfin, Harry on ne peut contraindre les gens à aimer. J'ai été une amie pour vous. Il y a une jeune fille qui vous aime profondément, et c'est très rare.

— Je vais vous tuer.

— Je vais appeler la police. »

Je raccrochai. J'appelai le commissariat du quartier. J'expliquai ce qui se passait. On me répondit : « Ma petite dame, nous ne pouvons pas intervenir pour une menace. Il faut attendre qu'il passe aux actes.

— C'est-à-dire après qu'il m'aura tiré dessus ?

— C'est ça. Des menaces, les gens en reçoivent chaque jour par millions. Nous n'y pouvons rien.

— Mais vous êtes à deux pas. Ne pourriez-vous envoyer quelqu'un pour voir s'il y a un jeune homme qui attend devant le 215 Treizième rue Ouest, et s'il est armé d'un fusil ? Il n'a pas le droit d'avoir un fusil.

— Ce n'est pas possible. »

Je ne bougeai pas de toute la journée. Le soir je devins inquiète. Je téléphonai à un ami qu'Harry ne connaît pas et je lui demandai de venir voir si Harry était toujours à son poste. Il vint. Harry n'était plus là.

Bonne journée à la presse. Rango a reçu six cents dollars pour faire un livre. Il s'est acheté des lunettes dont il avait grand besoin, des chaussures, des caleçons. Il m'a acheté un sac à main. Il a remis cinquante dollars à Ian Hugo pour les gravures qui illustreront le livre.

Frances est la seule qui apprécie la subtile ironie de tout cela. C'est moi qui fais le plus gros du travail, et je laisse Rango encaisser les bénéfices. Je le laisse ressentir le pouvoir que donnent l'argent gagné et la possibilité d'offrir des cadeaux aux autres. Il se peut que je me berce d'une illusion, mais c'est une illusion créatrice, une illusion qui a créé un Rango fier de lui, et qui fait un effort, et qui se libère de la culpabilité. Journée de fierté, d'optimisme et de joie. Même si dix minutes plus tard, après toutes ces festivités, je me retrouve à la presse, à travailler seule. Il est tout de même exact que Rango a conquis sa paresse indienne, sa paralysie, son sentiment d'impuissance et d'échec.

Lettre d'Henry :

Pour une raison mal définie, je n'ai pu vous téléphoner. Il me semble que vous ne voulez pas me voir. Je ne comprends pas cela moi-même. Je ne sais où nous pourrions nous retrouver, puisque j'habite chez Harry car il n'y avait rien d'autre, et ce n'est vraiment pas idéal. Je pars maintenant pour Bryn Mawr. Devrais être rentré lundi. Je serai à New York (par intermittence, car j'ai quelques visites à faire durant mon séjour ici) jusqu'à Thanksgiving. Puis je regagnerai la côte Ouest car ma mère va mieux et elle a sans doute encore plusieurs années à vivre. J'espère sortir, d'ici quelques jours, de l'état de dépression psychologique où je me trouve à votre sujet. Ce n'est peut-être que la crainte d'entendre vos reproches. Je voulais d'abord vous voir, et voici qu'au lieu de cela je vous écris.

C'était Henry qui hésitait à me revoir. Il a peut-être le sentiment qu'en choisissant de vivre en Californie, il renonçait à notre amitié. Il se sentit coupable à mon égard lorsque ma santé ne résista pas. Il se dit peut-être qu'il avait contribué à me surcharger. Henry n'a jamais pu regarder ainsi une situation bien en face. J'aurais été heureuse de le voir. Mais peut-être que la séparation était bonne pour nous deux, et que nous ne voulions pas admettre ou souligner ce qu'elle avait de définitif.

Lorsque j'ai confiance, je peux vivre joyeusement. Mais à certains moments je me demande si ma confiance est une illusion, et parfois je me sens trop éveillée, trop consciente. Ma foi dans Henry lui a-t-elle donné la force de continuer sans moi ? Peut-on réellement créer la force chez autrui, ou devient-on simplement cette force ? Maintenant je travaille à la presse au lieu de m'occuper de moi-même. Si je laissais Rango tout seul, la presse irait-elle à vau-l'eau ? C'est moi qui arrive à temps pour recevoir la livraison de papier. C'est moi qui tire les épreuves pour le client français exigeant qui les veut à quatre heures. C'est moi qui nettoie la machine laissée sale par Rango la veille au soir. Rango aime faire la maquette des livres, discuter avec les clients. Dès qu'il y a un gros travail il me le laisse. Il arrive à trois heures. Si cela me blesse ou m'irrite, il s'emporte immédiatement : « Je suis un vieil anarchiste. Je ne peux me plier à une discipline. » Il claque la porte et part, dans tous ses états. Il revient un peu plus tard. Est-ce que tout cela en vaut la peine ?

Une demi-heure après que j'ai quitté la presse, Rango me téléphone : « Je suis toujours là. Je ne retrouve pas le livre qu'André Breton m'a laissé. Je suis embêté. Est-ce que tu l'as vu ? »

Pour calmer mes rébellions, il affirme sa dépendance. Il évite les traits, les esquive avec un merveilleux instinct de préservation de primitif. Les non-primitifs, ceux qui sont conscients, sont loin de posséder cette adresse.

J'achète mes robes d'occasion chez le revendeur. Comme ce sont d'ordinaire les gens riches qui vendent leurs vêtements, il y a des toilettes somptueuses, telles qu'une cape de soirée de velours noir, un kimono de lainage rouge avec des boutons dorés.

(DÉCEMBRE 1944)

TOUCHÉ le fond une fois encore. Décidé de me libérer. Je ne vais jamais à la presse avant que Rango y soit et m'appelle. La production s'est ralentie.

Nous ne sommes jamais prisonniers, à moins de le vouloir.

Je me mis à écrire par désespoir (la presse va péricliter). Je vois l'art comme une drogue, la seule drogue qui me reste maintenant que je perds l'illusion.

J'ai travaillé à Stella. Apporté le plus grand soin au choix du langage qui correspondait à ses gestes, son rythme, sa légèreté, son évanescence.

Un autre poète est venu voir la presse : Lanny Baldwin. Frances Steloff me l'a présenté au Gotham Book Mart. Il m'a invitée à déjeuner. Il était tiré à quatre épingles comme un homme d'affaires, avec un col tellement serré que cela l'étranglait. Sa poésie pourtant était surréaliste et libre. Il a de l'humour et de la douceur, des yeux d'un vert de mousse, et des hésitations d'adolescent maîtrisant une tâche d'adulte. Il était venu voir la presse « pour respirer ».

Rango a fait une très belle maquette pour un recueil de ses poèmes intitulé *Quinquivara.*

Nous sommes sortis ensemble hier soir. Restaurant français, vin français, longue conversation, et il a lu ses nouveaux poèmes. Il avait fait du théâtre, et maintenant il avait une bonne situation, une maison confortable à Mount Kosco, deux enfants. Il commença à se comporter comme un vrai poète du Sud, en dépit de son costume strict.

Dimanche j'ai écrit vingt-cinq pages. J'ai fait le portrait de Stella, Liliane, Hejda. Les portraits sont intériorisés, puis ils se déplacent vers l'extérieur. Frances a rêvé qu'elle me cherchait dans une petite maison au bord de la mer qui avait été inondée, mais je n'étais pas noyée. Elle avait fait ce rêve après avoir lu ces portraits. Etait-ce la crainte que je n'aille trop avant dans l'inconscient, et que je ne m'y noie ?

J'écris intensément : sur l'anxiété, sur une promenade à bicyclette symbole d'une relation inharmonieuse et mal synchronisée. C'était une réminiscence d'un été en France. Rango et Zara habitaient à quelques kilomètres de Saint-Raphaël où j'étais venue voir mon père. Rango et moi étions convenus de faire chacun la moitié du trajet à bicyclette et de nous retrouver à un café sur la plage. Mais comme il prenait tout son temps, qu'il était paresseux, et pédalait sans se presser, le résultat c'est que j'arrivais toujours trop tôt, et lui n'arrivait au rendez-vous que lorsqu'il était pratiquement l'heure que je rentre.

Cette image paraissait la seule manière de représenter le tempérament de Liliane, actif et dynamique, par opposition à celui de l'homme qu'elle aimait, qui était passif. Je voyais comment le rôle hyperactif de Liliane était cause de la peine qu'elle éprouvait à ne pouvoir s'insérer, trouver le moment de contact. Il me semblait que cette rencontre manquée disait toute l'histoire comme elle ne pouvait être dite en centaines de pages.

Je repense à un fait qui peut paraître sans importance : Moira n'a pas recousu le bouton de son corsage. De là au « déboutonnage » français qui implique un certain exhibitionnisme. Je songeais à la femme orientale trop serrée qui se desserre ensuite à l'extrême.

Je fus hantée des jours durant par le souvenir de miroirs dans un jardin. Je les avais vus à Paris chez les Rothschild, où j'avais été invitée à un concert. Tandis que j'écoutais jouer une véhémente pianiste italienne, j'aperçus par la fenêtre trois miroirs en pied dans le jardin qui reflétaient la pelouse et le bassin. Spectacle incongru qui suffit à ce moment pour retenir mon attention. Mais pourquoi se fixa-t-il dans ma mémoire comme une image indélébile ? Je décidai de l'écrire, de le décrire. Ce faisant, tout en le développant (en partant du principe qu'une image qui s'incruste aussi profondément dans la mémoire doit contenir une clef significative de notre inconscient), je parvins à une interprétation de cette image. Le miroir reflétait la nature. Le miroir était l'art, et le livre que j'écris est imprégné de symbolisme et du conflit entre l'art et la nature représenté dans le livre. Inconsciemment, j'étais parvenue à une clef du livre que j'écris, à une image qui élucidait ce que je voulais dire. La femme représentait la nature; le miroir, la poésie et l'art. Parfois je décris la nature comme telle, parfois j'ai recours au miroir. Le miroir est aussi une expression de crainte. La vérité est tabou, on a peur de la vérité. Le miroir nous permet de contempler la nature tout en restant hors de danger.

Grâce au reflet, l'histoire de la promenade à bicyclette qui fait ressortir l'inégalité absurde de la relation (émotionnelle ou sexuelle) nous permet d'en voir le ridicule. Nous pouvions rire de l'anxiété de la femme qui va trop vite, poussée par le démon mythique de l'anxiété. « Je risque d'arriver en retard, il aura attendu et sera reparti, il se dit peut-être que je ne viens pas. » Le jardin vu à Paris réfléchi dans une glace à trois faces. Les gens ne peuvent supporter la vérité. Ils ont mis des miroirs où ils voient des corps qui se possèdent (dans toutes les maisons de passe de Paris).

J'ai demandé à un ami qui se trouvait en Belgique s'il pouvait trouver des exemplaires de *La Maison de l'inceste* à Bruges, où l'édition originale avait été imprimée. On demande le livre au Gotham Book Mart qui n'en a plus un seul exemplaire.

Lettre de B. A. qui est en Europe avec l'armée canadienne :

Chère Madame,

Ma recherche d'un exemplaire de La Maison de l'inceste *a été des plus mouvementées, mais je suis, hélas ! Gros-Jean comme devant. J'ai commencé mes recherches aussitôt reçue votre carte. Je suis d'abord allé trouver Desclée de Brouwer qui est une maison très importante, mais leur magasin a brûlé, il y a quelques années, et tous leurs livres en anglais ont été détruits. Le directeur m'ayant dit que certains libraires auraient peut-être encore quelques exemplaires, j'ai suivi toutes les pistes pendant huit jours. Puis j'ai rencontré le Docteur De Brouwer en personne qui m'a suggéré d'aller aux Presses Sainte-Catherine, juste à la sortie de la ville. J'y suis donc allé et, effectivement, ils avaient imprimé le livre. Mais tous leurs livres anglais avaient été cachés à cause des Allemands et il faudrait qu'ils fassent des recherches. Je suis retourné chez eux aujourd'hui et ils n'ont même pas un exemplaire d'imprimeur. Il ne me reste plus qu'à essayer Paris.*

Mais la recherche en valait la peine. J'ai bien rencontré une vingtaine de familles intéressantes, une fille très belle, et j'ai bu trois ou quatre litres de bon cognac. Je ne trouve pas que ce soit difficile de m'européaniser. La dernière fois que je vous ai écrit, je n'avais pas lu vos livres, mais je les ai finis maintenant, et j'ai relu certains passages plusieurs fois. Je serais un critique très partisan parce que j'ai un faible pour ce type d'écriture, depuis bien longtemps. Je pensais que Virginia Woolf était allée plus loin que quiconque dans la représentation des émotions humaines délicates, mais vous la dépassez d'une tête. Ses émotions sont toujours trop raffinées. La terre est toujours absente de son œuvre, de même qu'une bonne sensualité bien saine, et chez vous on trouve les deux. Votre style vous permet de dépasser D.H. Lawrence lui-même qui représente si bien les relations humaines inhabituelles et délicates. C'est une prose à la fois trés érotique et désarmante de beauté. Il y a eu suffisamment de bassinoires et de Freud non déguisé dans les romans parus ces derniers temps. Il est temps qu'apparaisse quelqu'un qui obtienne le même effet d'une manière plus subtile et plus belle. Bonne chance pour votre prochain livre et j'espère qu'il vous permettra de prendre place au milieu de vos pairs.

Une lettre comme celle-ci annule l'indifférence des critiques. Il n'y a eu que deux comptes rendus de la première édition de *Winter of Artifice,* et trois de *Under a Glass Bell.*

(JANVIER 1945)

J'APPRENDS à créer des personnages. J'y parviens dans une certaine mesure. Je commence, inspirée par la réalité, par Frances, Thurema, Luise, etc. Mais je n'ai pas plutôt dépassé le portrait littéral, et créé des personnages fictifs, que je suis confrontée par une limitation. Je ne connais pas le contenu de leur esprit, tous leurs sentiments, leurs pensées, et je suis obligée de puiser dans mes propres réserves. Je fais passer en eux une part de ma propre substance, de ma conscience. Ils cessent d'être une personne précise, ce sont des amalgames. Si le paysage de leur vie est restreint, je l'agrandis avec mes propres voyages. Mais ils ne sont pas vraiment moi-même. Je ne peux accepter les limitations du portrait fidèle, ou la pause souvent statique dans la vie des autres, leurs stratifications soudaines, ou, pire encore, leurs répétitions obsessionnelles de certaines situations. Je dois donc aller au-delà de la réalité. Pour atteindre des possibilités illimitées et infinies. Je suis consciente de mes insuffisances techniques. Je suis seulement guidée par une vision du personnage comme infini en profondeur et dans le changement, hors du temps et de l'espace.

Appris le mariage d'Henry avec Tamina Lepska, et lui ai adressé une lettre de félicitations chaleureuses. J'ai rencontré une amie de Lepska, Miriam Kreiselman, qui m'a beaucoup parlé d'elle. Elle a un doctorat de philosophie, elle est jeune, séduisante, et très intelligente.

Henry m'a fait la surprise de m'envoyer un chèque.

Lettre à Henry :

Oui j'ai vu Varda dans des réceptions. Sous le charme. Le vois comme vous, un homme libre, joyeux, bon vivant, un poète mais un homme véritable, juvénile, et son amour des femmes est un soulagement après tout le dénigrement que je vois autour de moi. Il les transforme en mythes, en poèmes, en tableaux, en délices de toutes sortes.

Lettre de Leonard W. :

Chère Madame,

Cette lettre est surtout une expression de respect mêlé d'une certaine crainte, et d'une bonne dose d'admiration. J'ai d'abord rencontré votre nom dans une dédicace d'Henry Miller, et c'est Wallace Fowlie qui m'a incité à lire vos histoires et qui m'a prêté Under a

Glass Bell. (...) *J'ai vraiment trouvé chacune de ces histoires excellente, surtout « Je suis le plus malade des surréalistes » et « Naissance ». Ce qui m'a le plus frappé, c'est la qualité poétique de chaque phrase; chacune, si elle subissait le moindre changement, serait complètement abîmée, semble-t-il, et les belles images que vous évoquez comme dans « Le labyrinthe ». J'ai eu quelque inquiétude en lisant dans la préface que vous aviez songé à les détruire. Cela incite à se dire : Qu'avait-elle écrit auparavant, qui a peut-être réellement été détruit, et à quoi ressemblera le prochain livre ? Je n'ai pas encore réussi à me procurer* Winter of Artifice, *je ne peux donc qu'espérer que le changement est pour le mieux, ainsi que c'est probablement le cas. S'il vous reste des exemplaires d'un ou plusieurs de vos livres, et que vous acceptiez de vous en séparer, je me sentirais honoré que vous me permettiez de vous en acheter quelques-uns. Car même si j'ai lu plusieurs fois un livre particulièrement bien, rien ne me procure plus de plaisir que d'en posséder un exemplaire. J'aimerais bien publier un livre afin de pouvoir vous en offrir un exemplaire en témoignage de reconnaissance. Il serait vraiment prématuré pour moi d'analyser pourquoi j'aime autant vos histoires, ou ce qui m'attire en elles, mais je sais une chose : après l'orage émotionnel de* Une Saison en enfer *et* Les Chants de Maldoror, *c'est un plaisir et aussi un soulagement de naviguer paisiblement sur les eaux plus calmes de* Under a Glass Bell, *bien que je doive reconnaître que mon ancre, là aussi, bien souvent ne rencon-*

tre pas le fond. A me relire je trouve que cette métaphore n'est pas des plus heureuses, mais elle aide. Un autre point que j'admire beaucoup et que j'aimerais cultiver dans mon œuvre, c'est l'unité de chaque histoire. Chacune est aussi parfaite dans sa structure que la grande roue dans « Le Mohican », et l'on sent pourtant les pulsations de la vie tout au long de la périphérie. Je pense que j'en ai assez dit. J'espère être parvenu à exprimer une part de l'admiration et de l'appréciation profondes que je ressens pour votre œuvre.

Je répondis et j'envoyai *Winter of Artifice.*

Lettre de Leonard W. :

J'ai reçu votre merveilleuse lettre et cet après-midi le livre. J'ai relu la lettre pour la quinzième fois et à chaque fois je retrouve le même sentiment euphorique qu'à la première lecture. Quant à Winter of Artifice, *je ne peux que me faire l'écho de Rebecca West, Edmund Wilson et Henry Miller. Cependant voici ce qui me frappe. Toute la métaphore musicale de* Winter of Artifice *est un morceau superbe en lui-même. J'ai beaucoup aimé tout ce qui concerne la voix. Les symboles orchestraux sont fort intéressants. J'ai entendu parler de votre Journal ces temps derniers en des termes qui m'ont laissé sur ma faim. Mon sincère espoir est que vous puissiez le publier vous-même, ou qu'alors vous trouviez quelqu'un qui le fasse à votre place. Je vous promets de vous envoyer l'argent pour le livre que j'ai reçu dès que je me serai acquitté d'une petite dette envers Henry Miller pour un tableau. J'ai montré à M. Fowlie ce que vous disiez de son article dans la* Kenyon Review, *et il a été ravi. J'espère que nous nous verrons bientôt tous les deux. Pour ce qui est de mon œuvre personnelle, à laquelle vous voulez bien vous intéresser, je travaille actuellement à une nouvelle. Voyez-vous, tout ce que j'avais écrit avant de suivre le cours de M. Fowlie sur les écrivains français contemporains portait tellement la marque d'un romantisme d'écolier, que j'ai tout rejeté. Je peux bien dire en fait sans exagération qu'un monde entièrement nouveau s'est révélé à moi lorsque j'ai avalé ma première bouchée de Baudelaire, Rimbaud, Miller, André Gide, Verlaine, Proust et tant d'autres. (...) Je commence donc tout juste à écrire. Et tout me porte à croire qu'il faudra des mois, des années pour que l'influence de cette nouvelle littérature se fasse vraiment sentir dans ma vie. Mais je parle trop de moi. Je reste confondu lorsque je lis une lettre comme la vôtre à propos de la coopération de l'artiste et du public. Des hommes relativement peu connus et sans gloire comme Miller, George Leite en Californie, vous-même, qui récoltez des fonds pour des auteurs impécunieux, qui vous encouragez mutuellement, rayonnent par leur humilité. Je crois que j'aimerais mieux être l'un des vôtres plutôt qu'un Somerset Maugham ou un Booth Tarkington. J'ai parfois envie de me consacrer à la tâche de devenir millionnaire, afin de pouvoir accorder des subventions et des capitaux pour une maison d'édition qui publierait le Journal d'Anaïs Nin sur vélin avec de l'encre d'or. Bon, j'ai assez abusé de votre temps comme cela. Encore merci pour le livre et les lettres, et plus encore pour votre chaleureux intérêt. Je ne peux terminer sans vous redire mon admiration pour votre technique que je ne peux encore définir tout à fait, et pour le courant des symboles si beau et si hardi, l'un fusionnant avec l'autre en une parfaite métamorphose, comme les thèmes du* Pétrouchka *de Stravinski.*

Tempête de neige. Je travaillais à *La Faim* lorsque ma machine à écrire se détraqua. Je sortis dans la neige pour la faire réparer. Au retour je n'avais pas envie de continuer à raconter la vie de Djuna à l'orphelinat et sa faim. J'avais envie de parler de la neige. J'écrivis chaque image, chaque sensation, chaque fantaisie que j'avais éprouvée au cours de cette promenade. La tempête de neige m'avait rejetée dans le passé, dans mon adolescence innocente, entourée de désirs, à l'âge de seize ans, intimidée, tendue. Je comparai mon adolescence à l'adolescence glacée d'autres jeunes autour de moi aujourd'hui. Tout cela fusionna : la neige, le gel de la peur, la glace de la virginité, la pureté, l'innocence, et toujours le danger de fondre brusquement. J'écrivis tout ce que j'avais à dire. Et lorsque ce fut fini, je compris que j'avais décrit l'adolescence de Djuna, et les contradictions adolescentes des autres adolescents. J'avais rédigé trente-huit pages sur la neige chez la femme et chez l'homme, sur Djuna et l'orphelinat, sa faim.

La revue *Town and Country* avait publié une photographie de moi dans une robe élégante de Henry à la Pensée. Le photographe qui m'avait entendue décrire les quatre femmes de mon prochain livre voulut faire une photographie où je m'habillerais différemment pour chacun de ces personnages, puis comme moi-même, Anaïs Nin, l'auteur, au centre. Je réunis les vêtements qui paraissaient convenir pour Liliane, Djuna, Stella, Hejda. Pour Liliane je choisis le tailleur du soir retouché pour imiter la femme commandant, Valentina, au moment où nous voulions toutes lui ressembler, avec un chemisier plus strict. Je me composai une coiffure sévère, et que vis-je dans la glace ? Une ressemblance avec mon père qui portait les cheveux longs dans le cou, comme les artistes de son temps. Cela m'amusa car j'aime les déguisements. Puis je m'habillai en Hejda, Orientale avec un voile sur le visage. Stella, bien sûr, était douce et féminine, souple; et l'auteur au centre était vêtu simplement et regardait avec naturel, entouré de ses « personnages ». Tout cela fut fait dans une humeur surréaliste enjouée. Le photographe fit un montage. Mais *Town and Country* ne trouva là rien de drôle. Cela n'eut pas de suite. Le photographe me fit cadeau de la photographie.

Journées d'inspiration fiévreuse, torrent d'écriture spontanée. Flot d'associations, d'anecdotes impromptues, totale liberté. Ce qui s'est passé c'est que j'ai touché un niveau si profond de vie inconsciente que les femmes perdent leurs traits distincts et séparés pour fusionner entre elles. Comme si j'écrivais sur la vie nocturne de la femme et que cela ne faisait qu'un. Les limites, les distinctions s'effacent, à ce niveau de subconscient les êtres sont les mêmes : émotions, instincts, rêves. En perdant mon emprise sur la construction, sur le réalisme, il semble que je gagne une autre sorte de réalité. J'émerge aujourd'hui avec trente-huit pages sur la femme de neige, l'adolescence, la femme vierge, le tout mêlé au récit de la vie de Frances à l'orphelinat.

La beauté de ce moment réside dans ma liberté. Mon abondance d'amour capable de s'exprimer, de maintenir chacun dans une atmosphère romanesque, de faire rendre son maximum à chaque heure, chaque soirée, chaque instant. Je disperse et dispense la tendresse, l'attention, la joie de vivre.

Il y a vingt ans Elsa de Brun habitait à Forest Hills où je prenais le train pour me rendre à mon travail. Elle me voyait me diriger vers la gare et se disait : « Si un jour j'ai des ennuis, c'est à cette femme-là que je m'adresserai. » Et vingt ans plus tard elle eut des ennuis et elle vint me trouver. Elle avait acheté un mauvais croquis de moi fait par un artiste du Village. Elle collectionnait tous mes livres et les photographies de moi. Sa première question, avant de parler d'elle-même, fut pour me demander quel était mon sentiment sur la femme. Je lui répondis : « J'éprouve une amitié chaleureuse et très vive, mais jamais un désir sexuel. J'ai autrefois désiré June, mais c'en est resté là. »

Notre vie est pour une grande part composée de rêves, issus de l'inconscient, et il faut les rattacher à l'action. Il faut relier les deux. Ce n'est pas parce que j'aime la complexité que j'ai essayé de rassembler tous les éléments. Frances appelait ce vaste rassemblement « symphonique ». C'est ainsi que nous vivons. Elle s'élevait contre l'ornementation. Quand écrirai-je un quatuor ? Mais l'inconscient produit ces complications, facettes et niveaux multiples. J'écoute la musique comme je ne l'ai jamais fait, je m'en imprègne. Mon écriture symphonique déconcerte ceux que j'aime et en qui j'ai confiance. Mais autrefois mon seul désir était que l'écriture devienne musique et pénètre directement les sens. Pour cela la poésie est indispensable. L'inconscient ne parle que le langage symbolique. C'est le mien.

Frances répond à l'affirmation directe que j'exprime à propos de la femme dans la préface. Mais c'est l'écriture de l'intelligence. Ce n'est pas l'écriture de l'émotion et des sens que je cherche. Je veux que la signification pénètre dans le corps par un autre chemin que l'esprit. Je n'écris pas avec l'esprit. Frances aime que mon esprit se manifeste pour expliquer. Je préfère être submergée dans une symphonie et que le monde dans ma tête devienne un monde d'images et de musique. Tout en moi s'est marié, l'amour et le corps, le ciel et l'enfer, le rêve et l'action. Pas de démembrement analytique ni de séparation des éléments. En tant que femme je réunirai tout ce qui a été divisé et je redonnerai naissance à tout ce qui a été tué.

Edmund Wilson m'a invitée à déjeuner. J'ai senti son désarroi, reçu sa confession. Sans être un ami intime, Wilson devine ma sympathie et se tourne vers elle. Il est seul et perdu. Il part pour la France comme correspondant de guerre. Il me demande de l'accompagner pour acheter son uniforme, son sac de couchage. Nous parlons. Il m'entretient de sa souffrance auprès de Mary McCarthy.

J'ai récrit le passage sur la neige puis celui de la femme qui consent.

Le livre prend forme. Les femmes ont été divisées en éléments : Djuna, la perception; Stella, la souffrance aveugle; Sabina, la femme libre; Liliane, celle qui cherche la libération dans l'agression.

L'avance des Russes sur Berlin — à moins de cent cinquante kilomètres — est le sujet fiévreux de toutes nos conversations et de notre intérêt. Moment terrifiant pour le monde.

(MARS 1945)

JE sens le printemps. J'apprécie la gaieté de Pablo, la poésie de Charles Duits. J'écris, j'aime et décide de croire les lettres que je reçois plutôt que les critiques acerbes.

Coup de sonnette inopiné. A la porte se tient un jeune homme de dix-sept ans d'une grande beauté, grand, mince, blond, les yeux d'un bleu profond, avec de longs cils, une peau diaphane de jeune fille en fleur, un grand sérieux dans son maintien, une timidité, une innocence, une pureté. Tout cela émane de lui qui est là debout et me dit : « Je suis Leonard W. »

Il est né à Manille de parents américains, a vécu quatre ans à Manille, quatre ans en Chine, puis en Amérique. Mais les déracinements dans l'enfance ont créé un sentiment de solitude. Il a des mains d'une minceur incroyable, des yeux longs en amande, presque orientaux lorsqu'il est songeur, mais intenses et hypnotiques lorsqu'il vous examine. Une ombre curieusement bleue passe sur lui lorsqu'il baisse les yeux, ombres bleues d'un bleu céleste. Il a détruit son Journal, son adolescence lorsqu'il est rentré chez lui après une année d'université. Il m'apporte une histoire qu'il a écrite, ses aquarelles, et me les laisse pour que je les bénisse, dit-il. Je suis riche en vérité de l'adoration et des rêves d'adolescents. Ils créent un monde bien distinct du monde pur, purement intellectuel, dépourvu d'émotion ou d'imagination, de gens comme Edmund Wilson, les rédacteurs de *Partisan Review,* etc.

J'avais parlé du regard hypnotique de Leonard. Les yeux bleus, le plus souvent, paraissent dilués, comme peints à l'aquarelle, mais les siens sont intenses, comme les profondeurs de l'océan lorsque l'orage immine. Et lorsqu'il est venu hier soir, il nous a raconté qu'il savait hypnotiser. Pablo se proposa comme cobaye. Il s'allongea sur le divan et Leonard, d'une voix profonde, riche, tranquille, lui parla sur un ton monocorde jusqu'à ce qu'il s'endorme. Leonard dit à Pablo : « Vous avez deux ans maintenant. » Pablo dit : « *Agua.* »

Leonard : « Maintenant vous avez trois ans. »

Pablo dit : « Nounou. »

Leonard : « Maintenant vous avez quatre ans. »

Pablo se mit sur son séant et fredonna une petite chanson dans une langue inconnue. A cinq ans il dit : « J'ai cassé un vase » et il se mit au coin pour se punir ! A sept ans il demanda du papier et un crayon, et il dessina un visage de petite fille avec une bouche fermée par des planches. Leonard lui offrit une cigarette qu'il fuma maladroitement, en faisant la grimace et en toussant.

« Vous êtes maintenant chez vous au Panama. Que voulez-vous faire ? »

Pablo : « Me dorer sur la plage au soleil ou bien nager. »

« Maintenant vous êtes à New York. Que voulez-vous faire ?

— Ecrire et peindre », dit Pablo.

Leonard lui demanda de chanter une chanson comme Sablon. Pablo s'exécuta. Puis de chanter la même chose à la manière d'un chanteur d'opéra. Pablo obéit, les yeux ouverts, mais le regard vide et fixe, et avec une expression enfantine de soumission totale. Il reçut l'ordre de faire l'ivrogne. Il se mit à tituber. Puis Leonard lui fit une ultime recommandation : « A votre réveil vous ne verrez pas Anaïs. Vous ne verrez pas Anaïs jusqu'à ce que je claque des doigts. »

Pablo se réveilla. Leonard m'avait remis une lettre à lui donner. Pablo vit la lettre, mais pas moi. Puis il essaya de s'asseoir sur la chaise où j'étais. Lorsque je touchai ses cheveux il se débarrassa de ma main comme d'un insecte invisible. Nous étions tous à la fois inquiets, amusés, effrayés du pouvoir de Leonard. Celui-ci souriait, dominateur et sûr de lui. La beauté de son visage était extraordinaire, sa pâleur, les pommettes bien dessinées, la bouche pleine et sensuelle, la chevelure de petit garçon, emmêlée, lui tombant dans l'œil, le portrait exact du mystique ou du poète.

Nouvelle séance d'hypnotisme. Cette fois

pour Luise Rainer et Frances. Leonard hypnotisa Pablo. Lui dit qu'il était Roosevelt et devait prononcer un discours. Pablo était assis sur le divan. Il ne bougea pas. Nous pensions que l'hypnose avait échoué. Mais lorsque Leonard répéta son ordre, Pablo dit : « Aidez-moi à me lever. » Roosevelt. Un frisson nous parcourut. Il se mit alors debout avec de l'aide, et prononça un discours à la Roosevelt. Leonard lui dit alors qu'il ne verrait pas Luise Rainer à son réveil. Et Pablo ne la vit pas. Lorsqu'il fut l'heure de nous dire au revoir, Leonard n'avait toujours pas claqué des doigts en disant : « Maintenant vous pouvez voir Luise. » Pablo était dans l'embrasure de la porte prêt à partir. Luise était allée boire un verre d'eau à la cuisine, la lumière était derrière elle et projetait son ombre sur le mur blanc à côté de la porte d'entrée. Pablo vit l'ombre sans voir Luise, et fut inquiet. Le lendemain il dit qu'il ne se soumettrait plus à l'hypnose. Que cela lui faisait peur, cette perte de sa volonté, et d'être à ce point contrôlé par Leonard. Il craignait que cela n'affecte sa volonté, ou ne l'incite à commettre des actes contre son gré.

Lettre d'Henry :

George Leite m'a montré votre merveilleuse lettre sur la revue Circle *et d'autres choses, car elle contenait un message pour moi. En même temps je recevais une lettre de Wallace Fowlie me disant qu'il avait trouvé suffisamment de courage pour vous rendre visite (plus de courage que moi). Non, je savais que vous n'étiez pas encore partie pour l'Europe. J'ai tout le temps de vos nouvelles par celui-ci ou celui-là. J'aurais bien été vous voir à New York, mais j'avais l'impression que vous n'en aviez pas envie. Maintenant que la glace est rompue, nous pouvons peut-être reprendre notre correspondance. Je ne sais que dire pour le moment. Content de vous savoir en vie et en forme. Je m'étonne de votre changement de projets. Je m'attends, en fait, à des changements encore plus grands. Saviez-vous que Maurice Kahane continue toujours à Paris ? Il a pris le nom de Girodias pendant la guerre. Je reçois des lettres de soldats qui sont à Paris, me disant que nos livres sont en bonne place à l'étalage des librairies et se vendent bien, les vôtres, ceux de [Michael] Fraenkel, de Durrel, et les miens. Je me demande si nous toucherons jamais des droits. Je suis impatient de voir votre dernière œuvre. George Leite me montrera tout ce que vous enverrez. Durrell demande toujours de vos nouvelles. Ecrivez dès que vous le pourrez. Vous me manquez.*

Wallace Fowlie, à Yale, a lu *Under a Glass Bell.* Ce fut le point de départ de notre correspondance. J'ai beaucoup aimé la manière dont Fowlie parle des poètes, en poète et non en universitaire. Ses interprétations sont stimulantes.

Lorsqu'il me rendit visite, je trouvai un petit homme tranquille en complet sombre, avec des mains douces. Il semblait effacé, calme, impersonnel, son amour pour les écrits d'Henry Miller semblait difficilement compatible avec ma première impression.

Nous avons surtout parlé de littérature. Fowlie parle parfaitement le français. Son aspect réservé, anglo-saxon, et la parfaite connaissance du français et de la littérature française semblaient un paradoxe de plus. Il me plut, et je pensai que nous allions devenir bons amis.

Leonard et moi étions assis à Washington Square, et parlions de sa révolte contre sa famille. Elle paraît anormalement rigide. Je l'emmenai voir la presse. Il voulait aider. Il paraît épuisé après les séances d'hypnose, comme s'il avait fait l'amour.

« Pourriez-vous rendre quelqu'un amoureux de vous ?

— Ce serait une bien piètre sorte d'amour. »

Plus tard Leonard ajouta : « Si je savais où aller, je partirais de chez moi. »

Tom et Frances Bown lui ont offert une petite chambre à côté de leur appartement, avec une entrée indépendante. Je lui offris le couvert et l'argent de poche. Il n'a que deux mois avant d'être mobilisé, et il aimerait vivre comme il sent durant cette précieuse période.

« Je sens que je sais ce que je veux maintenant, non seulement parce que j'ai lu et que je vous ai rencontrée, mais aussi pour avoir partagé votre vie, la spontanéité de Pablo, la vitalité de Joséphine, l'atmosphère gaie et créatrice, les autres amis et la chaleur.

— Vous sentez-vous prêt émotionnellement à rompre avec votre famille ?

— Ma véritable famille spirituelle, c'est vous. »

Dimanche après-midi nous sommes allés à Pelham Bay chercher un houseboat pour Pablo. J'avais mis la tenue de marin et le béret de Pablo. Dimanche soir nous avons reçu nos amis, ce fut une soirée joyeuse, animée, chaleureuse; Joséphine chanta et joua du tamtam et nous fit tous chanter, danser, et jouer du tam-tam. Il y avait Luise Rainer, Frances, Tony Smith, un architecte mystique, et sa femme actrice, Lawrence. D'autres avaient amené des amis. A la fin de la soirée Leonard hypnotisa Marshall, encore un jeune homme très beau, qui était venu avec un harpiste. Lorsque Marshall a de nouveau un, deux, trois ans, nous trouvons cela très drôle. Mais nous avons peur de laisser Leonard essayer : « Et avant cela, encore plus tôt. » Si Marshall restait un bébé, ne revenait pas ! Il a de grands yeux verts, une peau bronzée, des traits doux. Et tous, ils débordent d'invention. Leonard et Pablo se sont battus en duel avec des mètres métalliques. Parfois les rubans restaient raides comme des épées, et puis brusquement, de manière absurde, ils se pliaient juste au moment de la victoire.

Leonard a sculpté un oiseau de paradis en métal, et nous l'avons suspendu à un fil au milieu de la pièce. Il tourne au moindre souffle, semble voler. Il a également peint des scènes à la peinture fluorescente qui n'apparaissent que dans l'obscurité, de sorte qu'à la nuit le studio ressemble à une jungle exotique. Pablo a apporté un hamster qu'il avait teint en bleu.

Après la réception Leonard s'est mis à parler de ses drames familiaux.

Il voulait savoir pourquoi nous étions tous prêts à l'aider.

« Je crois que c'est un acte de foi en vous, lui dis-je, nous croyons tous en vous. Vous êtes l'un des nôtres.

— Lorsque je serai adulte, à mon tour, j'aiderai les autres.

— Oui, bien sûr. » Son expression « lorsque je serai adulte » m'a fait prendre conscience de sa jeunesse. Lorsqu'il s'en va, il place ses mains sensibles et délicates entre les miennes, comme s'il voulait les y laisser, à l'abri.

Dimanche était pour lui le jour critique. Son père voulait qu'il aille travailler en ville avec lui lundi matin. Son père possède une compagnie pétrolière. Leonard dit qu'il devait d'abord aller chercher ses affaires à Yale.

Lundi matin il parut à ma porte avec sa valise.

« Maintenant commence votre vraie vie.

— Je sens que j'ai gagné plus que je n'ai perdu. »

Nous sommes allés ensemble chez Frances dans Charles Street. Nous avons rangé la chambre d'amis. Et alors le rêve commença. Leonard prenait ses repas chez nous, il partageait toutes nos soirées, nos livres, la musique, mes amis, il jouait aux échecs avec Tom, souriant parfois comme un enfant, à d'autres moments un sage, parlant de transmigration, faisant des croquis de moi, désireux de s'harmoniser avec toutes nos activités. (Sa famille le trouvait froid, têtu.)

Je me mis à le voir comme le Gaspard Hauser de Jacob Wassermann, à cause de son innocence et de ses intuitions soudaines. Il a des intuitions, à propos des gens, qui sont celles d'un vieillard. Il n'y a aucune trace de sa vie étriquée de grand bourgeois. C'est un aventurier de l'esprit, il a le courage spirituel. Il lit tout, absorbe, évalue. Seul son corps est lié.

Il a rêvé que son père et sa mère venaient le rechercher et qu'il se révoltait.

A certains moments il est inarticulé, confus. A d'autres moments, renfermé, lointain.

Leonard colle un petit morceau de miroir entre mes yeux : « Votre troisième œil. » Il colle du papier d'argent sur mes ongles de pied. Lorsque je raconte à Frances comment je vois Leonard, elle me dit avec son habituelle sagesse : « Le futur Leonard. »

(AVRIL 1945)

FASCINANT d'observer chez Leonard les oscillations entre l'adolescence et l'âge adulte. Il porte une écharpe blanche et parcourt des rues sordides comme s'il ne les voyait pas. Il s'est enivré chez Frances pour la première fois. Il voulait que j'ouvre le Journal et que je lui fasse voir ce que j'avais écrit sur lui.

« Le Journal serait détruit si je l'ouvrais. Pour être en mesure de dire la vérité, il faut que je conserve le mystère.

— Je vous hypnotiserai, je vous ferai ouvrir le coffre-fort, et je lirai tout. »

Dans trois semaines il doit partir pour la guerre. Sa mère voudrait le voir. Elle parle durement des artistes décadents, et il la juge. Son père lui téléphone pour discuter de son « avenir ».

Pablo et Leonard ont peint une tapisserie qui est suspendue au-dessus de mon lit. Ils décorent des bouteilles, font des collages et des dessins. Je reviens de l'épuisant travail de la presse, de dettes urgentes, d'avoir parlé de la maladie de Zara, et je les trouve tous à l'œuvre. Je fais du thé et du beurre de miel.

Le père de Leonard était venu chez Tom et Frances pour voir de quoi avait l'air l'appartement où habitait son fils. Il demanda à un détective de surveiller mes faits et gestes. Il porta mes œuvres à un avoué qui déclara qu'il n'y avait rien dans l'un ou l'autre livre qui puisse inciter un jeune homme à rompre avec ses parents. Il dit qu'au pire ils étaient « bizarres », mais n'enfreignaient pas la loi. Quant à l'autre ouvrage, *Maldoror* de Lautréamont, l'auteur était mort depuis cent ans et on ne pouvait le poursuivre en justice. Il essaya de nuire à Wallace Fowlie et se plaignit à Yale des livres que celui-ci avait fait lire à Leonard. La puissance contre l'esprit. Nous avons dépêché le mari de Frances, Tom, qui est le plus pondéré, auprès du père de Leonard. Il a gagné sa confiance. La foudre fut détournée pour un temps.

Lorsque Leonard est heureux il me serre si fort dans ses bras que je lui dis : « Vous m'aplatissez comme une hostie.

— Pour mieux communier avec vous, ma chère. »

Il ouvre et lit tout mon courrier.

Lanny Baldwin, encore un qui, tout en appréciant le personnage de Liliane, me dit au téléphone en parlant de tout ce qui manque à Liliane : « Nous allons parler de choses pratiques. » Lorsqu'il vint, nous ne parlâmes pas de choses pratiques. C'est lui qui me rejoignit dans ma stratosphère.

Frances me donne une toque de velours avec une grande plume, dernier cri. Pablo a repeint la plume d'un rose plus vif. Je porte ce chapeau étourdissant lorsque nous allons au théâtre ou au ballet.

Après la visite du père de Leonard à Tom et Frances pour voir chez qui son fils habitait, nous pensions qu'il viendrait aussi dans mon studio. Je grimpai à l'échelle pour décrocher l'oiseau de paradis multicolore. Mais il ne vint pas.

Il envoya un détective pour me questionner.

Le détective trouva le studio occupé par Pablo et Leonard, tous deux en train de peindre sur la même toile une jungle luxuriante avec des oiseaux et des fleurs exotiques à la Douanier Rousseau. Le hamster de Pablo grignotait de la laitue dans sa cage. Des gravures fraîches séchaient entre des buvards. Je tapais mon nouveau livre. Son commentaire : « Pas grand-chose à signaler. »

Nous sommes allés voir des ballets et nous avions des places en haut, au balcon de côté, tandis qu'en bas, la loge du père de Leonard était béante, inoccupée.

Le *Quintette pour piano et cordes* de Joaquin a été joué au musée d'Art moderne.

Dans la musique de mon frère il y a toujours un sens de l'espace, de l'air, comme si l'expérience lyrique avait été distribuée en une essence légère et qu'elle était devenue transparente. La couleur or en fait toujours partie. L'émotion est contenue, mais toujours claire et forte.

Les récitals de piano de Joaquin et ses compositions sont un motif permanent de ma vie, qui me confirme dans la conviction que la musique est le plus élevé de tous les arts.

Lorsqu'il avait cinq ans, alors que c'était un enfant plein de vie et même agité que personne ne pouvait discipliner, il lui arrivait de rester des heures entières, parfaitement immobile, dans l'escalier de notre maison de Bruxelles, à écouter les musiciens qui répétaient. C'était le signe de sa vocation. Nous écoutions tous les deux. J'entends encore les passages de Bach qui étaient répétés le plus souvent. Joaquin est devenu un musicien, et chez moi la musique a été canalisée vers l'écriture.

A New York, dans la maison en meulière de la 75e Rue, il étudiait le piano avec une vieille fille excentrique du nom d'Emilie Quintero, que j'ai souvent décrite dans mon Journal d'enfant. Elle conservait un foulard de soie blanche qui avait appartenu à Sarasate, comme d'autres conservent une relique de saint. Elle l'avait aimé en secret et sans espoir. Une part de cet amour avait été transférée sur le beau Joaquin.

Sa musique était toujours là. A Richmond Hill il s'exerçait à chaque heure qu'il ne passait pas en classe. A Paris il répétait toute la journée, malgré sa santé fragile. A Louveciennes il avait son studio dans une grande et belle pièce mansardée. Non seulement il répétait, mais il y avait les moments d'improvisations qui annonçaient les compositions qu'il fit enfant.

A Paris, nous avions des appartements voisins. Il étudiait le piano avec Paul Braud à la Schola cantorum, et il recevait des leçons privées d'Alfred Cortot et de Ricardo Viñes. Il étudia l'harmonie, le contrepoint et la fugue avec Jean et Noël Gallon au Conservatoire. Et il suivit la classe de composition de Paul Dukas également au Conservatoire; et il étudia à titre privé avec Manuel de Falla à Grenade.

Je l'ai entendu étudier et composer à longueur de journée. A Louveciennes, lorsqu'il était fatigué de la discipline, il allait trouver ma mère chez elle, puis moi devant ma machine à écrire et il me demandait : « Tu m'aimes ? »

Satisfait et rechargé, il retournait travailler. Il puisait sa force dans son amour, jamais dans la haine, et plus tard ce fut sa capacité d'aimer, de comprendre et de pardonner qui empêcha les membres de notre famille d'être des étrangers les uns pour les autres. Il essayait toujours de réunir et de reconstruire la cellule familiale. Il ne prenait jamais parti, ne jugeait pas, ni ne tournait le dos à personne.

Il a donné des concerts en Espagne, en France, en Suisse, en Italie, en Belgique, au Danemark, en Angleterre, aux Etats-Unis, au Canada et à Cuba.

Il est fier et modeste, effacé et cependant intransigeant, incapable de nuire à un rival, de prendre la place de quiconque ou de s'affirmer autoritairement.

Lorsqu'il siffle c'est qu'il est debout près de

son piano en train d'écrire ses compositions, de corriger ses partitions.

Un jour, à Paris, il détruisit un mouvement d'un trio dont j'aimais beaucoup le thème. Il déclara que c'était trop romantique. Peut-être y avais-je décelé les mélancoliques adieux de l'adolescence aux chagrins de l'adolescence. Il avait peut-être d'excellentes raisons musicales pour le rejeter, pour arriver à un modernisme plus austère. Mais je ressentis une perte d'ordre émotionnel, et cette disparition représentait une part de Joaquin lui-même qu'il rejetait au profit d'une plus grande rigueur. Cela coïncida avec la destruction de son Journal. A dix années de là, durant une période de psychanalyse, je me mis à fredonner intégralement tout le thème mélodique, moi qui n'étais pas musicienne et qui ne sais pas déchiffrer. Cela me prouva combien sa musique avait pénétré profond dans mon univers inconscient. Même apparemment oublié, perdu, ce fragment était resté incrusté en moi.

Il y avait chez mon père une évidente fidélité au folklore espagnol. L'Espagne se reconnaissait dans les thèmes sur lesquels il brodait et qu'il harmonisait à des fins de concert. Avec Joaquin il se produisait autre chose qui permet à sa musique de prendre rang parmi les compositions modernes universelles. Les thèmes espagnols se transformaient en quelque chose de plus abstrait ou plus inconscient qui n'avait rien à voir avec l'Espagne cliché. Il modernisait les couleurs, les ferveurs, la richesse de l'Espagne pour en faire des abstractions hardies. C'était une Espagne infiniment plus subtile et complexe. Il y avait une tension entre la simplicité, la ligne isolée, et les complexités hautement élaborées de couleurs et de tons. Les subtilités, ainsi que l'architecture mozarabe de Grenade, étaient toujours unifiées dans le seul chant mélancolique de *Cante Jondo*.

J'ai parlé de la couleur or. Il y a toujours quelque chose de cristallin, une transparence de vérité, une étrange faculté de sincérité musicale qui ne descend jamais au niveau d'une déclaration explicite. La composition s'éloigne toujours habilement, comme en spirale, des déclarations familières. Elle s'adresse à une troisième oreille, pas encore née, les oreilles d'aujourd'hui, plus compliquées mais toujours vraies : son âme est parfaitement accordée.

Il explore constamment les déclarations hardies, les multiplicités hardies et les surimpressions. Il rayonne d'une étincelante luminosité. L'être humain et le compositeur ne font qu'un. Ses sources sont la bonne humeur, la générosité, des chagrins secrets dont il n'accable pas autrui, jours de grisaille et jours de joie, un travail harassant et l'habitude de siffler au réveil.

Joaquin ne se laisse jamais aller à la colère, à la caricature, au vide, ou aux artifices et aux prétentions de certains de ses contemporains.

Je suis sûre que d'avoir écouté sa musique a orienté le choix de mon vocabulaire, ma recherche du rythme, mon oreille pour les tonalités, mon emploi de l'inconscient comme une symphonie de voix multiples. Je suis sûre qu'il est le chef d'orchestre qui indique discrètement et modestement le thème majeur du Journal; les mots pareils à la musique qui peuvent pénétrer les sentiments et court-circuiter l'intelligence. Sa musique, loin d'occuper l'arrière-plan de ma vie, était au premier plan. C'est lui, le musicien, qui a accompli ce dont je rêvais, et j'ai suivi de mon mieux avec le pouvoir inférieur des mots. L'oreille est plus pure que l'œil qui ne lit qu'une signification relative dans les mots. Tandis que la distillation de l'expérience en son pur, un état de musique est éternel et absolu.

C'est lui qui a exercé dans ma vie la plus grande influence en tant que personne, car ce ne sont pas les relations manquées qui influencent notre vie : elles influencent notre mort. Avec Joaquin j'avais le modèle de la meilleure relation que j'aie eue durant toute mon enfance et mon adolescence. Il est vrai que je dus m'occuper de lui car il avait cinq ans de moins. Il est vrai que c'est lui qui vécut la liberté bohème, l'indépendance, tandis que je devais devenir responsable de sa sécurité, de son bien-être. Mais en retour il était tendre et affectionné, aimant et loyal. Nous ne nous disputions jamais. Un jour où j'avais perdu l'argent que l'on m'avait remis pour faire le marché (à une époque où nous n'étions pas riches), il proposa de se faire gronder à ma place. Il avait six ans. Il a créé le modèle pour tous les petits frères que j'ai eus par la suite, sur la vie desquels je dois veiller, mais qui me vouent une égale tendresse. Il ne jugeait jamais, il ne critiquait jamais. Nos vies étaient différentes mais nous gardions l'un pour l'autre un immense respect.

Tout comme la composition rejetée de Joaquin avait sombré dans mon inconscient et disparu pendant dix ans, pour resurgir distinctement et complètement, je fus surprise de constater qu'un livre lu en France il y a dix ans, Léon Pierre Quint sur Proust, avait si profondément influencé mon attitude envers l'écriture que ce que j'ai écrit aujourd'hui sur le métier semble en être extrait. De tous les livres écrits sur Proust aucun n'est parvenu au niveau et à la beauté de celui-ci. C'est le seul livre que Proust aurait pu lire sans souffrance. Il ne contient pas une fausse note. Pierre Quint était un écrivain du même niveau que Proust, il pouvait le commenter et le décrire comme un frère jumeau, comme si Proust lui-même avait pris ses distances par rapport à son œuvre pour l'élucider. Il est aussi raffiné, subtil, précis et pénétrant lorsqu'il parle de la vie et de l'œuvre de Proust, que Proust lorsqu'il analysait les autres. D'ordinaire le critique est un moindre écrivain, un moindre psychologue. Il rapetisse l'œuvre afin de permettre à lui-même et à d'autres de pénétrer dans l'univers du romancier.

Léon Pierre Quint n'a jamais été traduit. C'est grand dommage.

Voici quelques-unes de mes citations favorites :

Il aboutit ainsi à quelques grandes lois : loi du mot, de l'évolution et loi de l'inconscient.

Son roman, comme il le dit lui-même, est réel, parce que rien n'est plus réel que le contenu même de notre moi; mais il n'est pas réaliste.

Si la phrase de Proust n'est pas faite de clarté et de logique immédiates, c'est que notre vie psychologique est confuse et que l'intelligence n'y pénètre que par des couloirs sombres aux détours nombreux.

... L'inconscient, qui forme la partie la plus essentielle de notre moi.

La mémoire de l'intelligence n'aurait pu lui donner que des enseignements sur le passé, mais elle l'aurait vidé de tout contenu affectif, que l'association de deux saveurs lui rend.

Tous les personnages de Proust sont peints ainsi par larges fresques incomplètes, telles ces statues de Rodin qui laissent place au mystère. Les parties qui manquent correspondent à l'évolution du personnage et les morceaux travaillés sont d'une puissance suffisante pour nous le suggérer à la fois dans son passé et son présent.

Comment la critique n'a-t-elle pas encore compris que chaque fois qu'un écrivain découvre un nouvel objet d'études, la moralité bourgeoise doit nécessairement s'alarmer, que chaque fois qu'il entre dans un domaine inexploré, il apparaît comme un sacrilège ? La condition de l'art est pourtant d'empiéter continuellement sur les parties de la vie qui ne lui sont pas encore soumises, de créer même des modes nouveaux de vie.

A propos de son emprisonnement émotionnel, Lanny Baldwin dit : « Les émotions m'étouffent, elles poussent des larmes derrière mes yeux, elles m'étranglent. Cela vient comme une vague d'extase.

« La différence entre nous c'est que je flotte sur cette vague lorsqu'elle vient, je ne la nie pas. »

Dans un monde qui se détruit lui-même par la haine, je persiste à aimer, et ceux qui m'aiment déplorent mes défaites.

Dès qu'il va dans sa famille, Leonard devient triste, mort, il a une éclipse. Dès qu'il vient me voir, c'est un sauvetage de la mort dans la vie.

Sa mère lui a demandé : « Est-ce que j'aimerais Anaïs Nin ? »

Il lui a répondu : « Vous êtes aux antipodes. »

Pour le roman : prendre le poumon d'acier comme symbole d'une personne qui respire à travers une autre, qui vit grâce à une transfusion d'oxygène. Djuna qui dépend de Jay. Toute dépendance entraîne l'anxiété. Parce que l'on vit à travers un autre et que l'on craint de perdre l'autre. Pour Liliane ce n'était pas sa gorge, ses sens, sa vie mais tout le goût, le toucher qui passaient par Jay. Lorsqu'il accueillait des amis, était à l'aise dans des groupes, acceptait et incluait la totalité de la vie, sans différence, alors elle éprouvait cette ouverture, cette absence totale de contraction, à travers lui. Elle portait en elle un mécanisme qui l'empêchait d'absorber profondément les êtres et la vie. Ses facultés critiques passaient un jugement, évaluaient, rejetaient, limitaient. Jay ne limitait jamais son temps ou son énergie. Lorsque c'était l'heure, il s'endormait. Mais Liliane sentait qu'il lui fallait éviter de s'abandonner ainsi en public. Il lui fallait prévoir quand son énergie allait céder, et elle vivait donc esclave de la pendule. A minuit il fallait qu'elle parte. Même si la soirée commençait tout juste à s'épanouir, elle devait couper le cordon, résister à la demande des autres, affirmer un geste solitaire de détermination, l'inverse d'un abandon au courant de la vie. Jay se laissait consumer. Il se reposait davantage, même s'il dormait moins, par son abandon détendu que Liliane qui exerçait toujours un contrôle.

Jamais compris jusqu'à maintenant pourquoi j'avais dû m'appauvrir suffisamment à Paris pour aller au mont-de-piété. C'est parce que tous mes amis y allaient et que je voulais atteindre le même niveau de pauvreté et de dénuement, connaître avec eux l'épreuve que représente la séparation d'objets aimés, tout perdre. Je n'étais jamais unie avec eux tous aussi émotionnellement que lorsque moi aussi j'attendais sur le banc de bois et que je regardais le visage éloquent des personnes, l'histoire des objets, l'atmosphère de dépossession et de sacrifice.

Dans la description des relations, le rythme est important : relâché ou tendu; unilatéral ou multilatéral; cristallisé ou développé; fixe ou mobile; accéléré ou ralenti. Lorsque l'on est privé d'un sens, s'en remettre à d'autres, ceux qui voient le mieux, entendent le mieux, se souviennent le mieux. Il y a aussi la question cruciale de la distance. On ne vit pas toujours dans le présent, en harmonie avec lui. On vit à toutes sortes de distances par rapport à lui, qui sont aussi difficiles à mesurer que la course des planètes. Les craintes et les traumatismes accomplissent leur voyage de manière oblique, inégale, périphérique, fuyante.

Pour ma part je me suis tellement concentrée sur mon sixième sens que j'ai développé cette vision qui voit au-delà des faits, pour mieux trouver les sensations et les divinations. Il est possible que je n'aie jamais appris les noms des oiseaux afin de découvrir l'oiseau de paix, l'oiseau de paradis, l'oiseau de l'âme, l'oiseau du désir. Il est possible que j'aie évité d'apprendre les noms des compositeurs et de leur musique pour mieux fermer les yeux et écouter le mystère de toute musique comme un océan. Il se peut que je n'aie pas appris les dates d'histoire afin de parvenir à l'essence de l'éternité. Il se peut que je n'aie jamais appris la géographie pour mieux dresser la carte de mes propres itinéraires et découvrir mes propres territoires. L'inconnu était ma boussole. L'inconnu était mon encyclopédie. L'inconnu était ma science et mon progrès.

(MAI 1945)

Leonard passe en famille les derniers jours qui lui restent avant de partir pour le service. Rangé ses affaires, disques, la boîte avec les peintures phosphorescentes, les feuilles de cuivre, les ciseaux, le verre coloré, les plaques de cuivre, les gravures, les poèmes, les notes, les esquisses.

Tom avait raconté à Leonard que tout a été écrit, que le développement intellectuel a tué la littérature, mais je lui parle de tout ce qui reste à faire. « Si l'intellect a tué la littérature il faut donc que l'autre sorte d'écriture, émotionnelle, tue l'intellect. »

Il a téléphoné : « Je suis au bureau de recrutement et je prends le train pour Fort Dix à six heures. » Une heure plus tard il apparaissait. Il s'était évanoui à la suite d'une piqûre.

Envoyer à la guerre des pas-encore-un-homme d'une pareille fragilité... Son corps est vulnérable. Il n'a pas encore atteint toute sa force. Il est grand et ne fait pas son poids. Il a le cou et les oreilles d'un garçon de quatorze ans.

De tous les éléments que j'ai gardés en mémoire, le plus frappant est sa curieuse luminosité. Pourquoi apparaît-elle chez les enfants et les adolescents, et disparaît-elle ensuite ? Est-ce la présence de l'esprit ? Est-ce que la peau, la chair est encore transparente, ni dense ni opaque ?

Mon inquiétude c'est que Leonard va maintenant se fermer. Je l'ai vu s'épanouir et se contracter, s'épanouir et se refermer. Protéger sa vulnérabilité.

Signature de la reddition officielle de l'Allemagne. La guerre en Europe est terminée. Une date à se rappeler : 8 mai 1945.

Je suis en correspondance avec Wolfgang Paalen, directeur et rédacteur en chef de la revue *Dyn* au Mexique. Il a accepté une de mes histoires, *Le Voyage de l'œil,* celle qui a comme point de départ Hans Reichel. J'avais lu dans la revue un morceau surréaliste, qui m'avait plu, et j'avais écrit une lettre d'admiratrice à l'auteur, un certain « Givor », aux bons soins de Paalen qui l'avait écrit lui-même sous un pseudonyme, et il ne savait pas s'il devait se réjouir ou être jaloux de cet autre qui avait suscité mes louanges. Sa femme Alice était peintre.

Je l'ai rencontrée aujourd'hui à une exposition. Elle est d'apparence remarquable. Grande, brune, bronzée, elle a un physique de Mexicaine-Indienne. Mais elle est née en Bretagne.

Son sourire et son expression sont éblouissants, éblouissants d'esprit, de présence, de vie.

Elle claudique par suite d'une infirmité à la jambe ou à la hanche.

Ses peintures sont entièrement dérivées d'univers souterrains, tandis que ses descriptions du Mexique sont violentes de couleur, de drame et de joie.

Merveilleux d'entendre parler de soleil, de jungle et de rivières, de couleurs, de costumes, d'habitudes, du sourire de visages foncés, d'herbes odoriférantes et de la manière de moudre le maïs, de l'histoire du Mexique, de son passé, des peintres qui habitent là et peignent avec tant de force. C'est un Mexique différent de celui de D. H. Lawrence. Pour lui c'était étrange. Pour Alice tout cela est familier, pétillant de gaieté et de vie jusque dans la pauvreté.

J'étais en proie à une nostalgie doublée de la crainte qu'à souffrir du froid et de la méchanceté de New York je finirais par devenir comme ceux qui écrivaient sans rien sentir, tout de dureté, d'amertume et de cynisme.

Venant s'ajouter à la description du Mexique par Alice Paalen il y avait la description du Panama par Pablo. La chaleur du climat correspondait à la cordialité du comportement. Le soleil était lié à la générosité dans la manière d'être.

Lettre d'Henry :

Me suis couché hier soir avec une excellente

idée pour votre Journal. Je me suis dressé tout d'un coup dans mon lit en me demandant pourquoi nous n'avions jamais songé à Maurice Girodias pour publier le Journal ? Pourquoi faudrait-il que vous entrepreniez vous-même cette tâche herculéenne ? Cela ne tient pas debout. (...)

Qu'en dites-vous ? Devrais-je lui écrire une lettre circonstanciée ? J'avais dans l'idée qu'à mesure qu'il ferait paraître chaque volume il pourrait éditer une petite édition de luxe grâce à un procédé de fac-similé qui établirait l'authenticité de l'œuvre et constituerait en même temps un beau travail. Beaucoup de vos amis seraient heureux de posséder une telle édition.

Robert Laffont a une revue intitulée Magazine du spectacle *où il a publié mon « Scénario » tiré de* La Maison de l'inceste. Max et les phagocytes *doit paraître en français incessamment avec mon essai sur le Journal. Cela devrait vous aider. Alors réfléchissez à tout cela.*

Voilà bien longtemps j'avais discuté avec le docteur Otto Rank de ce qu'il appelait « le double » qui est une autre expression de notre besoin de projeter sur les autres une part de nous-mêmes. Le docteur Esther Harding a parlé de cela ce soir en termes fort clairs. J'ai pris des notes.

Nous jouons pour le monde un rôle de *persona.*

L'acceptation de ce rôle social nous livre aux exigences de la collectivité et nous rend étranger à notre propre réalité.

Le dédoublement de personnalité qui en résulte peut rencontrer un Moi en accord avec ce qu'attend de lui la communauté, tandis que l'ombre refoulée peut faire dissidence.

Si l'on refuse de reconnaître cet obscur *alter ego* cela engendre une tendance à le projeter sur quelqu'un dans l'entourage immédiat, le miroir inverse de soi-même.

Cela sauve de l'anéantissement le Moi qui porte un masque.

Le docteur Harding a longuement développé la nécessité de faire une place à cette ombre dans les relations humaines. Si le Moi s'obstine à nier le mal, il en résulte une « atmosphère psychique » trouble.

Le docteur Harding a représenté ce mécanisme de l'ombre comme une défense nécessaire contre l'inconnu, car emprunter au champ de conscience les motifs non domestiqués de la *psyché* c'est aboutir à se révolter contre la société. Mais on ne peut grandir en stature psychique que dans la mesure où l'on assimile les conséquences de l'acceptation de soi. L'ombre doit faire partie de la personnalité consciente.

Je ne me souviens pas d'avoir discuté avec Rank du problème obsédant de ma responsabilité à l'égard d'Henry et de Rango. Je ne crois pas du moins que j'en aie pris conscience avant d'avoir entendu l'exposé du docteur Harding qui m'expliqua pourquoi je me sentais à ce point responsable de leur vie. Ils vivaient à ma place tout ce que je me refusais, la liberté de vivre. Ils étaient tous deux totalement irresponsables, révoltés, anarchistes et ne vivaient que pour leur propre liberté d'action. Comme toutes leurs libertés étaient inacceptables pour moi, et que je me sentais d'autant plus responsable du bien-être des autres (à commencer par ma mère délaissée, mes frères abandonnés, etc.) je les vivais à travers eux. Et j'étais là pour les empêcher d'en subir les conséquences.

Frances et moi avons passé une heure à essayer de détecter et de démêler quand l'analyste Martha Jaeger est objective et quand elle ne l'est pas. Maintenant qu'elle a montré qu'elle confond ses convictions personnelles avec l'analyse, je crains qu'elle ne nous fasse aucun bien. Il faudra que Frances fasse attention aux erreurs.

Visite de Frances à qui j'ai montré les aquarelles de Leonard. Elle les a trouvées techniquement très belles, très bien faites, mais lointaines.

Comme Leonard se plaint de ne pouvoir exprimer ce qu'il ressent, je lui écris :

Exprimer ce que l'on ressent est lié directement à la création. J'ai été aidée en cela par mon habitude de tout confier au Journal. Vous vous trouvez dans un environnement stérile et vous avez tendance à vous replier sur vous-même. Cela sera mauvais pour vous en tant qu'artiste, écrivain ou peintre. Il faut être capable d'exploiter les richesses du sentiment et de l'imagination, c'est là que réside le secret de l'abondance. Le repliement risque d'engendrer la stérilité ou le dessèchement. Essayez d'écrire dans votre Journal pour entretenir cette petite flamme. Développez, ouvrez, nommez, décrivez, exclamez-vous, peignez, caricaturez, dansez, sautez dans vos écrits. Nous sommes ici en tant qu'écrivains pour dire tout. Parlez pour vos humeurs, rendez votre silence éloquent. Les dessins que vous m'avez envoyés sont un visage fermé au monde.

Alice Paalen est venue ainsi que Charles Duits, Pablo et un jeune homme qui avait étudié le japonais à l'université du Michigan. Il m'a raconté combien les études étaient intensives, combien l'entraînement était intensif. Duits et Pablo ont essayé de recommencer le même duel comique avec le mètre métallique, mais, de manière symbolique, il est devenu mou, il a perdu sa raideur électrisée. Comme si cette qualité venait de Leonard. Alice Paalen exhale une odeur de bois de santal et porte un châle indien. Elle parle de Picasso dont elle a été la maîtresse, une de ses joies était de frustrer les femmes du plaisir.

Mme Chareau traduit actuellement les histoires de *Under a Glass Bell.* Je réapprends mon français disparu. Elle a parlé de la manière indirecte et subtile dont je dis les choses. Elle n'avait compris que beaucoup plus tard tout ce que j'avais sous-entendu en décrivant la manière dont Moricand se tenait, esquissant le geste timide d'une jeune fille qui couvre son sexe de sa main.

Je tire à la main et non à la machine les gravures sur bois en couleurs. Je fixe le papier de riz sur un cadre en bois, et presse à la main le morceau de bois encré à la main, comme dans l'ancienne méthode chinoise.

Edmund Wilson écrit d'Angleterre, assez mélancolique, il parle d'un divorce possible avec Mary McCarthy. La première fois que je lus *The Company She Keeps*, je me dis que c'était un chef-d'œuvre de dureté intellectuelle, un vrai morceau de gravité et de haine de soi-même, et de haine de la sensualité.

Caresse est venue hier soir et elle nous a expliqué qu'elle reçoit trop de poèmes, et qu'elle a besoin de nouvelles ou d'articles d'une longueur substantielle, pour son *Portfolio*. Elle est venue avec le peintre mulâtre Beardon qui nous a fait voir ses derniers dessins en couleurs dans le style de Rouault, épaisses lignes noires, couleurs intenses mais avec une mobilité et un dynamisme très personnels. Caresse expose ses tableaux dans sa galerie de Washington.

Lettre à Henry :

Miroir du merveilleux *de Pierre Mabille m'avait été prêté par Yves Tanguy, je ne peux donc vous l'envoyer. J'ai essayé d'en trouver un exemplaire, et si j'y arrive je vous le dirai.*

David Moore est venu, pâle jeune homme, grand et tuberculeux, intéressant, difficile et qui, je crois, s'est mis en devoir de vous découvrir. Je n'arrive pas à croire que Michael Fraenkel ait passé tout un après-midi à le persuader que Tropique du Cancer *n'aurait pu être écrit sans son influence et ses livres. Je suis restée pantoise de tant de fausseté (et je n'ai pu prendre cela au sérieux) connaissant Fraenkel et plus encore lorsque j'ai appris que Fraenkel avait écrit un essai avec votre approbation. J'ai peine à y croire lorsque je songe que l'idéologie de Fraenkel est aux antipodes de la vôtre, que c'est un écrivain de moindre envergure et que vous ne l'avez jamais suivi sur le terrain de ses intellectualisations excessives. Est-ce exact? Il a aussi déclaré à Moore qu'après mon livre sur Lawrence mon talent s'était perverti et que je n'avais rien fait depuis.*

J'ai aperçu Fraenkel dans le Village, et un jour que j'étais au cinéma, pour voir le film d'Eisenstein sur le Mexique, il a posé sa main de squelette sur mon épaule, comme la main de la mort en personne. Je l'évite soigneusement. Je pense que Moore mérite que vous vous intéressiez à lui et j'espère que vous serez satisfait de son travail sur vous. Je sais que vous succombez sous les lettres et je ne vous fais pas suivre son épître de treize pages principalement sur vous.

Vous me demandez des nouvelles de la presse. Je suis toujours à deux doigts de la perdre, et lorsque j'aurai imprimé ce nouveau livre je serai forcée d'y renoncer.

Charles Duits et d'autres amis que Leonard avait éconduits mine de rien reprennent leurs habitudes chez moi. Mon amitié avec Frances s'est enrichie de l'amitié de Leonard pour nous deux.

J'ai été à rude épreuve cette semaine. D'abord parce que Martha Jaeger n'a pas compris le roman; ensuite Frances cherche à développer la réaliste en moi, après avoir admis que je révèle un univers d'une grande richesse d'imagination, de rêve et d'invention en insistant sur la vie intérieure. Enfin Leonard m'écrit que mes lettres sont évanescentes, vagues, presque invisibles comme le papier de riz sur lequel je les écris.

Voici un exemple de ce qui m'arrive constamment et me déprime : C. L. Baldwin a lu *Under a Glass Bell* avant de me connaître, il a été fasciné et il voulait me voir. Puis immédiatement, comme si j'étais un ballon ou un cerf-volant, il s'est mis à tirer sur la ficelle pour me ramener à la réalité. Baldwin dit que les histoires sont enivrantes, puis il ajoute : « Je voudrais vous voir écrire simplement et directement, comme lorsque vous décrivez Jay. Une écriture que l'on puisse sentir et toucher, humaine et chaleureuse. Pas une fantaisie. Votre fantaisie dans *Under a Glass Bell* me met mal à l'aise. Lorsque j'y succombe j'ai l'impression de perdre la raison. Je me sens en sécurité dans la réalité, à la campagne, lorsque je travaille dans mon jardin. »

La grande beauté de ma vie c'est que je vis ce que les autres ne font que rêver, discuter, analyser. Je veux continuer à vivre le rêve non censuré, l'inconscient libre.

Je fais des concessions à la réalité. Je travaille huit heures à la presse. Puis je rentre chez moi et je travaille au roman.

Peut-être que mon illusion (que Leonard deviendra ce que j'ai imaginé) n'est pas une illusion mais une intuition, l'intuition de l'avenir en puissance du « pas encore né ».

Mes amis se plaignent que je communique avec un côté d'eux-mêmes (leur Moi intime et secret) et que je prends la fuite devant l'autre. Frances et moi avons des échanges merveilleux, mais je disparais dès que ses amis viennent jouer au poker ou discuter avec âpreté de politique ou de littérature. J'ai pris le meilleur de la sagesse de Martha et je me soustrais aussi à sa vie « réelle ».

(JUIN 1945)

TRAVAIL, travail, travail. Collé dans un carton spécial la belle série de cinq gravures sur bois en couleurs de Ian Hugo pour *La Faim* avec une préface que j'ai recopiée à la main quarante fois. Nous avons préparé une très belle édition limitée de quarante exemplaires et elle se vend vite. Nous pouvons maintenant payer la linotypie et acheter du papier. Travail. La presse. Conversations avec Frances. Dîners légers à cause de la chaleur.

Pauvre Pablo, qui se meurt d'amour, il n'a pas de chance, il déborde de chaleur et il s'emporte contre les « petites natures ». Il est tellement vivant.

Frances dit : « Vous êtes l'anima de Leonard.

— Vous auriez été mieux dans ce rôle. Leonard disait que vous l'inspiriez plus que moi, que vous êtes plus intellectuelle.

— Mais vous libérez l'imagination créatrice. »

Pablo habite dans une petite chambre avec deux fenêtres qui donnent sur un vieil orme. La pièce est si petite qu'elle semble faire partie de l'arbre, une maison dans un arbre. L'arbre emplit la pièce de sa verdure, de ses chuchotements soyeux.

L'histoire de Gaspard Hauser est beaucoup plus belle que celle du Christ. C'est une histoire d'innocence, d'un rêveur détruit par le monde. D'abord l'enfant est emprisonné. Puis il est abandonné à des étrangers. La puissance, les intrigues, un sombre cynisme, tout concourt à l'assassiner. Jamais la laideur du monde ne fut plus clairement représentée. Gaspard Hauser est mort à dix-sept ans, tué au combat en Extrême-Orient. J'ai lu les *Lettres à un jeune poète* de Rilke. « Une émotion est pure chaque fois qu'elle s'empare de tout votre être. »

Qu'est-ce qui m'attire donc vers les jeunes ? Lorsque je suis en compagnie de gens rassis, je sens leur rigidité, leur étroite cristallisation. Ils sont devenus, du moins à mes yeux, comme les statues de célébrités. Terminés. Définitifs.

Leonard se tourmente d'avoir si peu à me donner. Je lui écris :

J'aime vivre toujours au début de la vie, pas à la fin. Nous perdons tous une part de notre foi, opprimés par la folie de nos chefs, l'incohérence de l'histoire, les cruautés pathologiques de la vie quotidienne. Ma nature me porte à toujours commencer, à croire, et c'est ainsi que je trouve votre compagnie plus féconde que celle, mettons, d'un Edmund Wilson, qui affirme ses opinions, ses croyances et son savoir comme la vérité ultime. Les personnes âgées suivent des filières rigides. Elles oublient la curiosité, le risque, l'exploration. Vous n'avez pas encore découvert que vous avez beaucoup à donner, et que plus l'on donne, plus l'on s'enrichit. J'ai été bien étonnée que vous ayez l'impression, chaque fois que vous écriviez une histoire, d'abandonner un de vos rêves et de vous retrouver appauvri. Mais vous n'avez pas réfléchi qu'alors le rêve est planté chez d'autres, que d'autres commencent à le vivre aussi, il est partagé, il est le début d'une amitié, d'un amour. Comment donc a été construit ce monde que vous avez apprécié, les amis qui m'entourent et que vous avez aimés ? Ils sont venus pour répondre et pour remplir la source. Pablo a entendu Under a Glass Bell *qui le conviait à une fiesta et il est venu avec ses histoires à lui. Il ne faut pas avoir peur, se montrer réticent, compter chichement ses pensées et ses sentiments. Il est vrai aussi que la création vient d'une surabondance, il faut donc que vous appreniez à absorber, à vous imbiber, à vous nourrir, sans crainte d'être rassasié. La plénitude est comme une lame de fond qui vous emporte irrésistiblement vers l'expérience et l'écriture. Laissez-vous couler et déborder, laissez la température augmenter, acceptez tous les épanchements, toutes les intensifications. L'excès engendre toujours quelque chose : le grand art est né des grandes terreurs, de la grande solitude, des grandes inhibitions et instabilités, et il les compense toujours. S'il vous semble que j'évolue dans un monde de certitudes, vous, par contre, devez profiter du grand privilège de la jeunesse qui consiste à évoluer dans un monde de mystères. Mais l'un et l'autre doivent être régis par la foi.*

Frances et moi jouons des parties d'échecs psychologiques. Frances aimerait me voir un peu plus réaliste. C'est elle qui m'a incitée à imprimer les histoires de *Under a Glass Bell.* Ce que j'élimine de mon œuvre je l'élimine, le rejette, le supprime aussi de la vie parce que je ne crois pas que ce soit important. Cela alourdit, tue la vision et les perceptions spirituelles. Trop de housses. Nous sommes suffisamment limités comme cela sans nous surcharger de faits qui ne peuvent nous inspirer, nous nourrir ou nous libérer. Frances reconnaît qu'à s'intéresser presque uniquement à ses voyages intérieurs, qui sont d'une richesse, d'une fécondité immenses, elle a rendu plus vivant cet univers intérieur. Tout le reste pour moi est accessoire, constitue des obstacles, des interférences, des engorgements. L'Amérique souffre d'un excès de réalisme, de « dreisérisme », trop de Hemingway et de Thomas Wolfe. J'ai une passion pour la libération de toutes les contingences statistiques, descriptions littérales et photographiques. Après cette conversation, Frances rêva que j'étais une bohémienne, une nomade, mue par une quête spirituelle.

Je lis Eliot pour faire plaisir à Frances. Il a un esprit formel et méthodique. Je n'aime pas sa moralité victorienne. Une philosophie nouvelle émergera de notre développement psychologique. Nous saurons que le bien et le mal ne sont pas des éléments séparés, mais sont actifs dans la même personne, dialectiquement, à des périodes différentes, et changent d'aspect dans des circonstances différentes. C'est pourquoi, lorsque Eliot s'en prend aux personnages de Lawrence, il parle en puritain de cette « amoralité ». Lawrence a fait monter à la surface tout l'inconscient sans contrôle ni choix, présentant comme telles les impulsions contradictoires. Bien sûr, en admettant la force du sentiment de la culpabilité, la psychanalyse admet l'existence en nous de la conscience et de la censure religieuse. La tâche importante qui incombe à la littérature, c'est de libérer l'homme, non de le censurer, et c'est pourquoi le puritanisme a été la force la plus mauvaise et la plus destructrice qui ait jamais opprimé les êtres et leur littérature : il a provoqué l'hypocrisie, la perversion, la peur et la stérilité. On a écrit un livre pour expliquer comment le puritanisme a détruit la grandeur universelle de la littérature américaine pour le monde, a mutilé Emerson, Whitman et d'autres. La valeur d'Henry Miller ne réside nullement dans ses qualités morales ou spirituelles, mais dans la façon dont il a pulvérisé les cristallisations puritaines. Il a été une force libératrice. Il y a de nombreuses manières d'être libre. L'une consiste à transcender la réalité par l'imagination, ainsi que j'essaie de le faire.

Je rassemble des notes sur l'art d'écrire en vue d'une conférence que je dois donner à l'automne.

Je préfère Wallace Fowlie à Eliot, parce qu'il procède par illuminations soudaines, et qu'il élimine l'accessoire. Lorsqu'il parle des poètes, je vis ses phrases illuminées dans lesquelles une telle connaissance est télescopée.

Je trouve Eliot « désenchanté ». J'estime que la moralité première de la littérature devrait être d'enseigner à vivre, à s'épanouir physiquement et mentalement, à éprouver, voir, entendre, ressentir et à donner naissance simultanément à l'âme et au corps. Je trouve encore que Fowlie est plus inspirant, plus contagieux, vibrant, il illumine des royaumes plus profonds.

Vendu dix-huit cartons à des galeries et des musées. Epreuves de la première page de *La Faim.*

En marchant dans la 13e Rue, je me suis souvenue du facteur français cher aux surréalistes. Un humble petit facteur anonyme, qui avait parcouru trente années durant le même itinéraire dans le Midi de la France et un jour il se dit : « Comment éviter de devenir fou de monotonie à force de parcourir le même chemin pendant trente ans ? En rêvant. » Et il construisit ce château ahurissant, pierre par pierre, réelle fantaisie concrétisée par un patient labeur. Il y en eut des photographies dans le vieux *Minotaure*. Je me demandais combien d'années j'irais de la presse au studio en passant par la même rue. Est-ce qu'un jour je me promènerai dans les rues des villes lointaines que je désire voir ?

Joséphine Premice commence à percer. Elle chante à *Café Society*. Je suis allée l'entendre. Elle m'embrasse toujours en criant : « Ma sœur ! »

Dali est apparu à une conférence en tenue de scaphandrier. Je commençai par rire d'une telle absurdité, comme le reste de l'assistance, puis je compris la signification profonde de la chose. L'artiste se fraie un chemin dans le Moi le plus secret, le plus profond, le plus inconscient, où réside la source réelle de la création. Souvent je me dis que nous sommes comme la terre elle-même, remplis de trésors cachés, d'or, de pierres précieuses, de feu, de métaux ou des richesses au fond de la mer, qui sont tous enfouis et qu'il faut amener à la surface. Nous pourrions également revêtir une tenue de mineur.

Vu plusieurs films de Maya Deren. Matériaux oniriques véritablement inconscients, meilleurs par certains côtés que les premiers films surréalistes parce qu'il n'y a pas d'effets artificiels, on se contente simplement de suivre les fils de la fantaisie. Subtilité de la caméra. Suis allée avec Frances et Tom.

Meshes of the Afternoon : « Un film qui traite des réalités intérieures d'un individu et de la manière dont le subconscient développe un incident banal à première vue en une expérience émotionnelle critique. »

At Land : « Un film qui fait songer à une odyssée inversée, où l'Univers prend l'initiative du mouvement et confronte l'individu à une fluidité continuelle à laquelle il cherche à se relier comme à une identité constante. »

Je distingue l'influence de Cocteau bien que Maya Deren n'ait recours à aucun symbolisme ni artifice pour présenter le rêve. Le rêve ressemble au réalisme. Les objets ne sont pas modifiés, il n'y a pas de mystère. Il n'y a rien qui indique que l'on rêve ou que l'on fait des associations libres. Curieux prosaïsme imposé à l'imagination.

(JUILLET 1945)

JOURNÉE digne d'une pièce de Tchekhov. Olga nous a conduits à Port Jefferson, dans Long Island, où se trouve une petite colonie russe. Nous avons d'abord été chez Vassily Vassilinoff, puis chez Tatiana Nabukova, puis chez Nikolaï Vaharoff, puis chez Gregory Psnikov Guriananoff, et nous nous sommes tous réunis sur une petite plage calme de Long Island. Tout le monde parlait à la fois de Dieu, de la mort, de la guerre, de rêves, de musique, de littérature, d'héroïsme avec un enthousiasme et une fantaisie incroyables. Je me suis rappelé les paroles qu'Olga avait prononcées un jour : « Dans ma famille nous faisions tout dans l'enthousiasme. Nous mourions même dans l'enthousiasme. » Et elle avait mimé un mourant se levant de son lit pour accueillir la mort avec euphorie comme une amante (invisible). Nous allions à l'eau, nous en ressortions, écrivains et chanteurs. L'un d'eux demanda quand Nabukova rentrait chez elle; si Un Tel retournait à Paris, dans la même petite pension; comment Tatiana regagnait Moscou; comment Olga peut rentrer en Pologne.

De nombreux signes donnent à supposer que la guerre va s'accélérer et que la fin est proche.

Le seul qui puisse ouvrir impunément la boîte de Pandore, c'est l'artiste. Parce que, lorsqu'il a vidé la boîte d'une illusion, il peut en créer une autre et la remplir d'un nouveau matériau. Il peut remettre dans la boîte les univers qu'il a créés et les découvertes qu'il a faites. Nul ne peut vivre avec uniquement une vision du monde clinique, psychologique ou historique. Il faut une capacité de recréer, rénover, renouveler. Martha continue à analyser au lieu de sentir, analyser au lieu de vivre sensuellement, inconsciemment. C'était pareil après mes discussions avec Rank : une trop grande lucidité crée un désert, et il faut retrouver de l'eau, replanter, resemer.

Frances cherche à élucider la différence entre intuition créatrice et illusion. Elle craint que beaucoup des miennes ne soient des illusions, et puis, après quelque temps, elles s'avèrent des intuitions. Elle pense que ce sont mes illusions qui provoquent mon angoisse. Mais l'intuition peut provoquer l'angoisse aussi car on l'a et on ne peut la prouver à personne, et on est seul avec, et tous les autres disent qu'il n'en est pas ainsi. L'analyse aussi peut désintégrer. Elle a un double rôle. Mais je vois bien maintenant que les deux sont nécessaires : vivre passionnément et aveuglément, prendre des risques; et ensuite, plus tard, interpréter, afin de se préserver du désastre au cas où ce ne serait qu'une illusion plutôt qu'une intuition créatrice. Lanny Baldwin n'obéit qu'à ses craintes, à ses ambivalences. Il cherche la sécurité. Il a été attiré par notre monde et il en a peur.

Je considère ce que j'écris comme un pressentiment de l'emprisonnement auquel sont soumis les êtres. C'était mon moyen d'évasion, j'ai creusé un tunnel qui m'a conduite vers la liberté.

Le roman est faux. Je me révolte contre lui tout en l'écrivant. Les amalgames sont faux. Sabina, la femme de passion; Liliane, la femme instinctive mais inhibée; Djuna, la femme de la psyché; Hejda, la femme orientale oblique, la femme de la nouvelle liberté; Stella, l'actrice qui vit par osmose.

Frances me dit avec un profond étonnement : « En fin de compte, vous écrivez toujours la vérité. On croit que c'est imaginé, mais c'est absolument réel psychologiquement. C'est ce que les autres n'ont pas vu. Vous rejetez le réalisme, mais non la réalité. »

Une nuit d'été. Fenêtres et porte sur la véranda ouvertes. Les bruits de la ville nets et distincts. Les cornes de brume sur l'Hudson brèves et gaies. L'oiseau métallique tournoie au plafond, la tapisserie peinte par Leonard et Pablo fleurit dans la pénombre. Toutes les lumières sont éteintes.

Moment de paix.

Le reste est travail. Travail à la presse, travail à *La Faim*, je relis les épreuves.

Leonard m'annonce avant de partir : « Je vais avoir une période d'étude et d'entraînement pendant dix-sept mois, à la suite de quoi on m'enverra au Japon. »

Il existe une analogie entre le bombardement de l'atome et le bombardement de la personnalité par la méthode de l'analyse, le démembrement, la séparation des éléments du psychisme qui peuvent libérer des énergies nouvelles. Je pense que les principes scientifiques peuvent s'appliquer à la vie du psychisme.

Il faut que j'étudie les principes scientifiques comme moyen symbolique de rendre clair le fonctionnement du psychisme. Le temps est venu de donner au psychisme un symbolisme concret. Je sens qu'il existe un rapport entre ce qui se passe en nous et ce qui se passe à l'extérieur. Tout comme les savants ont percé plusieurs couches de matière pour atteindre l'atome, l'analyste a percé plusieurs couches de personnalité pour atteindre le cœur du psychisme.

Ai-je trouvé le secret de la joie ? Je me souviens d'avoir lu *La Joie* de Georges Bernanos. Ma lecture ne fut pas celle qu'il souhaitait, car ses descriptions des états d'extase qu'éprouve la jeune fille reposaient sur l'extase religieuse, et ce n'était pas cela que je cherchais. Mais la façon dont il la décrivait, en poète, était un état de joie si absolue qui envahissait les sens, qui prenait possession de tout le corps, que je retins ceci, mais en recherchai la source ailleurs. La joie apparaît maintenant dans de petites choses. Les grands thèmes demeurent tragiques. Mais une feuille ce matin est entrée par la fenêtre, comme transportée par les rayons du soleil, un oiseau s'est posé sur l'escalier de secours, joie dans le goût du café, la joie m'accompagnait alors que je me rendais à la presse. Le secret de la joie c'est la maîtrise de la douleur.

David Moore. Pureté, austérité du visage, cheveux noirs ondulés qu'il porte d'une manière légèrement espagnole. Sourires subits. Tension. Romantisme. Il s'est récemment séparé de sa femme. Et tout ce qu'il a trouvé à la place, c'est une muse ! Nous avons des entretiens hautement élaborés : il est trop conscient, trop cérébral. Mais je reconnais la crainte qui se déguise en complexités.

Il ne prend pas la place de Leonard qui se droguait de rêves. Mais je ne m'adonnerai plus à cet assassinat insensé du présent auquel le névrosé romantique excelle.

Le névrosé dit : « Je n'aurai aucun plaisir, je ne respirerai pas, je n'aimerai pas tant que je n'aurai pas atteint le rêve, cette personne, cet état, ce lien particuliers... » Henry profitait du présent sans s'en faire. Je me fais du souci, mais pourtant je n'en mourrai pas. Les amis, les identités, interchangeables, ont cessé de compter fatalement. David Moore est une continuation de Leonard, Pablo, Charles Duits, les poètes toujours présents sous une forme ou sous une autre, demandant une femme légendaire avec tous ses voiles et tous ses mythes à partir de laquelle ils puissent créer.

Mais hier soir David Moore le poète a soudain été éclipsé par le prédicateur. Au cours de notre conversation il expliqua que son père était irlandais, et qu'il aimait les femmes et l'alcool. « Et je n'aime ni l'un ni l'autre », dit David. En dehors de son mariage il n'a eu aucune expérience avec les femmes. « Je suis puritain. Je pense qu'au fond toutes les femmes sont des putains. » L'esprit et le charme irlandais avaient disparu. « Vous êtes bonne pour moi. » Je ne lui répondais pas : « Mais vous, vous n'êtes pas bon pour moi. Vous tuez mon naturel et ma joie. »

« Vous me faites perdre un certain ordre, dit-il.

« Je n'avais qu'un seul camarade chez mon père. C'était Georges. Georges était un lutin irlandais, un personnage invisible. Il était petit, il riait toujours et se cachait partout. L'entendez-vous maintenant ? Il est dans la véranda et il fait un bruit de froissement. C'est une sorte de vent qui souffle tout autour de moi. » Il ne comprend pas l'inconscient, et ce qu'il ne comprend pas, il est contre. Il adore les pugilats. Lorsqu'il y a du monde il prend un air hautain et pédant. Il n'a confiance que dans son intellect. Pourquoi a-t-on confiance dans son petit univers conscient, et craint-on tellement l'Univers bien plus profond et plus grand au-dessous du conscient ? Je fais semblant de ne pas entendre les aveux indirects de son amour.

A la presse tout va mal. Problèmes créés

par Rango qui ne tient jamais parole, ne termine pas les livres au jour dit, ne règle pas les factures. Mais cela est compensé par la vie du studio où Pablo, Charles, Josephine, Marshall ont pris leurs habitudes. Ils me distraient, me remontent le moral comme une maison d'adolescents. Lorsque je rentre de mon travail il y a un mobile suspendu au bouton de la porte. Mais comme des enfants aussi ils exercent leur tyrannie. Ils ont formé une cour, une espèce de tribunal sommaire, et il faut que j'écoute les raisons pour lesquelles Baldwin et David Moore doivent être exclus du Cercle. Baldwin est trop conventionnel, trop empesé. C'est l'homme en complet-veston avec une serviette de P.D.G. Il est exact qu'il écrit des poèmes mais il n'a pas un comportement de poète. David est arrogant et pédant, et s'ils ne peuvent obtenir de moi que je les bannisse, lorsque le visiteur indésirable arrive, ils se comportent exactement comme si le studio leur appartenait, en propriétaires de plein droit, ils peignent le mobilier ou changent les meubles de place, si bien que le gêneur se sent de trop.

Leonard écrit : « Chacun de mes rêves transformé en histoire, couché sur le papier et livré au public est un rêve de moins pour moi, et j'en ai déjà si peu. »

Je lui réponds :

Beaucoup d'écrivains ont éprouvé ce que vous ressentez. Maurice de Guérin répugnait tellement à livrer ses pensées intimes qu'il les écrivait dans un Journal secret qui ne fut publié par sa sœur qu'après sa mort. Amiel écrivit un Journal intime et c'est tout. Rilke se plaint de cela dans ses Lettres à un jeune poète *que je vous enverrai plus tard. J'irai jusqu'à dire que l'écriture d'une poésie énigmatique est une expression de cette répugnance : on y est revêtu de symboles, protégé par le mystère d'une complète exposition au monde. Mais il y a un autre aspect à cela. Ecrire signifie tout donner. Impossible de rien garder pour soi. Les meilleurs écrivains sont ceux qui donnent tout. Il y a cependant le choix du vêtement : fiction, symbolisme, poésie, etc. Je partage votre opinion qu'un rêve donné ne nous appartient plus, mais il est vrai aussi que plus on donne de rêves, plus on produit de rêves pour combler le vide, et cette faculté se développe à mesure qu'on l'exerce. C'est comme l'amour. Plus on le dépense, plus on libère de nouvelles sources, de nouvelles énergies. Refuser de tout dire dessèche, inhibe et en fin de compte tue les graines. Lorsque vous communiquez votre rêve, vous risquez de vous sentir pauvre au début. Mais l'instinct, comme celui de la nature, est de renouveler, de féconder. C'est vrai, ainsi que j'ai pu m'en rendre compte. Plus j'écris, plus je donne, plus j'aime, plus puissante jaillit la source. L'écrivain s'expose sous n'importe quelle forme, en définitive, ainsi que nous faisons en amour, mais c'est un risque que nous devons prendre.*

Je me rappelle fort bien comment à votre âge j'étais paralysée de timidité et n'osais rien écrire en dehors du Journal où je me sentais à l'abri des regards inquisiteurs ou critiques. Et puis n'oubliez pas que les rêves engendrent les rêves. Si je n'avais pas raconté mon rêve de la péniche, écrit une histoire, et renoncé ainsi à mon secret, ma propriété personnelle, l'histoire n'aurait pas été lue par un garçon de dix-sept ans à Yale, et il ne serait pas venu me trouver pour m'offrir un rêve de Gaspard Hauser. Je sais que vous m'avez dit que vous ne liriez pas cette histoire parce qu'il meurt à la fin et que vous avez peur de la mort. Mais Gaspard Hauser n'était pas un poète, et chez le poète, l'enfant, l'adolescent ne meurt jamais. Rappelez-vous que Fowlie dit qu'en chaque poète il y a un homme, une femme et un enfant. C'est grâce à la réceptivité intacte de l'enfant, à ses sens aiguisés que le poète est constamment en alerte et inspiré. Lancez votre rêve dans l'espace comme un cerf-volant et vous ne savez pas ce qu'il vous rapportera, une vie nouvelle, un ami nouveau, un amour nouveau, un pays nouveau.

Lettre à Leonard :

Wallace Fowlie écrit à Miller que son admiration pour moi est inchangée mais que, néanmoins, j'étais une femme fatale pour les poètes; qu'il redoutait mon charme, et notamment pour vous.

J'ai fini par refuser de faire la connaissance de Marshall Field. J'ai un préjugé contre les hommes avec de l'argent. J'en ai connu tellement, et aucun n'a échappé à la corruption du pouvoir. En cela je suis puriste. J'aime les êtres motivés par l'amour et non par le pouvoir. Si on a de l'argent et de la puissance, et que l'on est motivé par l'amour, on renonce à tout cela.

J'ai été heureuse hier car Olga a envoyé mes livres au critique Léon Pierre Quint, l'auteur de la remarquable étude sur Proust, qui a guidé mon goût lorsque je suis arrivée en France.

Je suis allée au mariage de Luise Rainer et Robert Knittel. C'était très compassé et je ne me suis guère amusée mais ils semblaient très heureux et je me réjouis qu'elle soit sauvée de la vie difficile d'actrice.

(AOÛT 1945)

COMME je ne peux décrire bien que ce que je sens, j'ai dû trouver un moyen de relier au livre ce que je vois et ressens, plutôt que l'inverse. La manière dont Otto Rank menait une analyse m'a aidée à trouver une forme pour le livre.

Pas commode de parvenir à la liberté sans chaos. Tant que Leonard était ici j'observais et je réagissais à ce que je nommais les transparences et phosphorescences de l'adolescence, je les décrivais, et je les laissais prendre leur place dans le livre. Rank ne croyait pas aux retours en arrière. Il sentait que le même drame se manifesterait dans le présent; tout ce que l'on avait à faire, c'était d'examiner le présent. Ainsi dans le présent j'étais aux prises avec un conflit entre l'ouverture des jeunes, leur curiosité, leur désir d'explorer, leur réceptivité, leur enjouement, leur agilité, et la pesante masse de maturité opaque, solide, immuable que je rencontre dans les réceptions mondaines. Sur ce thème de l'artériosclérose du sentiment j'ai écrit quarante pages pour le nouveau livre. Malgré la presse, les visites, la correspondance.

Une bombe atomique lancée sur Hiroshima. Horreur dont le monde reste confondu. Acte barbare difficile à croire.

Un après-midi d'été à Amagansett, nous rentrions tous d'une longue exploration de la plage. C'était vers la fin de l'après-midi.

De loin nous aperçûmes ce qui ressemblait à un corps roulé par les vagues vers le rivage. Deux hommes l'observaient. Lorsqu'il roula à leurs pieds, le corps se mit debout, et sans attendre courut dans les vagues et recommença. Nous nous approchâmes, intrigués. C'était une femme. Elle avait une abondante chevelure qui flottait lorsqu'elle se laissait rouler par les vagues. Elle dut recommencer plusieurs fois pour le jeune homme qui la filmait. Nous la regardâmes quelque temps, échangeâmes un sourire et poursuivîmes notre chemin.

Nous découvrîmes plus tard qu'il s'agissait de Maya Deren et de son mari, Sasha Hamid. Il avait travaillé avec John Steinbeck et Herbert Kline pour le film *The Forgotten Village*. Elle tournait un autre film surréaliste. Nous devînmes amis. Maya nous invita à venir voir le film lorsqu'il fut terminé. Nous arrivâmes dans son studio au Village, spacieux, au dernier étage. Il était rempli d'objets exotiques : tambours, masques, statuettes, enregistrements, cameras, projecteurs, écrans, costumes. La salle de bain et une grande chambre se trouvaient derrière. Le film était original. C'était un rêve. Il contenait de nombreux effets étranges qui me firent songer à Cocteau. Des amis y avaient tenu un rôle et nous les reconnûmes. Et aussi la scène sur le rivage. Maya avait un visage fascinant. C'était une Russe juive. Au-dessous de l'abondante chevelure frisée et désordonnée qu'elle laissait encadrer son visage comme une auréole, elle avait des yeux bleu pâle et un visage primitif. La bouche était large et charnue, le nez avait quelque chose de la plénitude des habitants des îles des mers du Sud. Lorsque Sasha la filmait, comme il l'aimait et la trouvait belle, il saisit un instant où Maya apparaissait derrière une vitre et, adoucie par le carreau, elle créait un effet digne de Botticelli. Le visage rond, l'auréole ronde, les yeux très écartés.

Elle avait une forte volonté et exerçait une influence dont nous étions tous conscients. Nous étions aussi hypnotisés par le tournage des films. Bien que, ce premier jour, nous n'ayons pas été d'accord avec ses « théories », nous fûmes captivés par les images. Elle niait toute signification symbolique (le couteau, la silhouette sans visage, la fleur, etc.). Son père était psychiatre et elle se révoltait contre toute interprétation psychologique. Elle n'admettait aucun lien avec Cocteau, ou les surréalistes. Nous ne voulûmes pas insister. Ce soir-là, après le film, nous dansâmes, nous écoutâmes des disques. Maya était enchantée de Pablo, Marshall, David. Elle mettait au point son prochain film et nous regardait tous avec les yeux d'un metteur en scène.

Deuxième bombe, lâchée sur Nagasaki. C'est

de la sauvagerie à une telle échelle que je ne peux y croire.

Le Japon s'est rendu. Il semble incroyable que nous puissions continuer à vivre, à aimer, à travailler dans un monde aussi monstrueux, et cela parce que nous ne savons pas tenir en échec la cruauté de la guerre, contrôler l'histoire. C'est pour cela que j'ai horreur de l'histoire, parce qu'elle met l'homme en face de son impuissance sous l'empire de la haine. Toujours et encore des guerres, la destruction. Toujours des manières encore plus horribles de détruire les êtres humains. Que faire? Parce que nous avons le sentiment de ne rien y pouvoir, nous nous détournons. Ceux qui discutent jour et nuit de politique n'ont rien résolu.

Ecrit plusieurs pages sur les attributs d'un amant *(Les Miroirs dans le jardin)*, Sabina et l'escalier de secours (« Dès le début Jay la détesta »), commencé Djuna et sa ville (prêteur sur gages, bordel pour les aveugles à Paris, rue Jean-Dolent), et le chapitre que j'intitule « Le pain et l'hostie ».

Je continue à extraire des essences, à ne pas donner l'expérience brute, l'incident parce que je distille le Journal. Ce qui a été raconté une fois humainement et directement doit être transformé en mythe. On voit la transformation de la réalité, mais pas la réalité. J'écrivais déjà de l'algèbre émotionnelle il y a dix ans.

Lorsque j'écris des romans, par opposition

avec le Journal, il m'arrive de démarrer lentement avec l'intention de raconter toute l'histoire. Ce qui arrive, c'est que mon allure s'accélère, mon rythme devient haletant, et je saute ce qui est évident, solide, pour produire cette condensation, cette quintessence, et cette relativité émotionnelle. Chaque fois que j'entends une explication de la relativité, j'ai le sentiment qu'il existe un équivalent dans la réalité psychologique. Pourquoi le poète a-t-il recours au symbolisme dans ses récits? Pourquoi le conteur naturaliste prend-il son temps et traite les événements bruts de manière directe ?

Je ne peux encore donner la réponse, sauf que la réalité brute pèse lourdement et opprime l'esprit, tue l'espoir que nous pouvons avoir de transformer, modifier, changer, faire évoluer. C'est la preuve de ce que peut opérer l'imagination qui nous donne notre amour de la vie, notre espoir, notre joie. La vérité et la réalité sont à la base de tout ce que j'écris. Je peux toujours fournir des preuves de l'incident qui a inspiré le personnage ou le lieu, mais afin de capturer l'émotion, la réalité du comment nous sentons ou voyons le monde, je dois aller au-delà des apparences, et cela ressemble au rêve; mais ce n'est pas un rêve, c'est la manière dont est vécue notre vie intérieure. Par exemple, le monologue intérieur que nous pratiquons tous ne ressemble jamais à notre manière de parler. Faudra-t-il que tout ce que j'écris soit traduit, comme lorsque l'on déchiffre un rêve pour en trouver le sens ? C'est parce que je n'obtiens jamais cette réponse immédiate que j'ai tellement besoin de poursuivre mon œuvre. Le poète l'obtient. Le fait que cela s'appelle un poème semble établir une certaine manière de lire. Si j'obtiens une réponse c'est à retardement. L'écriture produit un effet après coup.

Elle pénètre d'une manière plus mystérieuse, et elle est retraduite en action on en vit de tous les jours. L'abstrait retourne au naturalisme.

David Moore a inspiré la page sur le papillon noir à la fin du livre. Il apparaît à la réception comme un zombi, mort dans la vie. A deux ou trois reprises, alors qu'il me rendait visite, un papillon noir se réfugia dans le studio.

Commence à imprimer *La Faim*.

En guise de distraction, Marshall m'a emmenée voir *On the Town* qui m'a beaucoup plu. La seule comédie musicale qui m'ait vraiment plu. Moderne, spirituelle, rythme alerte, danses aériennes.

Under a Glass Bell est traduit pour la revue d'avant-garde cubaine *Origines*.

Aujourd'hui, après avoir imprimé assidûment, j'ai senti que la machine me redonnait des forces. Je sentais le plomb si lourd à porter, qu'il me rendait ma force. J'ai quitté mon travail, euphorique.

Semaine prodigieuse dans notre histoire, un monde nouveau commence, la fin de la guerre ! Changements formidables. Tant de joie. Clameurs et festivités.

Nous savons pourtant tous que la guerre est le cancer du pouvoir. Je crois que c'est Cocteau qui disait : « Je ne m'intéresse pas à l'histoire, je m'intéresse à la civilisation. » L'histoire et la politique ne sont que les signes du mal du pouvoir. Nous fêtons la paix. Nous ne nous soucions pas cependant de guérir l'agression chez les êtres humains. Et lorsque l'on voit en psychanalyse l'hostilité qui disparaît à mesure que les gens conquièrent leurs craintes, on se demande si le remède ne se trouve pas là. Nous ne faisons pas attention, parce que nous ne voyons que les manchettes des journaux.

Edmund Wilson est rentré d'Europe. Il est séparé de Mary McCarthy. Il est très seul. Il se dépeint comme un homme qui a beaucoup souffert parce qu'il aime les femmes intelligentes, et que « les femmes intelligentes sont incroyablement névrosées ».

Tandis que je l'attendais au Longchamp, un restaurant banal s'il en fut, je me disais que les murs orange étaient aussi beaux que des fruits, et les bruits et les lumières de l'été gais et merveilleux.

Je suis hors d'atteinte de David et de son rayon de la mort. Ceux qui ne peuvent vivre pleinement deviennent souvent destructeurs de la vie.

La névrose est une sorte de mort par absence. Un seul homme amer peut contaminer la communauté entière. Ceux qui souffrent de troubles intérieurs sont contagieux.

(SEPTEMBRE 1945)

MARSHALL était l'un des jeunes gens qui se trouvaient là lorsque Leonard dominait le groupe, il n'a donc jamais été décrit. Il a vingt-deux ans, c'est un juif russe avec de grands yeux verts, une peau qui semble légèrement bronzée. Ses cheveux noirs sont vivants et brillants. Il a plusieurs cordes à son arc : il dessine, il écrit des paroles pour des chansons et il travaille pour *Esquire*. Il est doux, détendu, expressif, chaleureux. Il s'est intégré et il a contribué à toutes les soirées imaginatives et lyriques que nous avons organisées : soirées haïtiennes, soirée avec un harpiste irlandais, au cours de laquelle son ami chanta de manière émouvante; une autre soirée avec un joueur de banjo qui a interprété avec humour des chants du folklore américain. Chaque visiteur apporte quelque chose de nouveau.

J'ai reçu cette lettre de Marshall :

Je vous envoie tous mes rêves du cœur de la nuit. Ne commencez-vous pas à vous méfier de tout ce mystère ? Le labyrinthe où j'enferme chaque idée. La vérité c'est que je vous aime d'une manière terrible. Terrible à l'inverse de toutes les moralités, et pourtant cela fait de la moralité habituelle l'incarnation des sept vertus cardinales. En conséquence il ne faut plus nous revoir pendant longtemps. Si vous désirez me dire quelque chose, écrivez-moi à Esquire.

Lettre de Leonard :

J'ai fait une découverte à propos de moi-même. Lorsque quelqu'un me témoigne de l'amitié, je peux l'accepter mais je ne peux la lui rendre. Je ne peux y répondre. J'arrive mieux à me lier avec des gens froids. Je suis en fait comme Tom. C'est peut-être à cause de mon père qui n'exprime jamais aucune émotion. Il disait toujours qu'il faut garder ses sentiments enfermés dans son cœur. Je suis un roman à clef.

Edmund Wilson m'a donné à lire le manuscrit de *Mémoires du comté d'Hécate*. L'éditeur pense qu'il va s'attirer des ennuis et n'est qu'à moitié heureux. Il faudra peut-être que Wilson entre en lice et lutte pour nous tous contre la censure.

L'aspect tragique de l'amour n'apparaît que lorsque l'on essaie de faire tenir un amour illimité dans un amour limité. Tout autour de moi je constate qu'un seul amour ne suffit pas, deux non plus. Les femmes que je connais cherchent à ajouter un amour à l'autre, puis, lorsque cela ne les comble pas, elles deviennent les grandes amoureuses de la terre entière.

Nous pénétrons maintenant dans la nuit de la vie de la femme, le chaos et le mystère de la femme. Nous pénétrons dans le royaume le plus secret et le plus profond, une région inexplorée où toutes les femmes fusionnent en une seule, et c'est seulement à cet instant de lutte sans espoir pour se libérer d'un seul amour absolu que toutes les femmes fusionnent en une seule. A un moment, dans le roman, cela se produit, c'est dans la vie nocturne, dans l'inconscient, que cette ressemblance se produit; souvent, comme chez Liliane, elle n'est pas vécue; niée, comme chez Djuna, abstraite par l'intuition; chez Sabina elle est vécue aveuglément.

J'ai imprimé hier la cent quatre-vingt-quatrième page, la dernière, de l'édition de luxe de *La Faim*. Puis je suis rentrée, je me suis reposée, j'ai pris un bain, et je me suis habillée pour Marshall, qui descend du célèbre rabbin Barer. Il est intelligent, plein d'imagination et d'esprit. Nous sommes allés danser avec Estelle et un autre jeune homme.

Je ne sais comment tous les adolescents commencèrent à ne faire qu'un lorsque j'écrivais *Le Pain et l'Hostie*. Le titre venait aussi de ce que Frances avait dit que je ne respecte pas le pain. Le contraste entre le pain quotidien et l'hostie distribuée à la messe, qui est une nourriture purement symbolique, m'apparut alors comme une description de ces jeunes gens magiques, doués, souvent brillants, imaginatifs, qui ne sont pas nourrissants pour la femme, seulement pour l'artiste.

Je réagis contre les hommes ordinaires, unidimensionnels. Je ne veux pas les nommer. Je les rencontre partout, prosaïques, terre à terre, qui ne parlent que de politique, qui ne sont jamais dans le monde de la musique ou du plaisir, jamais libérés du poids des problèmes quotidiens, jamais joyeux, jamais enthousiastes, faits d'acier ou de béton, ou, comme des bêtes de somme, indifférents à leurs corps, obsédés de puissance.

En réagissant contre leur lugubre univers asservi, je me retrouve dans un monde d'illusion magique. Dans *Le Pain et l'Hostie*, je décris cela comme un ballet. C'est une étude des adolescents fuyants, évasifs, sans substance. Par suite de leur crainte, ils procèdent par oscillations. J'étais prisonnière de leur charme, de leur tendresse, de leurs jeux. Ils peuplaient le monde de leur joie, et ils étaient sans défense lorsque le monde adulte leur dictait : « Va faire la guerre. Gagne ta vie. » Je vois les exigences de la réalité corrompue, leur rêve et l'innocence de Gaspard Hauser. Ils seront bientôt pesants, sans joie, obsédés comme leurs pères.

Avoir un sens tragique de la vie, c'est être obsédé par une vie idéale, non pas une vie primitive, naturelle. Quand donc ai-je fixé pour moi de tels idéaux et rendu ma vie si difficile ? Pourquoi ai-je lutté contre le chaos destructeur de la vie d'Henry, plutôt que de participer joyeusement à ses irresponsabilités, à son utilisation des autres ? Pourquoi ai-je lutté contre l'inertie et le fatalisme destructeurs de Rango, plutôt que de lui emboîter le pas et de devenir aussi paresseuse, insouciante et libre ? Je ne me suis jamais laissée aller à leur mode de vie. Je me suis repliée dans le mien. J'ai résisté à l'obsession de la politique parce que je ne crois pas qu'aucun système rendra l'homme moins cruel ou avide. Il faut qu'il fasse cela lui-même, individuellement.

Nous avons achevé d'imprimer l'édition ordinaire de *La Faim*. Je suis tombée dans une dépression suicidaire. J'ai dû affronter la critique. Diana Trilling supposait, étant donné que j'avais étudié la psychologie, que j'écrivais des dossiers cliniques. La meilleure manière dont je puisse décrire cette critique, c'est qu'elle ne voit que ce que j'ai éliminé, et pas ce que j'ai su mettre.

« Stella n'est pas réelle. On ne la voit jamais prendre un en-cas dans la glacière.

« Comment pouvez-vous vous occuper de personnages aussi névrosés à une époque où seules comptent la guerre et la politique ? »

Edmund Wilson m'a emmenée dîner. Puis il voulut me faire voir sa maison. Il me conduisit dans une impasse du côté de la Quatre-vingt-dixième rue Est. Une rue bordée de vieilles maisons en brique de style anglais. Toits d'ardoise pointus, arbres et lierre, mais tout cela étriqué et sinistre, fenêtres longues et étroites. Il avait oublié sa clef et nous entrâmes par le sous-sol. L'endroit avait l'air dévasté. « Mary a emporté tout le mobilier. » Nous entrâmes dans le salon, pièce étroite toute en longueur. Au centre de la pièce vide, deux fauteuils à bascule. Sur les murs une série de gravures de Hogarth. Tout cela si nu et si banal que j'en étais glacée. La description de Mary McCarthy ressemble au portrait de Liliane dans *La Faim*.

Nous nous assîmes dans les fauteuils (cela aurait plu aux surréalistes) et parlâmes de Mary, de Hogarth, d'art grec. Il y a un paradoxe chez Edmund Wilson qui m'intéressait. Il est tout le contraire de son œuvre académique et d'un classicisme formel, de sa critique froide et intellectuelle; lui-même est irrationnel, fervent, violent, rabelaisien.

Sa maison, ses livres, ses tableaux étaient comme ceux de mon père. Le monde bourgeois, classique et formel.

Il voulait que je l'aide à reconstruire sa vie, que je l'aide à choisir un canapé, il voulait parler avec moi. Mais je voulais m'en aller.

Lorsqu'il discutait de mon œuvre, il en avait plus long à me dire sur les imperfections de *Winter of Artifice* que sur la réussite. Et pourtant il admettait du même élan que ce livre l'avait guidé dans ses relations avec sa fille ! Il reconnut aussi que le personnage de Liliane, bien que ne buvant jamais ni n'ouvrant la glacière, le faisait songer à Mary McCarthy. « J'ai marqué de nombreux passages qui décrivent Mary. Je veux être sévère avec vous. *La Faim* n'a pas de forme. Cette œuvre n'est pas assez concrète. Mais quelles extraordinaires intuitions ! Intuitions merveilleuses ! »

Son monde est celui de la puissance et des certitudes, des solidités, de l'agressivité. Force et opiniâtreté.

Une intrusion dans le monde des subtilités, du mutisme et des évasions de l'adolescence. Les jeunes qui ne se mettent pas en frais, qui ne saisissent pas, qui se fondent en vous et se glissent hors de vous, comme des mirages. Avec Wilson je me comporte comme eux. Insaisissable.

Les manquements de mes enfants me laissent à la merci du père. Ils m'abandonnent au père ! Les paroles qu'ils ne peuvent prononcer, les actes qu'ils ne peuvent accomplir, la page qu'ils ne peuvent écrire, le livre qu'ils ne peuvent comprendre, enfants du silence, enfants délinquants, enfants lumineux, serais-je donc accablée par le pouvoir du père ?

Wilson, s'il me goûte jamais, mangera une subtance qui n'est pas bonne pour lui, une matière phosphorescente qui illumine l'âme et ne répond pas au désir charnel. On ne peut nous posséder car nous sommes des enfants de l'albatros et notre luminosité est un poison !

Etrange, le monde qu'il ne peut posséder, la femme qu'il ne peut posséder parce qu'il ne sait comment l'aborder réellement. J'ai plus d'affinités avec des adolescents qui n'ont nulle chair superflue autour de leur âme, malgré leurs éclipses. La réalité d'Edmund Wilson renferme pour moi la terreur, des dangers sans nom.

Mais Wilson s'accroche. Il a un livre pour moi. Il a un compte rendu de *La Faim*.

Edmund Wilson dans *The New Yorker :*

La Faim *d'Anaïs Nin n'est pas l'œuvre d'une artiste consommée, mais c'est un livre qui compte davantage que ceux de Marquand ou d'Isherwood parce qu'il explore un nouveau domaine. Isherwood lui-même ne peut guère qu'ajouter à une série déjà longue un autre récit bien tourné à l'ironie lucide, sur le monde bourgeois à la veille de la guerre. Mais Anaïs Nin est l'une de ces femmes-écrivains qui essaient depuis quelque temps de traduire en mots un nouveau point de vue féminin, qui traitent des conflits provoqués par les femmes à force de vivre à moitié dans un monde contrôlé par l'homme, contre lequel force leur est de se révolter, et à moitié dans un monde qu'elles se sont créé pour elles-mêmes mais qu'elles ne peuvent trouver tout à fait satisfaisant.* La Faim *est le premier épisode de ce qui sera de toute évidence un long roman. Il traite tout spécialement, dit l'auteur dans son avant-propos, de l' « aspect destructeur chez la femme (...). L'homme n'apparaît que partiellement dans ce premier volume, parce que pour la femme en conflit avec elle-même, il ne peut apparaître qu'ainsi, pas comme une entité. »*

Ce volume est donc tout à fait différent du dernier livre de l'auteur, Under a Glass Bell, *qui était un recueil de poèmes en prose et d'esquisses poétiques de personnages dont chacun se limitait à la présentation d'une image ou d'un état d'esprit. Les épisodes de* La Faim *sont d'une écriture plutôt moins satisfaisante que les morceaux d'*Under a Glass Bell, *mais Anaïs Nin entreprend ici quelque chose de plus original et de plus complexe. Ce nouveau livre comprend trois sections dont chacune présente une femme dans sa relation émotionnelle la plus intime avec des hommes ou des femmes. Ces trois groupes n'ont encore aucun rapport entre eux, et il est impossible de juger le projet de l'auteur d'après ce début. Il est probable que, lorsque les divers groupes de personnages auront été amenés à réagir les uns sur les autres, un dessin plus vaste apparaîtra qui donnera à ces premiers chapitres une nouvelle valeur.*

Il semble bien cependant qu'Anaïs Nin, qui n'est pas encore experte dans l'art d'écrire des romans, n'a pas su exploiter son matériau qui suggère constamment des possibilités de contraste dramatique et de surprise que l'auteur n'a pas tenté de réaliser, encore que la première section, la plus simple et la plus courte, représente un cycle dramatique complet. Il y a, par exemple, une actrice de cinéma, jeune femme masochiste et nouée, qui devient jalouse de son personnage à l'écran qu'elle se met à détester parce qu'il représente une femme qui est libre, et toujours aimée et amoureuse. Il est impossible de dire qu'une autre aurait mieux traité ce thème, parce que c'est probablement le genre de conflit que seule Anaïs Nin aurait imaginé, mais on a le sentiment que c'est une idée brillante dont il aurait fallu tirer un meilleur parti. Le récit manque un peu de mouvement aussi. L'influence de D. H. Lawrence, sur qui Anaïs Nin a écrit son premier livre, l'a peut-être ici gênée. Comme Sherwood Anderson, elle semble avoir pris à Lawrence un ton hiératique et solennel, une tendance à la répétition qui, assez justifiés chez Anderson, ne devraient pas être inévitables dans le cas d'Anaïs Nin. Elle a, dans ses meilleurs moments, une voix humaine et très personnelle, et elle est d'instinct, je crois, le genre d'écrivain qui refuse le verbiage pour produire de l'effet, mais qui cherche le mot juste et qui évite de noyer le poisson, encore que cela lui arrive à l'occasion.

La surface de La Faim *est un peu inégale. Il y a des passages où les intuitions psychologiques s'expriment en un langage clair et en images frappantes, comme dans les pages qui décrivent le doute qui oblige l'actrice à exiger toujours davantage de ses amants, et il y a des moments où des petit morceaux, aussi étranges et fragiles que ceux de* Under a Glass Bell, *émergent en partie de l'arrière-plan d'exposition psychologique, tel le salon doré avec des lustres de cristal que quitte l'une des héroïnes pour passer dans un jardin où une petite pluie a nettoyé le visage des feuilles et où elle se trouve en face de trois miroirs en pied installés là avec autant de naturel que dans un boudoir. Mais ces trouvailles ne sont pas installées ou préparées pour fonctionner dans un thème général. Elles se détachent de ma-*

nière vivante et colorée sur un fond où les contours des personnages semblent plutôt pâles, et où la description des relations, lorsqu'elle tombe dans la formule de Lawrence, semble quelquefois un peu abstraite. Derrière tout cela cependant, il y a une vision des vicissitudes de la passion et de l'amitié, dans un monde où les hommes et les femmes sont devenus en partie indépendants les uns des autres, qui fait de La Faim *un document toujours révélateur.*

Une fois que l'on a employé les mots de « passion » et « amitié », on se rend compte jusqu'où est allée Anaïs Nin pour battre en brèche ces clichés que nous employons pour la dynamique de l'émotion. Bien qu'elle ait une dette envers Freud, comme envers Lawrence, elle a mis au point sa propre dynamique et elle nous offre un tableau, tout à fait distinct de celui d'aucun autre écrivain, des confusions qu'entraîne pour nos émotions l'incertitude de notre capacité à identifier le genre d'amour que nous imaginons à partir de nos contacts sexuels réels, et des attirances et répulsions ambivalentes qui accablent les nerfs de nos contemporains.

Malgré tout l'intérêt de La Faim, *malgré le charme de* Under a Glass Bell, *je suis certain qu'Anaïs Nin commence à peine à produire les œuvres que son intelligence et son talent devraient lui permettre de nous donner. Ce nouveau livre, ainsi que le précédent, a été publié par les soins d'Anaïs Nin elle-même. Anaïs Nin est actuellement l'objet d'un culte spécial, alors qu'elle devrait avoir une vaste audience.*

Diana Trilling dans *The Nation* :

...Ce volume contient trois récits reliés par le fait que chacun a pour héroïne une femme gravement inadaptée qui a soif d'affection. La première, Hejda, est une jeune fille orientale qui émerge de ses voiles pour devenir quelque peu exhibitionniste. La seconde, Stella, est une vedette de cinéma incapable d'aimer à cause de son besoin excessif d'être sûre qu'on l'aime. Le troisième récit, le plus compliqué, porte le nom de deux femmes, Liliane et Djuna, mais il y est surtout question de Liliane, une femme débordante d'énergie qui est partagée, si j'ai bien compris, entre son besoin de protéger et son besoin d'être protégée.

J'emploie les termes de récit à propos de ces trois morceaux; en fait, bien qu'Anaïs Nin emprunte la manière du roman, ce sont plutôt des histoires vécues que des nouvelles romanesques.

Les personnages d'Anaïs Nin possèdent à peu près toutes les caractéristiques de la vie romanesque. Ils sont nés, vivent et mourront très vraisemblablement; ils regardent dans une direction, ils ont des amis, de l'argent, des rapports sexuels et même des enfants. Mais ils existent seulement pour l'auteur comme la somme de leurs réactions émotionnelles, cliniquement significatives; le lecteur n'est informé de leurs activités, de leur environnement matériel et de leurs rencontres avec d'autres personnes que dans la mesure où Anaïs Nin estime que cela est nécessaire à leur santé psychique.

Chaque écrivain se donne un rôle dans ses livres, et le rôle d'Anaïs Nin est d'être la psychanalyste de son groupe de femmes typiques. La seule chose qui l'intéresse chez ses personnages, j'allais dire chez ses malades, est la formation ainsi que l'expression de leurs symptômes, et ce qui se passe dans le reste de leur vie lui est absolument égal.

Par exemple, on nous dit d'Hejda qu'elle est née en Orient et qu'elle a eu le visage voilé dans sa jeunesse, mais on ne nous dit pas quel pays l'a vue naître; ou bien, à propos de Liliane, l'auteur parle tout à coup d'un mari et de plusieurs enfants, mais comme ni le mari ni les enfants n'influencent le développement émotionnel de Liliane, l'auteur ne considère pas comme pertinent de nous donner le moindre détail à leur sujet. Une telle abstraction de ses personnages du contexte que constitue leur vie réelle, jointe à une minutie dans le détail lorsque cela convient au dessein de l'auteur, donne aux récits un certain surréalisme. Mais son attitude n'est pas à proprement parler surréaliste car dans le cas de chacune de ces femmes Anaïs Nin est avant tout préoccupée de présenter un cas.

La méthode de La Faim, *comme je l'ai dit, est celle de l'histoire clinique, mais avec deux différences importantes : premièrement, Anaïs Nin produit un effet non seulement grâce à ses observations cliniques et à ses conclusions, mais aussi grâce à son talent littéraire, et deuxièmement, alors que l'auteur qui veut présenter un cas ne se propose que de compléter notre connaissance clinique, et, si un commentaire plus vaste se trouve inclus, ce n'est que par suite d'un heureux hasard, c'est l'intention première d'Anaïs Nin de donner de la vie un commentaire littéraire complet. Et je trouve pourtant que* La Faim *à la fois se lit moins bien et est moins éclairant sur la vie en général que mainte étude d'un cas qui ne prétend à rien de plus. Ce n'est pas non plus parce que je trouve à redire au ton poétique dominant de la prose d'Anaïs Nin, ni parce que je rejette les implications majeures des récits d'Anaïs Nin, mais parce que* La Faim *est inférieure à une bonne étude psychanalytique.*

Je me demande comment il se fait qu'un livre de ce type ne puisse être publié de manière commerciale à notre époque où rien ne se vend aussi bien que le psychisme malade.

Wilson parlait de son mariage.

« Avec Mary c'était la guerre. Même le sexe était affaire de conflit. Cela ne pouvait jamais se passer naturellement et joyeusement, de manière détendue. Il fallait jouer la comédie. Il fallait livrer une bataille. »

Puis, me jetant un regard inquisiteur, il ajouta : « Vous êtes une amie de l'homme, n'est-ce pas ? Vous ne le démolissez pas ?

— Si on démolit un homme, on perd un amant, dis-je.

— On me dit que vous êtes entourée d'hommes très jeunes.

— Ils viennent à moi. J'aime le monde des adolescents, oui, parce qu'ils sont encore ouverts et vulnérables. Ils sont un soulagement du monde dur, fermé, étriqué, froid. L'un d'entre eux est né le 8 mai, comme vous. »

Le contraste entre Leonard et Edmund Wilson m'amusait.

Edmund Wilson déclare : « Je déteste les jeunes écrivains. Je les déteste. » Et je vois Leonard, grand, maigre, d'une minceur diaphane, une peau de coquillage, d'une pâleur légèrement rosée, sourire rayonnant, pas encore épaissi, endurci, pas encore imbu de lui-même; retraites, évasions rétrogrades, Wilson arrogant, sûr de lui. Même dans sa maison vide j'avais l'impression qu'il était né dans la tradition des lettres anglaises, nourri de bibliothèques, de formules et d'érudition d'universitaire.

Je pris la fuite, et la seule raison pour laquelle je consentis à le revoir c'est que, lorsque je m'en allais, il courut me chercher un taxi, et parce que mon départ était tellement précipité il le ressentit comme une désertion et il eut ce cri surprenant : « Ne m'abandonnez pas. Ne me laissez pas tout seul. »

Le lendemain j'avais pris un coup de froid. Edmund Wilson m'envoya des fleurs avec une lettre et les œuvres complètes de Jane Austen. Il espérait que j'allais apprendre à écrire un roman en la lisant !

Mais je ne suis pas une imitatrice des styles du passé.

Cependant il relut *Winter of Artifice*, et lorsque je fus rétablie, il vint me voir.

Il était rubicond, tout rouge d'avoir trop bu ou à cause du temps. Les cinq étages étaient éprouvants, mais il ne s'embarrassa pas de préliminaires. Le livre l'avait touché si directement qu'il se planta au milieu du studio pour me prendre à partie : « Vous reconnaissez, bien entendu, que le père a raison, dans *Winter of Artifice*, et que la fille a tous les torts.

— Oui, bien sûr, c'est votre impression. Vous vous identifiez au père, qui représente le classicisme, et vous vous imaginez que nous avons le même conflit.

— J'aimerais être votre mari, et je vous enseignerais l'art d'écrire. »

Si depuis plusieurs jours j'étais déprimée de l'évanescence, du manque de substance du monde adolescent, tout à coup je vis en Edmund Wilson toute la tyranie du père, la muraille d'incompréhension et le manque d'intuition du père.

Il m'apparaissait comme une figure opprimante. Je ne me rappelle plus ce que je répondis. Je n'ai jamais considéré que cela valait la peine de discuter avec l'ennemi.

Mais mon illusion que le monde adolescent me satisfaisait était dissipée. J'éprouve une faim plus profonde que les jeunes ne peuvent satisfaire. Ils peuvent seulement me distraire de difficultés plus profondes.

L'argent que Rango a touché pour imprimer un livre a fondu. Il a donné les trois cents dollars qui lui restaient à un représentant qui est venu lui vendre une presse plus grande et plus perfectionnée dont nous n'avons rien à faire et qui n'est pas dans nos moyens. Il a remis l'argent sans se faire donner de reçu. La machine devait venir directement de l'usine. Elle ne vint jamais. Il me fallut me rendre à l'évidence que Rango est incapable de voir les réalités comme elles sont, qu'il est cousu de dettes, et qu'il finira par détruire la presse.

C'est la faim que j'ai reconnue chez Frances, et que j'ai décrite, et que nous avons transmuée toutes deux en donnant aux autres ce que nous désirions tant nous-mêmes : un amour profond qui ne soit pas critique, la passion, l'encouragement à créer, la foi, la loyauté.

Le romancier, l'artiste, exprime parfois ce qui est entré dans la conscience des autres. Etrange qu'au milieu de l'abondance, avec de nombreux amis, des activités et réussites multiples, je me promène avec un livre intitulé *La Faim.*

En Léonard j'aimais l'innocence de Gaspard Hauser. Gaspard Hauser ne pouvait s'attacher qu'au souvenir ou bien au rêve d'une mère, devinée derrière une porte, une mère qu'il n'avait pas vue, une mère qu'il ne pouvait retrouver.

Si Edmund Wilson est la réalité, et mon univers artistique ainsi que les jeunes artistes qui l'habitent l'illusion, alors, c'est que la réalité est beaucoup plus destructrice.

(OCTOBRE 1945)

AFIN d'échapper au monde de l'homme, Edmund Wilson, j'ai déguisé la femme en moi pour être en mesure de réintégrer le monde du poète, du rêveur, de l'enfant. Vivre une fois encore dans la maison de l'innocence, échapper au monde adulte qui ne pense qu'à la puissance. Monde désolant de grisaille et de froid.

Je suis encore sortie avec Edmund Wilson. Il me dit : « La première fois que je vous ai vue, au Gotham, il y a plusieurs années, vous portiez un mantelet avec un capuchon. Je me dis que vous étiez la femme la plus exquise que j'aie jamais vue. J'étais si enthousiasmé que j'allai tout raconter à Mary McCarthy. Comme je prenais mon mariage très au sérieux et que c'était la première fois que je chantais ainsi les louanges d'une autre femme, Mary en fut fort irritée. Lorsque nous commençâmes à ne plus nous entendre, à nous disputer, elle m'accusa, entre autres, d'être amoureux de vous. J'avais essayé de vous revoir. J'avais découvert que Paul Rosenfeld vous voyait. Il organisa un cocktail, vous en souvenez-vous ? »

En effet, et je me souvenais aussi qu'en apercevant Edmund Wilson j'avais trouvé qu'il ressemblait aux notables des tableaux hollandais, trop solides. Je n'avais guère fait attention à lui.

« Nous n'avons pas beaucoup parlé ensemble, continua Edmund Wilson. Frances Steloff me mit alors entre les mains *Under a Glass Bell.* Ce que vous aviez écrit jusque-là ne m'avait pas plu. C'était trop éthéré, trop vague. Mais j'ai apprécié *Under a Glass Bell.* Je ne lui ai pas rendu justice. »

En opposition avec les adolescents lumineux, j'avais devant moi un homme fort, décidé, palpable, positif. Incapable d'entrer dans mon cœur.

J'aime mieux mes rêves.

Pour tous ces hommes il n'y a pas de réalité dans mon œuvre, pour la seule raison que la réalité qu'ils connaissent est celle de la transpiration, de l'environnement actuel, de la politique, de la laideur de la guerre, des relations de conflit.

Parlé avec Maya Deren. Comme elle lutte pour ses films, pour ses idées ! Elle explique et défend son œuvre. Elle est plus forte que moi. Elle fait incuber ses films et elle est prête à descendre dans l'arène. Je n'ai rien fait de tel. J'étais accablée le soir où les amis de Frances défendirent le roman réaliste. Je commençai à comprendre qu'ils n'acceptaient ni ne comprenaient l'abstraction, l'intemporel, mon effort pour transcender les classes, l'histoire, le temps, la race, pour atteindre les drames émotionnels qui se trouvent derrière tout cela. Il s'agit sans contredit d'une écriture visionnaire. Comment peut-on discuter de cela ?

Revenue chez moi, j'écrivis sur le réalisme et la réalité. Le réalisme n'était pas la réalité. La réalité c'était la façon dont nous ressentions et voyions les événements, non pas les événements tels qu'ils apparaissent objectivement, parce que nous ne sommes pas objectifs.

Derrière le masochisme, toujours, on trouve le sadisme. Derrière un mode d'expression indirecte ne se cache pas la féminité, mais un Moi craintif et mutilé qui n'ose pas. Derrière mon romantisme se cache une femme primitive avec des faims primitives.

J'examine la bonté de Djuna et la mienne aussi. Que cache-t-elle ? L'obsession que l'on retrouve dans tous mes romans est de faire tomber les déguisements. Il y a un pouvoir indirect et une forme plus subtile de destruction. Les tréfonds. Amère vérité. Le visage d'autrui change à mes yeux. Mes propres changements lorsque je recherche la lucidité et l'honnêteté. Je regarde en face ma crainte de la laideur où sont nés mes amis, où ils se sentent à leur aise, comme Henry, et qu'ils ne souhaitent nullement bannir ou transformer. Nous vivons tous dans une trame de subterfuges et de transmutations.

Mon plus grand problème ici, dans une Amérique éprise de polémique, c'est mon peu de goût pour la polémique, la guerre, le combat. Même intellectuellement je n'aime pas les joutes. Je n'aime pas les marathons oratoires, je n'aime pas les discussions ni les luttes pour convertir les autres. Je cherche l'harmonie. Si elle n'est pas là, je m'en vais ailleurs.

Le visage de Leonard a changé aussi avec ses lettres. La nudité des lettres qui n'expriment rien. Ses lettres ont été une immense désillusion. Parcimonieuses, réservées, un autre Moi que celui que se réchauffait en ma présence. Plus question de Gaspard Hauser. C'était là un concept romantique de sa vulnérabilité !

Comment se fait-il que je n'aie pas de crocs ? J'ai laissé passer toutes ces années sans m'équiper de défenses.

Je n'imaginais pas que j'aurais à défendre aussi mon œuvre. L'hiver est lové de l'autre côté de la fenêtre, étincelant et cruel. Le nouveau livre est sur la table. Pas complètement aimé ni accepté.

Maya Deren nous a proposé de jouer dans son nouveau film. Nous sommes allés très tôt à Central Park à l'endroit où précisément je jouais lorsque j'étais enfant. Elle avait planté un arbre de mai et nous dansions autour. Pablo, Marshall, Frank Westbrook, le danseur de ballets. Au début j'avais un petit rôle : une femme mystérieuse en cape noire qui était partout. Puis Maya me demande d'en faire de plus en plus. Des danses, etc.

J'ai divisé le monde en deux camps hostiles :

Monde de l'artiste	⟷	Monde de la réalité
Joie	⟷	Avidité
Création	⟷	Puissance
		Guerre
		Intérêts particuliers
Liberté	⟷	Corruption
Altruisme	⟷	Médiocrité
		Hypocrisie

J'éprouve de l'hostilité à l'égard de l'autorité, l'argent, l'organisation du monde.

Chez Edmund Wilson je n'aime pas la sinistre maison sans joie du père, sa puissance dans le monde littéraire, la solidité de son environnement, ses bonnes manières, son goût pour la littérature classique. Je me suis souvenue que lorsque nous avions lu Wilson à Paris, il y a de cela un certain nombre d'années, je m'étais élevée contre son opinion à propos d'*Ulysse* : il déclarait que Joyce avait inventé le contenu de l'inconscient d'*Ulysse* car aucun inconscient n'a jamais contenu autant d'allusions et d'associations.

Il ne comprend pas mon mode de vie.

Il ne comprend pas que j'évite d'attiser sa névrose : « Je suis très querelleur. »

J'ai parfois le soupçon que je ne le vois que pour me prouver à moi-même que je ne pourrais jamais vivre dans ce que les autres appellent le « monde des adultes ». J'éprouve toujours le désir de remettre mes visites à Wilson. Aussi longtemps qu'il se bornera à m'admirer en tant que femme, nous ne risquons rien. Il n'est pas l'homme créant l'avenir. Il est la tradition.

Il est cristallisé et inflexible. Il me dit qu'il a toujours aimé deux types de femmes totalement opposés, l'un destructeur, l'autre aimable et créateur.

Il me paraît à moi souffrir de ce durcissement des artères que je constate chez les hommes arrivés. Le teint vermeil, la chair rassasiée, la solidité de la terre, et sa lourdeur. Il est didactique; il a des idées conventionnelles sur la forme et le style; il a de l'érudition. Il est marron dans ses pensées comme dans ses écrits, une terre brune. Ses descriptions de la vie avec Mary McCarthy rappellent le personnage de Ganna dans *Joseph Kerkhoven* de Jacob Wassermann.

Père, homme, critique, ennemi de l'artiste.

« Vous êtes une femme qui ne détruit pas l'homme. »

C'est peut-être vrai, mais lui est un homme qui me détruirait.

Le conflit de ma vie est celui de mes romans : opposition d'une réalité laide à une intuition merveilleuse ou un rêve d'autres mondes. Ne pas permettre à l'humain de détruire l'illusion. Opposer l'artiste au monde de l'autorité, de la puissance, de la destruction.

J'écris comme un médium. Je crains la critique parce que je crains qu'elle ne détruise ma spontanéité. Je crains les restrictions. Je vis par impulsion et par improvisation et veux écrire de la même manière.

J'érige Edmund Wilson en symbole du monde de l'homme, le critique qui veut que j'écrive sous sa direction. Voyez-vous comment un homme se comporte ? Au-dessous de son intérêt, la tyrannie. Les hommes puissants se servent de leur pouvoir. Les artistes avec qui je vis n'ont aucun pouvoir dans le monde. Ce sont les rêveurs qui créent la beauté.

Il est une force, force de certitudes et de convictions.

Ce n'est pas Wilson mais l'image de la réalité que je vois en lui. Force, autorité, puissance, tout cela est stérile. J'ai le droit de prendre le large.

(NOVEMBRE 1945)

J'ÉTAIS partie faire une course, et voici ce qui m'arriva, à moi, une femme dans la force de l'âge, qui mesure un mètre cinquante-trois, qui pèse environ cinquante-deux kilos, qui étais vêtue d'une robe noire féminine, d'une redingote noire féminine, chaussée de souliers à hauts talons féminins, et qui marchais le long de la 18e Rue avec un colis pour l'Agence des chemins de fer.

A ma gauche et à ma droite surgirent des camions gigantesques. La rue était bordée de garages de camions, et les camions sortaient pour les livraisons de la journée, tous étaient rouges avec un énorme groin rouge et argent, une carrosserie rutilante comme une voiture de pompiers, des roues aussi hautes que moi. Ils sortaient des garages en marche arrière, formant une muraille autour de moi, ils se garaient dans la rue, de sorte que la rue m'apparut comme une massive accumulation de camions rouges aux roues gigantesques qui tournaient lentement. Et soudain je n'étais plus une femme marchant d'un pas décidé et assuré dans la 18e Rue. J'étais passée, à un moment donné, de l'autre côté d'un miroir, et une force inconnue m'avait, d'un signe de main, fait rapetisser. J'étais petite. Les camions étaient immenses. Les portes de fer qui s'ouvraient mécaniquement étaient immenses. Les roues étaient écrasantes. J'étais petite, désemparée, désespérée. Ma robe n'était pas la robe galbée épousant le corps d'une femme. Mon manteau n'était pas mince et long. Mes pieds étaient fragiles et petits. J'avais l'impression d'être diminuée, réduite à néant. J'étais perdue, craintive, minuscule. Je ne pouvais me rappeler ce que l'accumulation des années avait formé pour converger vers ma maturité. En un seul instant la maturité était perdue, rejetée. Une enfant émergeait et se tenait à sa place, une enfant effrayée, menacée de toutes parts par des camions géants pilotés aveuglément par des hommes perchés au-dessus de moi si haut qu'ils ne me voyaient pas. Les roues ne me voyaient pas comme elles s'approchaient de moi, ne me sentaient pas, je n'avais ni densité ni poids. Je ne me rappelle pas pourquoi Alice au Pays des Merveilles fut changée, ni l'impression que cela lui faisait d'être plus petite que sa taille originale. Mais je savais que ma petitesse était pour moi un coup terrible. J'étais petite et la ville gigantesque, et les camions écrasants, et les portes des garages faites pour des géants.

Ma première pensée fut : Maintenant je comprends mon amour des adolescents, Leonard, Pablo, Marshall et Charles Duits. Pourquoi n'était-ce pas clair avant ? Pablo, dix-neuf ans, disant tout avec son corps; Leonard, dix-neuf ans, encore enveloppé dans les brumes de l'adolescence, les écharpes de brume que l'on voit autour des planètes encore loin de la terre; Marshall, vingt ans, chaleureux et brillant, actif comme le mercure; et Charles Duits, composé des cristaux de la poésie finie, qui ne fond pas, mais envoie des signaux de détresse de ses yeux d'améthyste. Je n'étais pas avec eux parce que je voulais les protéger et les guider, mais parce que j'éprouvais les mêmes sentiments qu'eux, parce que je pense et agis comme eux. Et tout le temps je jouais le rôle de la mère avisée ou de la muse lucide, de la femme stable et mûre. Je portais les vêtements de ma mère et ils étaient trop grands pour moi, pour mon personnage. Tout ce qu'ils révélaient, c'était ma substance véritable qui me faisait comprendre ce qu'ils ressentent et, par conséquent, connaître leurs besoins.

Tandis que je regardais Pablo danser, j'étais dans le corps de Pablo; et j'étais en Marshall lorsqu'il peignait le poisson scintillant; et j'étais dans les humeurs nébuleuses de Leonard et ses apparitions épisodiques dans la réalité, ses sorties calculées, ses éclipses totales, ses difficultés à s'exprimer et ses périodes taciturnes. J'étais dans les fuites constantes de Charles Duits devant la banalité, ses exigences de rêveur, son polissage des mots comme il eût fait de pierres précieuses. Et ce matin-là, j'étais encore plus petite et plus craintive qu'eux. J'étais rabaissée et diminuée.

La présence des jeunes allège le monde oppressant, définitif, inchangeable, et le change en un monde fluide, malléable, variable, qui reste à créer, rempli de merveilleux en puissance. Je les appelle les enfants transparents. Lorsque Wilson dénigre le plaisir que je trouve en leur compagnie, comme s'ils n'étaient pas des compagnons pour une femme de mon âge, je vois chez lui ce qui me détourne de la maturité et m'attire vers l'avenir. Il y a, par-dessus tout, l'absence de joie. En matière de nourriture, par exemple, Wilson est un glouton, et dans *Le Comté d'Hécate* le réalisme du sexe n'a rien de joyeux. Il y a tout du long une lourdeur, un prosaïsme. C'est un monde d'idées et de traditions déjà implantées. J'ai critiqué, un jour, l'histoire des commandements bibliques gravés sur des tables de pierre. (Immuables !) De même la vie, les propos et les écrits d'Edmund Wilson sont inscrits sur la pierre. Et je retourne au monde transparent où ils disent les choses spontanément, où ils agissent selon leurs rêves, cherchent à combler leurs fantaisies.

J'ai dû affronter ma crainte d'apparaître en public. J'ai accepté de paraître à une séance poétique organisée par une association hébraïque de jeunes.

Je m'éveillai le matin en pensant : « C'est aujourd'hui que je vais naître. » Je fus calme toute la journée. Je fis toilette : je mis mon tailleur noir avec un chemisier fuchsia. Frances m'accompagna. Mon cœur battait la chamade. Je ne restai pas assise derrière la table ainsi que Parker Tyler, je me mis debout. Les lumières étaient aveuglantes. Au début j'avais le trac. Puis je lus mon court exposé et un extrait de *La Faim* : « Elle parlait à l'enfant qui était en elle. » Je lus aussi *Ragtime*. Le public applaudit. Je ne savais ce que l'auditoire ressentait. Mais je sentais ce que je lisais comme si je venais de l'écrire. Les applaudissements furent chaleureux et spontanés. Je dédicaçai des livres. J'étais euphorique d'avoir dominé ma peur, d'avoir communiqué avec ceux qui me lisent, d'être sortie de ma coquille. Frances me dit que j'avais bien lu et que les auditeurs étaient émus.

Nous allâmes ensuite chez Maya Deren. Je dansai éperdument avec Pablo. L'image d'un monde opaque que l'on ne peut changer, par opposition avec un monde transparent à travers lequel on voit l'esprit et les possibilités de changement et de création. Rêve des enfants transparents, la lumière en eux. J'ai vu des chaussures transparentes dont j'ai bien envie. J'aime le cristal. J'aime la transparence.

A propos de la manière de vaincre la timidité. Comment la connaissance de son appréhension peut-elle changer quelque chose ? Ma plus grande peur était d'affronter un public inconnu. Je redoutais cette épreuve. Une épreuve, de sortir de mon cercle d'amis où je me sentais en sécurité. J'en recherchai la cause, et nous en parlâmes lors de mon analyse.

Lorsque nous sommes enfants, on nous fait sentir que nous ne serons aimés que si nous sommes sages (suivant l'expression des parents). Dès que nous commençons à affirmer notre Moi réel, les parents se mettent à nous rejeter. Nous grandissons avec l'idée que si nous sommes nous-mêmes, nous serons rejetés. Aussi, en tant qu'artistes, dans notre œuvre nous exprimons notre Moi réel. Mais nous gardons la crainte de n'être pas aimés pour ce Moi réel. Une timidité farouche en est le symptôme. Une timidité que nous pouvons surmonter avec ceux qui nous comprennent et nous acceptent. Maintenant que je dois affronter le monde avec mon Moi réel qui se révèle dans mes écrits, il y a une crise. Est-ce que je vais être acceptée, approuvée, aimée, ou bien punie et rejetée ? D'où la crainte. Hier soir j'ai couru ce risque et j'ai gagné.

Ce que Wilson écrit n'a jamais assez d'oxygène pour prendre son envol. Cela obéit toujours à la gravitation terrestre et roule vers le bas. Il est conventionnel et sans inspiration.

Je sais fort bien que c'est moi qui choisis mes personnages. Puis j'invente une histoire. Wilson, voyez-vous, représente la maturité, et cela signifie la luxure, le pouvoir, l'intérêt égoïste, des buts terre à terre; tandis que dans le monde de l'artiste et des jeunes il y a le désintéressement et la pureté.

Lorsque l'on raconte une histoire sous forme de parabole, de mythe, de fantaisie, le lecteur doit lui-même démêler le sens, comme lorsque l'on apporte un rêve à l'analyste pour l'interpréter. Mais je constate que les lecteurs veulent que je démêle le sens pour eux. Ce serait comme d'écrire un poème, et ensuite son analyse.

Leo Lerman me dit que dans le film de Maya Deren je ressemblais à Shelley, transparente. Lorsque l'on insiste sur un mot clef, un mot significatif, il semble que tout le monde l'emploie. Leo Lerman et moi avons souvent au téléphone des conversations très libres qui n'ont apparemment ni queue ni tête. Il me dit qu'il était passé au travers d'une fenêtre.

« Je suis convaincue, lui dis-je, que vous en êtes capable, et que vous vous en êtes tiré sans aucun mal.

— Qu'est-ce qui vous fait dire cela ? Le verre s'est brisé, et j'étais indemne.

— Parce que vous avez le don de transformer la réalité, de vous envoler au-dessus des dangers, de traverser le verre. »

En Edmund Wilson je cherchais à me réconcilier avec le père. Ou bien alors cherchais-je à le conquérir ? Pouvoir dire une fois encore : Il ne comprend pas. A un moment il croit que je suis Ondine, que je n'ai jamais aimé ni souffert; l'instant d'après, il croit que ma vie de bohème ne peut être qu'amorale et décadente.

Dès qu'il dit quelque chose qui manque de subtilité, je bats en retraite. Je ne discute jamais. J'habite l'inconscient et j'écrirai toujours dans ce royaume, de plus en plus profond, jusqu'à ce que j'atteigne l'inconscient collectif de la femme.

« Vous ne vivez pas dans la réalité, la réalité politique.

— Votre réalité politique vous aide-t-elle à comprendre les êtres humains ? »

Lorsqu'il parle de réalité, je vois des matins gris, la guerre, la cruauté, des libraires exploiteurs qui ne paient pas les livres sur lesquels nous avons peiné, des problèmes d'argent, le père critique (Wilson), la mère agressive (Liliane). Le père est fruste, lourd, il n'est pas aimant. Les fils, les garçons, les jeunes artistes sont beaux, délicats, subtils, tendres, imaginatifs. Je choisis mes personnages pour prouver ma manière de voir.

Il y a un paradoxe dans la vie rêvée. Je rêve d'une péniche, je la trouve, je vis le rêve ainsi que je l'avais souhaité. Mais parfois la vie rêvée, si elle ne s'accomplit pas dans la réalité, devient un piège tragique. Est-il vrai que nous choisissons nos personnages, nos amis, selon les schémas inconscients que nous souhaitons prouver ? Il est impossible de se faire comprendre du père, de l'Eglise, des banques, des gouvernements, des chefs. Don Quichotte et les moulins à vent ? Je ne pense pas que je m'attaque à des ennemis impossibles. Wilson est l'ennemi de ce que je représente, écris, cherche, aime. Il est investi d'une autorité sur les écrivains que nul ne conteste. C'est un dictateur là-haut sur son trône du *New Yorker*.

On s'incline devant le nom sans mettre en question ses jugements.

Cependant, au sortir de chez Maya Deren, Marshall me prend la main en disant : « Courons. Si nous courons vite, nous ne verrons pas la laideur de New York. »

Charles Duits est le plus intelligent, le plus solide, le plus cultivé, le plus développé des adolescents. Leonard est intuitif par moments, souvent confus, infantile, avec des illuminations soudaines. Marshall a plus d'expérience de la vie, il est plus émotionnel et libre. Pablo est tout émotion, un carnaval d'affection gaie, d'expansion physique, de violence. Leonard est encore une nébuleuse, nuageux, brumeux, vague, somnambule. Marshall est plus accessible aux sentiments humains. Tous insaisissables, subtils, proches de moi. Mais ils ont su créer une prison lumineuse. Ils laissent dehors les autres visites, se moquent des personnes trop sérieuses ou trop lourdes, éconduisent les universitaires, les célébrités, ceux qui ont réussi, qui sont arrivés, ils font la chasse au banal, aux clichés, à l'ordinaire, comme étant le crime suprême.

Frances trouve que le temps que je passe en leur compagnie est perdu, mais je trouve qu'il est riche, plus riche que le temps passé avec Wilson. Je me sens inspirée, émue. Ils me comprennent mieux. Ils ont l'idéalisme exigeant des jeunes. Ils demandent beaucoup et veillent à ce que vous ne cédiez jamais, ne vous laissiez pas aller. Pour leur plaire, il faut rester intègre, ne pas se laisser corrompre par la réalité. Comme ils savent distinguer le premier pas vers la concession.

L'analogie entre l'artiste et l'enfant, c'est que tous deux vivent dans un monde qu'ils ont forgé eux-mêmes. Ce monde a tôt fait d'entrer en conflit avec le monde extérieur. L'artiste et l'enfant créent tous deux un monde intérieur régi par leurs fantaisies et leurs rêves. Ils ne comprennent pas le monde de l'argent ni la poursuite du pouvoir. Ils créent sans intention commerciale. Ils se révoltent contre les conditions existantes. On ne peut les tromper. Le monde réaliste pour eux est régi par des compromis conscients, des trahisons, des démissions.

Rêve d'Edmund Wilson en empereur romain avec une chevelure rousse. (Juge ?)

Il existe un lien entre le jeu dans les mondes de l'adolescence, et l'art. Rank a parlé de cela. Jeu et imagination. Fowlie a écrit, je ne sais plus où, que le poète était celui chez qui la sensibilité de l'enfant survivait dans l'âge adulte, et que c'était grâce à cette source qu'il écrivait de la poésie.

J'avais toujours considéré que je vivais proche des jeunes afin de les protéger ou de les guider, mais je pense maintenant que c'était aussi parce que je sens, agis et pense comme eux. Lorsque je regardais danser Pablo, j'étais un danseur; et lorsque Marshall peignait des poissons exotiques brillants, j'étais l'un d'eux; j'étais nébuleuse avec Leonard et ses apparitions intermittentes dans la réalité, j'étais ses histoires timides et ses éclipses totales, j'étais son silence renfermé, que je mets encore en pratique lorsque je me trouve dans un milieu hostile et inharmonieux. Une pièce remplie de gens avec qui je ne me sens aucune affinité, et je deviens Leonard. Je mets aussi en pratique quelquefois les fuites constantes de Charles

Duits devant le banal en écriture, ses exigences et son intolérance de rêveur.

Le studio de Noguchi dans Macdougal Alley, l'un des endroits les plus ravissants de New Hork. Maisons petites, rue pavée, becs de gaz. C'est un écho des rues françaises ou anglaises. Au bout de l'impasse un mur avec des arbres par-derrière. Les maisons et les ateliers sont tous de forme et de décoration différentes. C'est intime et mystérieux.

Il m'a montré les modèles réduits de ses œuvres principales. On dirait une cité de sculptures abstraites. Lorsque je lui demandai s'il aimait les modèles réduits, il me répondit : « J'éprouve pour eux une plus grande tendresse. Ils m'appartiennent. Ils sont humains et possédables; ils sont proches; ils tiennent dans le creux de ma main. L'œuvre définitive est si grande. Elle est retranchée de moi. Elle va dans de grands bâtiments, au musée d'Art moderne. Elle sera admirée, mais elle ne m'appartient plus. J'aime cet univers de petites statues... »

Un monde petit. Un monde nouveau. Où et quand ai-je déjà vu cette opposition entre grand et petit, fort et délicat ? Au commencement. Dans l'enfance, les maisons, les parents, les villes apparaissent énormes. Et sous le choc d'une émotion forte, à la suite de certains événements violents, certaines pertes ou séparations, le monde est ressenti à la taille émotionnelle d'Alice au Pays des Merveilles. On a le sentiment d'être plus petit que les événements ne l'exigent.

De plus en plus de ressemblances entre la psychanalyse et la manière dont procède le romancier. Celui-ci doit être un psychologue capable de construire un personnage à partir d'un fragment, de distinguer entre la déformation et la vérité.

Alors que je vis entourée à mes heures de loisir par des adolescents, je vois aussi qu'ils sont parallèles à mes deux frères plus jeunes que moi. Nous sommes trois à la maison, cachés sous la table de la salle à manger comme sous une petite tente d'Indien. Le tapis est vert avec de longues franges. Nous sommes trois dans un monde de colères énormes. Avec mes frères je sens un lien plus fort que celui qui m'attache à mes parents qui créent notre monde, provoquent des changements et des bouleversements, sans que nous ayons notre mot à dire. Les jeunes gens ne peuvent me détruire. Mais Edmund Wilson le peut, par un compte rendu destructeur ou de l'indifférence.

Chez l'adulte, l'enfant est connu de l'homme ou de la femme auquel il est amalgamé, intégré. Mais un enfant qui n'a pas reçu assez de soins de son père ou de sa mère cherchera par la suite l'enfant chez les autres, et leur donnera ce qui leur a manqué.

Wilson avait déclaré : « Si j'étais votre mari, je serais brutal avec vous, je vous contraindrais, et je voudrais que vous vous absorbiez en moi, et vous ne pourriez vous développer. Je vois bien comment une femme telle que vous a besoin de sa liberté pour grandir. »

Encore à tuer des dragons. Le grand ponte

des critiques, le critique conventionnel, traditionnel, qui ne peut pas comprendre. Avais-je cru qu'en me connaissant il comprendrait mon œuvre ?

Il croit que je ne suis pas destructrice. Peut-être que non. Mais lorsqu'il dit : « Vous suscitez le meilleur en moi », je ne saurais lui retourner le compliment.

Relu le *Livre des morts* tibétain. Je pense que les états de conscience qu'il décrit n'ont pas eu lieu après la mort, que les bardos ont eu lieu durant la vie. Ce qui s'est passé à notre époque c'est que le corps et l'âme ne voyagent pas de compagnie. Ils ont été arrachés l'un à l'autre par le christianisme, si bien que les passages deviennent dangereux, ils sont accomplis imparfaitement, et l'angoisse s'installe, car ce n'est ni vraiment la vie ni vraiment la mort, un épanouissement ni métaphysique ni sensuel. Je crois que ce que j'ai souvent décrit dans le Journal ainsi que dans l'histoire du « Labyrinthe » sont des états de bardo. Pourquoi les Tibétains pensaient-ils que nous n'accomplissons ce voyage cyclique et circulaire qu'après la mort ?

J'ai donné pour titre à ce cahier du Journal « Les Enfants transparents ». J'ai suivi pendant des jours une image issue d'un rêve à propos d'un enfant transparent, d'une paire de chaussures transparentes que je désirais, de mon amour généralisé de la transparence et de Leo Lerman qui m'avait déclaré que j'étais transparente dans le film de Maya Deren. Et je suis remontée par ce chemin au monde de l'artiste, de l'enfant qui vont toujours ensemble et qui essaient de se comprendre, parce que l'enfant a influencé notre vie d'adulte. A côté de moi j'ai la critique de Wilson, trop opaque et pesant pour me saisir, alourdi par les conventions. L'histoire de Gaspard Hauser a un rapport avec cela. L'enfant est emprisonné quinze ans dans l'obscurité par suite des intrigues d'un monde adulte puissant (la royauté représente le pouvoir). Il est alors libéré accidentellement dans une ville inconnue. Son honnêteté, ses affirmations sans détours, ses actions paraissent étranges au monde adulte. On l'adopte et on cherche en même temps à le convertir aux manières de faire des adultes. On le sent différent. Il tient un Journal. Il le détruit parce qu'il sent que l'on veut violer ses secrets. Il a un rêve (ou un souvenir) d'un autre monde. Il rêve d'un château. Derrière la porte, se tient sa mère, très belle. Il veut retourner à ce château et retrouver sa mère derrière la porte fermée. La femme qui aurait pu l'aimer et lui sauver la vie n'a pas osé transgresser la barrière de l'âge. Il meurt parce qu'il n'est pas protégé.

Hier soir nous creusions le mystère Maya Deren. Nous sommes tous assis en rond, et nous demandons pourquoi nous faisons exactement ce qu'elle nous ordonne de faire. Nous sommes soumis à sa volonté, à sa forte personnalité, et en même temps elle n'a pas toute notre confiance ou notre amour. Nous reconnaissons son talent. Nous parlons de rébellion, de contrainte, de tyrannie, mais nous nous inclinons devant ses projets, nous faisons des sacrifices.

Citation de Wilson à propos de Joyce :

Tout comme Joyce dans Ulysse *a réquisitionné* L'Odyssée *pour aider à fournir une structure à son matériau, matériau qui, après avoir jailli du rocher de la personnalité scellée de Joyce sous le coup de la baguette d'Aaron des libres associations, menaçait de déborder et de submerger l'artiste, tel le flot que l'apprenti sorcier libère avec son balai enchanté...*

Quiconque a étudié la psychanalyse sait qu'il n'est pas nécessaire d'avoir recours à un mythe classique extérieur pour contenir la libre association. La structure est au cœur de la libre association et il faut l'y chercher comme la sortie du labyrinthe. Une forme architecturale précise émerge à la fin après que toutes les images ont été explorées et reliées à l'expérience, lorsque le lien a été établi entre l'association et son origine. Autrement dit, c'est une structure invisible au début et ce n'est qu'au terme d'une exploration exhaustive qu'elle révélera son schéma.

Richard Wright habite maintenant le Village, et il est venu me voir. Tenessee Williams m'a envoyé des billets pour sa nouvelle pièce.

Chez les propriétaires de la galerie Kleeman j'ai vu l'une des cinq copies qui existent actuellement du *Journal* de Shelley qu'il écrivait à tour de rôle avec Mary, de sorte qu'il est tenu par l'un et l'autre alternativement. L'original est à Londres.

Soirée chez Sonya Sekula. Elle peint de beaux tableaux pleins de vie et de fantaisie.

Réception d'adieu pour André Breton qui va faire une conférence à Haïti. Sa nouvelle femme semble très intéressante, douée de sensibilité, d'un type international, dont on ne peut plus deviner l'origine. Esteban Frances, le peintre surréaliste espagnol, vif et plein d'humour, et sa femme mexicaine d'une grande beauté. Helion, le peintre français, avec une cravate orange éclatante et des cheveux ébouriffés; Pegine Vail, les cheveux répandus sur les épaules avec un peigne turquoise; Peggy Guggenheim avec deux chiens minuscules et son visage de clown. Nogushi avec son expression mélancolique et surprise, fatigué d'avoir supervisé le transport de sa grande statue de marbre rose au musée d'Art moderne; Mme de Saint-Exupéry, avec l'air hagard d'une femme qui a vécu, aimé, pris de la drogue, perdu son mari à cause de sa passion pour l'air et l'espace, et qui vit maintenant avec Denis de Rougemont. La mère de Sonya qui jette sur toute cette foule un regard rayonnant de bonté; son père, grand homme d'affaires, fait une courte apparition, sourit, et disparaît. Frederick Kiesler, l'architecte moderne qui baise la main des dames. Mais comme il mesure un mètre vingt, il donne aux femmes l'impression d'être la statue de la Liberté.

Les éditeurs me téléphonent. Je suis supposée voir Random House, Harper's, et Pascal Covici de Viking. Je suis à la fois heureuse et triste. Je n'aime pas leur monde, leurs valeurs. Je veux conserver ma sincérité. Cela signifie une bataille ardue, plus qu'avec ma petite presse, mes dettes, le surmenage, une lutte contre des valeurs auxquelles je ne crois pas. Il faut que je garde mon univers intact. Mon déjeuner avec Covici a été intéressant. Nous avons ri et il était prêt à signer un contrat si j'acceptais de transformer en pain l'hostie que je suis.

Après mon déjeuner avec Harper's, j'ai compris que la partie la plus difficile de ma vie commence maintenant. Mes difficultés d'argent et avec la presse ne sont rien auprès de la lutte subtile contre l'argent que l'on m'offre pour accepter les compromissions. Harper's a commencé aujourd'hui comme Méphistophélès avec Faust : « Nous tenons absolument à vous. Vous avez un grand talent. Mais croyez-vous que votre prochain livre pourrait être... davantage comme un roman... d'une forme plus orthodoxe ?

— Non, lui dis-je. Il sera fait à mon idée.

— C'est étrange, admit le directeur. Les éditeurs s'imaginent qu'ils peuvent dire à l'écrivain ce que le public désire, et puis arrive quelqu'un qui fait quelque chose de différent, comme vous, et il est bien évident que le public vous veut.

— C'est une question de sincérité, dis-je. Si vous permettez à l'écrivain d'être lui-même, alors son expérience répond naturellement à un besoin réel, pas à un besoin créé de toutes pièces. »

Kimon Friar m'avait demandé d'assister à sa conférence sur l'amour à la Y.M.H.A., j'y suis donc allée hier. J'étais d'humeur sombre. Je portais une robe noire avec des manches longues recouvrant à moitié les mains, et un petit chapeau noir en forme de cœur avec une bordure de perles, qui ressemble à la coiffure de Marie Stuart. Kimon fit sa conférence assis au bout d'une longue table. A l'autre bout de la table il y avait une chaise vide que je pris. Maya Deren était assise un peu plus loin. A côté de moi se trouvait un jeune et beau lieutenant. Profitant d'une interruption je me penchai pour parler avec Maya. Elle me dit : « Vous avez un air dramatique. »

Je lui répondis : « Je me sens comme Marie Stuart à la veille d'être décapitée. »

Le lieutenant se pencha et se présenta : « Adjudant-chef Gore Vidal. Je suis descendant de Troubador Vidal. » Il reconnut, par la suite, qu'il avait deviné qui j'étais. Il est viril et lumineux. Près de la terre. Il n'est pas nébuleux mais clair et brillant, il contraste avec Leonard. Il parle. Il est actif, alerte, posé. Il est grand, mince, il a un regard pur et une bouche sensuelle. Kimon parlait du symposium de l'amour selon Platon. Lorsque ce fut fini, Vidal et moi parlâmes encore un peu. Il a vingt ans et il est le plus jeune collaborateur chez E. P. Dutton. Son roman doit paraître au printemps. Il connaît *Under a Glass Bell.* Il m'a demandé quand il pourrait me rendre visite.

M. Covici de Viking Press m'a emmenée déjeuner. Un Roumain intelligent, venu en Amérique lui aussi à l'âge de onze ans.

Je lui dis que ce que j'écrivais ressemblait à ces planètes lointaines, entourées d'une nébuleuse, qui se rapprochent lentement de la terre, et lorsqu'elles seront assez près il y aura une explosion.

« C'est exactement ce qu'il me faut, dit M. Covici. Une collision avec la terre. Je vous veux plus terrestre.

— Vous devrez attendre, lui dis-je.

— Mais, gémit-il, ne pourriez-vous écrire un roman comme tout le monde, avec un début et une fin ?

— Non.

— Je reconnais que vous créez votre forme vous-même. »

Les protections que nous construisons deviennent des chausse-trapes en elles-mêmes. Je crois que ce que j'aime chez les jeunes, c'est qu'ils n'ont pas encore créé de déguisements ni de masques.

Tout le monde autour de moi le faisait, et cette crainte a aussi créé le *Journal*. Même l'Anaïs destructrice qui refuse de détruire dans la vie. Je ne fais aucun mal à Wilson qui a suffisamment d'ennuis actuellement, mais je fais son portrait avec les couleurs que je n'aime pas : le brun de la philosophie, les cendres de l'érudition, la grisaille des traditions.

La première visite de Gore Vidal au studio nous surprit dans un moment de bonne humeur, car lorsqu'il fit son entrée plusieurs d'entre nous (Frances, Marshall, Jean Garrigue, Duits, Pablo) étaient en train d'improviser un éloge funèbre pour Matta. Pauvre Matta.

« Est-ce qu'il est mort ? demanda Gore Vidal.

— Non, lui dis-je. Mais il a épousé une milliardaire et nous sommes vraiment très inquiets pour son avenir de peintre. »

Gore Vidal est d'une famille riche, il a dû être bien étonné de cette conversation.

Il revint seul, une autre fois. Il me dit qu'un jour il sera président des Etats-Unis. Il s'identifie à Richard II, le roi-poète. Il est fier, il dissimule sa sensibilité et il oscille entre la dureté et la douceur. Il est double. Il est capable de sentiment, mais sa vision, me semble-t-il, est déformée.

Il est plein d'assurance dans le monde, il parle avec aisance, c'est une personnalité connue, il brille. Il peut faire des imitations habiles de personnes connues. Il entre avec aisance, ce n'est pas un adolescent rêveur. Ses yeux sont noisette : limpides, ouverts, moqueurs.

Son grand-père était le sénateur Gore. Sa mère quitta son père alors que Gore avait dix ans pour épouser quelqu'un d'autre. « Elle est latine, vive, jolie, aimée de beaucoup. »

Avec tout cela, il est très seul. Dans les Aléoutiennes il a souffert d'engelures. Le gel semble faire partie de lui. Il a quelque chose de l'adolescent gelé qui n'a pas encore fondu sous l'effet de la confiance, de la passion. Il est strict. « A l'armée je vivais en ermite pour écrire mon roman. »

Lorsqu'il m'apporte le roman, je suis surprise du ton mesuré, des mots pondérés, détachés. C'est une écriture que je n'admire pas. Le jeune homme autrefois gelé n'est pas aussi mort que ce qu'il écrit. Action. Nul sentiment.

Ai-je tort de croire qu'il existe en lui une cordialité en puissance ? L'écriture est-elle un déguisement, un masque ? Un futur Hemingway ?

Plutôt que de me lancer dans une amitié belligérante avec Edmund Wilson, j'ai rompu avec lui. Je ne veux pas revivre toujours le drame père-et-fille.

J'ai rompu en douceur, et il était triste.

Gore me dit : « Je ne veux pas m'engager, jamais. Je vis détaché de ma vie actuelle. A la maison nos rapports sont épisodiques. Mon père a épousé un jeune mannequin. J'aime les relations superficielles. Lorsqu'on se laisse entraîner, on est blessé. »

La désertion de mon père a entraîné chez moi la réaction inverse. Je recherchais toujours l'intimité, une intimité nouvelle et plus grande.

Mais il n'aime pas la vie d'artiste, et il représente les valeurs de mon père. Il m'emmène dans des restaurants luxueux, manger du caviar et boire du champagne, ou chez Charles, à la Pomme-Soufflée.

La Faim sera bientôt épuisé. Je suis inondée de lettres.

(DÉCEMBRE 1945)

GORE est à Mitchell Field, et il vient me voir aux week-ends. Nous avons eu une excellente conversation. Il m'a lu des passages de *Richard II*. Comme il se plaignait d'une douleur arthritique à la main, je lui dis : « C'est une crampe nerveuse, d'avoir décrit un personnage ordinaire, alors que vous-même vous n'en êtes pas un. » Je le taquine. Fais allusion à ses dépressions. Marshall est alors arrivé avec un Gallois et sa harpe. Il a chanté des ballades d'une très belle voix. Charles Duits est venu, et Pablo. Soirée légère, magique.

Lorsque Gore téléphone il annonce : « Ici Troubador Vidal. »

Rango me dit qu'il y a une jeune fille d'allure romantique assise à côté de la presse qui lit *Under a Glass Bell*, et voudrait me connaître. Mais en même temps cela l'effraie; il lui a donc suggéré de venir me trouver lors de ma prochaine conférence à la Mills School. A la fin de la conférence, elle parut donc. Je la reconnus. Elle était comme le fantôme de celle que j'étais plus jeune, une femme rêveuse, avec un regard doux mais ardent, de longs cheveux répandus sur ses épaules, prête à se volatiliser à tout instant si l'atmosphère cessait d'être favorable.

J'aurais pu lui dire : « Vous êtes l'Anaïs romantique que j'essaie de conquérir. Vous êtes une figure du passé. » Mais ils viennent ainsi, sortis de mes histoires, de mes romans, magnétisés par leurs affinités, par des personnages semblables. Et je n'ai pu la repousser. Je l'aimais. Elle me tendit un mécanisme de boîte à musique sans la boîte. Elle finit par me chuchoter qu'elle la met toujours dans sa poche, et l'écoute dans la rue. Elle la remonta pour moi et la plaça contre mon oreille, comme si nous étions seules et non pas dans une grande salle bruyante remplie d'étudiants et de professeurs qui se bousculaient et m'attendaient. Une mèche de ses longs cheveux s'était prise dans le mécanisme et la musique semblait s'en échapper.

Elle était venue à moi, yeux bleus limpides d'humidité, mince, orpheline née dans la pauvreté; elle parle doucement, avec exaltation. Implorante, blessée, vulnérable, à bout de souffle. Sa voix touche le cœur. Elle est venue parce qu'elle se sentait perdue. J'avais trouvé les mots qui rendaient sa vie plus claire. Elle parle comme j'écris, comme si j'avais créé un langage pour ses sentiments. Elle est sortie de mon livre et elle vient me confronter. Elle est sans force et sans défense, comme j'étais lorsque je fis la connaissance d'Henry et de Rango.

Elle s'appelle Sherry Martinelli. Elle vit avec un peintre, Enrique Zanarte. Elle me confie : « Enrique dit que je suis folle, parce que je lui demande quelquefois : « Comment « te sens-tu aujourd'hui, bleu ou violet ? » « Car je crois que nos humeurs ont une cou- « leur. Et puis je préfère casser un plat lors- « qu'il est sale, plutôt que de le laver. « Pensez-vous qu'il puisse exister quelque « part un homme qui partage mon senti- « ment ? Lorsque nous sommes allés au zoo « tous les deux, j'étais furieuse parce qu'il ai- « mait le rhinocéros avec sa carapace qui « l'empêche de rien sentir alors que j'aimais « le kangourou qui porte ses petits comme « j'aimerais porter ma fille de trois ans avec « moi tout le temps. »

Elle a vingt-sept ans, mais elle est du même bord que Pablo, Marshall et Charles Duits. « Il y a des expressions que l'on entend dans la rue et avec lesquelles on vit. » Elle est la poésie pure qui marche et qui respire dans mes livres et hors de mes livres, j'ai donc le sentiment que je ne mens pas, que je n'invente pas, que je ne suis pas loin de la vérité. « Mon Dieu, tous les livres que l'on peut lire sans pour autant se rapprocher de la vérité. Seulement les vôtres, Anaïs. »

Ses yeux deviennent immenses lorsqu'elle pose des questions. Bleus, la pupille très noire et dilatée. Elle a l'air espiègle et fragile. Elle porte des habits d'orpheline, hideux et grossiers. Elle est à moitié juive, à moitié irlandaise. Sa voix chante et change : basse, gaie, triste, lourde, traînante, rêveuse.

Edmund Wilson est venu avec des orchidées, m'a baisé la main et m'a demandé : « Pourquoi m'avez-vous abandonné ? »

Mes enfants qui n'ont pas leur content d'amour. Exigeants. Jamais assez. Besoins infinis.

Joséphine était amoureuse de son cousin qui avait une peau plus claire de plusieurs tons, et ses parents étaient très soucieux à l'idée qu'elle allait succomber. Joséphine traitait mon studio comme un second domicile. Elle m'appelait sa sœur en plaisantant et nous parlions longuement de toutes sortes de sujets. Mais de son cousin nous ne parlions pas. Il venait aux réunions. Il était bien habillé. Il avait une bonne situation. Il parlait un français admirable. Mais la joie de vivre de Joséphine était si forte qu'un chagrin d'amour ne pouvait se voir à travers un pareil entrain. Les enfants l'adoraient pour sa gaieté et son énergie. Ils étaient tous un peu amoureux d'elle. Elle nous apprit à danser. Nous admirions son allure lorsqu'elle avançait cambrée, l'orgueilleuse fermeté de son dos, ses jambes puissantes, son humour.

L'inquiétude des parents me gagna. Si elle était la maîtresse de son cousin et qu'il ne l'épousât pas, elle serait blessée. J'eus une idée pour découvrir la vérité. Alors que nous jouions une charade, ce dont nous raffolions tous, je lui demandai de produire tous les sons que peut émettre une femme en train de faire l'amour.

Joséphine, allongée sur le tapis, produisit une gamme si réelle et si complète des sons que peut susciter le plaisir de l'amour, qu'il aurait fallu un chapitre entier de Richard Burton (le traducteur des *Mille et Une Nuits)* pour les écrire. Le roucoulement de plaisir rêveur, la réponse vibrante aux notations des doigts, le petit cri de plaisir de la proximité, et le cri de triomphe final. Les échos des autres cris : la réponse, les appels d'oiseau, le cri de déchirement lorsque le plaisir frappe comme la foudre, elle les connaissait tous.

Lorsqu'elle eut fini et que nous la félicitions après avoir bien ri, et que nous essayions certains cris moins experts que les siens parce que sa voix avait un registre plus étendu qu'aucun de nous, elle me regarda, et elle sut que je savais son secret. Mais je n'ai jamais su à quel moment Joséphine fut blessée, parce que, bien qu'elle n'ait jamais épousé son cousin, Joséphine ne versait jamais de larmes sur les amours révolues. Elle allait toujours de l'avant vers de nouvelles amours.

J'ai oublié de raconter l'histoire de mon bain de thé. J'avais honte de ne pas être bronzée en été, j'achetai donc une livre de thé et pris un bain. Joséphine arriva et lorsqu'elle comprit ce que je faisais là, elle fut prise d'un irrésistible fou rire. Nous avons ri toutes deux de l'ironie de la chose.

Mon amitié avec Leo Lerman est une amitié téléphonique. Au téléphone il parle de fleurs, et il montre son talent de conteur. Ses histoires, déjà romancées par sa vive personnalité, font mon enchantement. Je les entends plus distinctement que dans des réunions. De même que les histoires de Moricand, elles sont destinées à charmer sans rien révéler du conteur. Je suis persuadée que Leo dissimule une vie tragique, obstinément déguisée sous des dehors frivoles.

Ce matin, tard, il me téléphone : « Devinez ce que je suis en train de faire ? Nous lisons *Under a Glass Bell.*

— Qui cela nous ?

— Truman Capote.

— Cela vous plaît ?

— Nous sommes conquis. Il est conquis. »

Leo Lerman a recréé pour moi une partie de son enfance de manière si vivante que j'avais l'impression de l'avoir connue. L'arrière-plan est russe, et la littérature russe m'a peut-être préparée à cela. La famille entière émigra, une tribu. Le grand-père *melamed*, austère, avec des préoccupations d'ordre spirituel, rigide, sagesse et punitions distribuées également. Chacun des membres de la famille aussi bien campé qu'un personnage de Tchekhov. Tantes, cousins, frères, sœurs. La figure du grand-père dominait dans la hiérarchie, mais c'était la figure de la mère que je préférais, qui avait apporté de Russie son amour du verre taillé. Amour, ai-je dit. Il s'agissait bien d'amour ! C'était une passion. Elle n'avait pas de plaisir plus grand que de se mettre sur son trente et un, et de faire la tournée des antiquaires de la 3e Avenue, à la recherche de saladiers, verres, salières, carafes ou tasses à thé en verre taillé. C'était, pour elle, comme de chercher des diamants. Toutes les tragédies domestiques : maladie, mauvaise santé de Leo, problèmes matériels, drames familiaux, se guérissaient, pour la mère de Leo, avec du verre taillé. La gêne matérielle, la religion et le luxe du rituel, rien ne pouvait diminuer sa passion. Elle fréquentait les ventes aux enchères. Elle avait si peur d'être blâmée par le rabbin qu'elle rapportait ses trophées dans de vulgaires cabas marron.

La maison qu'ils habitaient était dans un quartier d'immigrants russes qui parlaient leur langue, le yiddish russe, un univers si complet que Leo ne voulait pas aller en classe ni apprendre l'anglais. Mais les membres de la famille allèrent chacun de leur côté finalement, attirés dans d'autres villes par des offres d'emploi. Lorsque le moment vint de déménager définitivement et de s'intégrer à la vie américaine plutôt que de rester un îlot de culture russe *melamed*, la mère de Leo continuait à collectionner le verre taillé. La maison en était pleine. Les placards étaient remplis de verre taillé. Certaines pièces taillées avec plus de finesse et de grâce, mais toutes jetaient ces éclairs magiques et kaléidoscopiques qui rendent le verre taillé si fascinant pour l'œil. La lumière réfractée par chaque pièce était une vibration magique. La maison était dispersée, la famille était dispersée, mais la mère de Leo continuait d'acheter du verre taillé. Objets du passé. Ils lui donnaient accès à un rêve.

J'ai donné une réception. Mrs. Mary Louise Aswell avait invité Truman Capote. Au coup de sonnette j'allai ouvrir. Je vis un jeune homme, petit et mince, avec les cheveux qui lui tombaient dans l'œil, qui me tendait la main la plus douce et la moins osseuse que j'aie jamais tenue, comme celle d'un bébé se nichant dans la mienne.

Il était d'une timidité maladive. Il paraissait vouloir se cacher ou, comme moi-même en maintes occasions, il avait l'air de chercher la sortie. La timidité chez les autres suscite toujours la mienne. Il semblait fragile et vulnérable. Il semblait surtout le plus enfant de tous les jeunes qui m'entourent. J'avais lu seulement une histoire de lui, écrite avec délicatesse, tendre.

Après ce premier contact nous nous retrouvâmes à des réunions, mais sans jamais nous adresser la parole. Nous nous retrouvions au mauvais moment. J'avais autour de moi trop d'enfants. J'appelais de mes vœux un artiste épanoui dans la force de l'âge ! Mais son œuvre me subjuguait. Son pouvoir de rêver, la subtilité de son style, son imagination. Pardessus tout sa sensibilité.

Maya, provisoirement, a cessé de travailler à son film. Nous marchons tous sur des œufs, par crainte d'une catastrophe, d'une dispute ou de quoi que ce soit qui risque de tout gâcher, car elle a besoin de séduire tout le monde, de Duits à Marshall en passant par Pablo et même moi. Nous retenons notre respiration et nous espérons qu'elle va trouver quelqu'un qui la calme et qui l'incite à reprendre le tournage. Nous tirerons peut-être au sort : Toi, le numéro neuf, va trouver Maya, faites l'amour, et rends-la heureuse, fais-le pour le film.

Je vais sans doute signer un contrat avec Dutton car il se peut qu'ils m'acceptent sans conditions, à cause de Gore Vidal.

La Faim est épuisé.

Sonya m'a dit que Breton avait déclaré que j'étais l'une des « femmes illuminées », et avait demandé qu'on lui traduise une partie de mon œuvre.

Pour faire plaisir à M. Covici de The Viking Press qui m'a demandé d'écrire comme tout le monde : Marshall Barer a vingt-quatre ans, il pèse cinquante-sept kilos, mesure un mètre soixante-quinze et il est né le 19 février. Il est venu un soir amené par Kim Hoffman, et s'est tout de suite mis à me raconter des histoires.

Il y avait un homme qui pouvait passer la main à travers une vitre, qui pouvait passer de l'autre côté d'un miroir, dont le seul regret était que la sensation de traverser du verre ne durait pas assez. Un jour un journaliste raconta qu'au cours d'une visite publique d'un grand observatoire, le jour de l'inauguration d'un nouveau télescope géant, il se produisit l'incident suivant : « Lorsque les visiteurs furent partis, on s'aperçut qu'il en manquait un. Lorsque le gardien revint au télescope, il trouva un complet veston soigneusement plié à côté. Aucun papier. »

Marshall dansait avec Joséphine, aussi souple et flexible qu'elle. Il l'a arrachée à Pablo. Leonard et Pablo étaient jaloux de lui. Lorsqu'il téléphona, ils protestèrent silencieusement.

Sa présence était exaltante. J'aimais sa manière légère, aérienne de faire son entrée, son brio, sa vivacité. Lors de sa dernière visite, en fin d'après-midi, il avait lu Elizabeth Bowen, il était prêt pour un dîner avancé, des souliers cirés et un service raffiné. Il se trouvait justement que Millicent avait fait le ménage à fond, je préparais un thé soigné et complet, tout était prêt pour aller avec le livre d'Elizabeth Bowen, sauf les chaussures. Marshall demanda du cirage et fit ses chaussures.

Dans notre vie au studio, celui qui commence un jeu, une saynète, qui donne un certain ton, est suivi par tous.

Le corps de Marshall est parfaitement souple, détendu. Lorsqu'il s'allonge, il a l'air de se déverser sur le divan, sans rigidité. Nous ne nous asseyons jamais sur des chaises, mais sur le tapis. Marshall lit sur le tapis.

Gore est venu.

Nous glissons sans peine dans un entretien sincère et cordial. Il a laissé tomber son armure, ses défenses. « Je n'aime pas les femmes. Ou bien elles sont bêtes, écervelées, comme les jeunes filles de mon milieu que je devrais épouser, ou bien elles sont dures, masculines, des intellectuelles stridentes. Vous n'êtes ni l'un ni l'autre. »

Il connaît tout intellectuellement. Psychologiquement il sait ce que cela représente d'avoir vu sa mère partir, lorsqu'il avait dix ans, pour se remarier et avoir d'autres enfants. L'insécurité qui s'ensuivit. Il causa la seconde rupture à l'âge de dix-neuf ans, après s'être disputé avec sa mère. Son admiration. Son attachement, sa haine et son esprit critique. Ce n'est pas de la pitié selon lui. Il est fier qu'elle soit belle et aimée, mais il condamne son esprit possessif, son chaos, son entêtement et il se révolte contre cela. Il le sait. Mais il ne sait pas pourquoi il ne peut pas aimer.

Son visage, comme la lumière de l'après-midi changeait, s'éclairait. Le froncement de sourcils disparut. C'était un enfant lancé prématurément dans un monde de célébrités. Sûres d'elles-mêmes, de leur pouvoir, de leur réussite. Sa mère lui confie sa vie. Il fréquente des hommes et des femmes arrivés. Il a été refait d'une enfance insouciante, d'une adolescence heureuse. On l'a précipité dans la sophistication et dans l'expérience avec la surface de lui-même, mais son Moi profond était esseulé et secret.

« Mon démon c'est l'orgueil et l'arrogance, dit-il. Vous ne le verrez jamais. »

Je reçois de lui douceur et confiance. Il m'avait demandé au début de ne pas consigner par écrit ce qu'il dirait. Il porte la serviette de diplomate de son père dans laquelle il met ses poèmes et son roman. Il porte ses responsabilités avec sérieux, il prend bien soin de ne pas dire son nom, de ne pas parler de sa famille à ses rencontres d'une nuit. Il prend soin de sa réputation; en tant que futur président des Etats-Unis, il me confie des secrets d'Etat pour alléger sa solitude. Il veut tout mettre par écrit plus tard, car nous voulons explorer ensemble son labyrinthe secret, découvrir le secret de son ambivalence. Explorer. La vie s'est pourtant chargée de modifier encore la situation. Lui, l'esseulé, s'est confié à une femme pour la première fois, et nous commençons le voyage de notre amitié comme des enfants mal aimés qui se sont élevés eux-mêmes, rendus ainsi plus forts et plus faibles à la fois.

Il subit les conséquences de ses engelures de la guerre, malaises et névrite. Il souffre d'accès de noire dépression. Il est myope. Un garçon sans âge qui parle comme un vieillard. Mes autres enfants ne l'acceptent pas, ne le comprennent pas.

Pendant que toutes les mères de la bonne société le cherchent pour leurs cocktails, leurs bals, nous sommes peut-être en train de parler tranquillement dans un restaurant ou une boîte de nuit. Une débutante lui a envoyé une lettre : « Pourquoi êtes-vous si détaché ? » Gore s'acquitte de ses fonctions, il s'incline, il danse, il s'en va. Chères mères et débutantes, pouvez-vous rendre à ce garçon son enfance, sa mère, sa sécurité, la cordialité, la sympathie dont il avait besoin alors ? Pouvez-vous répondre à ses pensées, dialoguer avec brio, vous mettre au diapason de son intelligence ?

Il est venu à quatre heures, pour repartir à minuit. Il m'a fait rire avec des pastiches extraordinairement bien imités de Roosevelt, Churchill, un sénateur du Sud, une pétition à la Chambre des communes. Il a un talent de satiriste.

Il s'efforce d'établir un contraste entre Pablo, Marshall et Charles qui sont des adolescents pas encore mûrs, qui n'ont pas encore réussi, et lui-même déjà bien installé dans ses rôles d'écrivain, de directeur, etc.

« Je vous donne le vrai Gore. »

Et puis : « Je viens mercredi. Renvoyez les enfants. »

Mercredi j'ai retrouvé Gore au restaurant. Il avait des nouvelles pour moi. Dutton avait eu une réunion avec les autres directeurs, il offrait une avance de mille dollars et un contrat pour tous les romans. Nous avons fêté cela. Il me dit que je dois finir le nouveau livre, *Les Miroirs dans le jardin*, d'ici deux mois. Je ne suis pas certaine d'y arriver, avec le travail à la presse et les visites.

Gore croit que je vis une fantaisie, que je vois des choses qui ne sont pas là, que j'invente un monde.

La visite dominicale de Gore est maintenant

une habitude. Il apporte ses rêves noir sur blanc, son premier roman pour le montrer : celui qu'il a écrit à l'âge de dix-sept ans : *Williwaw.*

J'aime la vivacité de ses reparties. Il n'élude jamais. Il reste sur ses positions, il répond, il réplique. Il est ferme, il a l'esprit vif. Il a une intelligence toujours en éveil, il est attentif, sur ses gardes, il observe.

Quand on a l'âge de Gore, ou des enfants, le mystère de ce qu'ils deviendront a quelque chose de fascinant. On observe une croissance. A l'inverse de Wilson, qui est assis tout formé et décidé, avec des opinions et des jugements.

On voit chez ces jeunes hommes toutes les ambivalences et tous les conflits. L'illumination qui les entoure est-elle celle de l'espoir ? Ils sont encore tendres, vulnérables, ils luttent encore.

Gore a déclaré : « Je suis un déraciné. Je ne me sens pas américain. Je ne me sens chez moi dans aucun univers. Je les traverse tous avec indifférence. Je ne prends pas parti. »

Mon œuvre a créé un univers qui attire à lui ceux avec qui je veux vivre, qui veulent vivre dans mon univers. On peut créer un univers avec du papier, de l'encre et des mots. Cela fait une bonne construction, des refuges habitables, avec des doses supérieures d'oxygène.

« Je crois, mon cher Gore, que vous avez décidé de décrire des êtres ordinaires dans un univers ordinaire pour masquer l'extraordinaire vous et le monde hors-de-l'ordinaire dans lequel vous vivez, et qui est semblable au mien. Je sens chez vous de l'imagination, de la poésie, l'intuition d'univers dont vous vous méfiez parce qu'ils sont liés à vos émotions, à votre sensibilité. Et vous êtes obligé de travailler éloigné de ce territoire du sentiment où réside le danger. »

Il a été plus difficile de trouver le poète chez Gore. Leonard avait un air de poète et de rêveur. Gore a un air chaleureux, proche, réaliste. Mais le fait est là, il est un autre poète inarticulé, un rêveur secret.

L'orientation de ce que Gore écrit me désole. Mais à vingt ans est-ce que je connaissais mon orientation ? A vingt ans j'imitais D. H. Lawrence.

Comme je ne vante jamais les mérites des gens célèbres qui ont réussi et qui sont puissants, Gore a de nouveau conscience de sa valeur individuelle. Le succès ne m'impressionne pas.

Je comprends lorsqu'il me parle de son adoration pour Amelia Earhart, et de la douleur qu'il ressentit à sa mort. C'était une amie de toute la famille. C'est le père de Gore qui avait financé son voyage fatidique.

Gore a un sentiment de puissance. Il sent qu'il peut accomplir tout ce qu'il souhaite. C'est un esprit lucide et décidé. Il est capable de diriger. Cela au niveau conscient et raisonné. Dans le domaine de l'émotion, l'imagination et l'intuition sont présentes, mais il ne s'y fie pas. Peut-être parce qu'il les associe à des qualités plus douces et plus féminines qu'il ne souhaite pas développer chez lui.

Trois soirées de Gore. L'une avec un écrivain : ils n'ont pas dessoûlé. Une autre pour escorter une débutante au Victory Ball, où il a eu un sentiment d'ennui et d'étouffement. La troisième avec moi. Il m'apporte un poème, deux pages de souvenirs d'enfance, le quatrième chapitre de son roman, les séquelles qu'il a gardées de la guerre; il parle de sa mère, de son père, de son enfance. Il se plaint d'une impression de dédoublement, d'irréalité. Parle de mort. Révèle le mystique. Obsédé, comme l'était Leonard, par les cercles.

Dimanche, minuit. Gore est assis au pied du canapé, occupé à écrire sa pièce sur le loup-garou.

Il m'a dit : « Nous avons fait connaissance juste au bon moment. »

Il lit mon nouveau livre et il lui plaît. Il me dit que son père a lu *La Faim* et s'est retrouvé en Jay.

« Mais je ne veux pas que vous fassiez sa connaissance. Vous lui plairiez trop, et il risquerait de vous plaire trop aussi. Vous risqueriez de trop bien vous entendre.

— Pas mieux que vous et moi.

— C'est si bon d'être soi-même sans pose », dit-il.

Pourquoi n'ai-je pas cette confiance en Wilson ? Pourquoi n'ai-je jamais parlé ainsi avec Wilson ? Parce que Wilson est le critique, et me jugerait comme il a jugé mon œuvre ? Parce qu'il ne comprendrait pas ? Pourquoi ne lui ai-je jamais fait confiance alors que j'ai confiance en Gore ?

Dans le monde de Wilson il n'y avait nulle magie, nulle poésie. Il ignorait les suaves délices de l'intimité, les doutes. Les surprises et les étonnements de la jeunesse. Les mystères. Toujours un labyrinthe obscur. Il y avait chez Wilson un dur absolutisme littéral. Un chat est un chat. Oh ! non, ce peut être un symbole de quelque chose d'autre que ce qu'il est, il peut être porteur d'un message, représenter cent autres choses.

Gore dit, à propos de ma continuation de *La Faim* dans *Les Miroirs* : « Vous avez grandi en profondeur, maintenant grandissez en largeur. »

Il a terminé sa pièce et me l'a apportée comme cadeau de Noël. C'était intense et fort. « Je n'ai jamais écrit de cette manière, impulsivement, directement, sans aucun plan. » Il était pâle et défait. Je lui donnai à lire les pages sur l'adolescence et la neige et les timidités de l'amour adolescent.

Gore voulait savoir quand je ferais son portrait. « Je l'ai fait dans le *Journal*, lorsque vous m'y avez autorisée.

— Je vous ai autorisée parce que je savais que vous le feriez de toute manière. »

Il demanda s'il pouvait le lire.

J'acceptai.

J'étais gênée, inquiète parce que je l'avais démasqué.

« Je veux bien être démasqué par vous », dit Gore.

La fin des *Miroirs dans le jardin* oppose deux mondes : la nature et la névrose. Le monde extérieur, le salon, le jardin, les miroirs, et leur reflet dans le miroir. L'impression d'irréalité chez le névrosé survient lorsqu'il observe les reflets de sa vie, lorsqu'il ne fait pas corps avec elle.

Gore dit qu'il change d'attitude à l'égard de l'écriture. Il veut de la couleur, de la magie. Il se rend compte du masque conventionnel de son premier roman.

Son Moi caché se manifeste. Son imagination se révèle dans sa pièce. Il n'est plus mourant. Ses joues ont repris des couleurs, sa voix est chaude. Le froncement de sourcils a disparu.

Il se moque de son monde, mais sa force vient en partie de ce qu'il figure au Social Register, des postes importants qu'occupent ses amis, du pouvoir de ses père et mère. Il a besoin de ses privilèges de classe. J'ai été attristée par sa vanité, l'étalage qu'il fait de sa position. Il dépendait en partie d'attributs mondains. Il a besoin d'être fêté. J'ai vu le personnage qu'il incarne dans le monde. C'était un autre Gore.

Dans l'une de ses lettres, Leonard a cité Eliot : « Une ombre s'étend entre mes sentiments et l'accomplissement. »

Il est venu pour une visite éclair. Nous sommes allés voir Noguchi ensemble. Nous sommes allés au musée d'Art moderne. Air et lumière entre les interstices de ses craintes. Feu et lumière, magie, distance, perte, ombres. Je les comprends ainsi que leur danse parfaite sur le pourtour de leurs rêves et de leurs désirs. Ils jouent sur le pourtour de ma vie.

Horoscope de Gore :

Neptune, qui encourage de grandes illusions, bouleverse sa vie vénusienne. Il ne se satisfait pas du pouvoir. Il ne se fie pas à Neptune par suite de certaines expériences de son enfance. C'est le genre de personne qui répond à la douceur par l'agressivité. Pourrait être stimulé, perturbé, par un type de personne Neptune-Poissons. Cela pourrait être pour lui l'expérience la plus profonde parce qu'elle atteint un niveau de conscience plus profonde. Ce qui l'équilibre c'est le pouvoir de se révolter contre l'autorité. Sans cela ce serait un horoscope incomplet. Les rébellions émotionnelles contrebalancent le côté épris de puissance. Inconscient mystique. Il atteindra la profondeur dans la mesure où il cédera à ses émotions, non grâce au brio de l'intellect.

(JANVIER 1946)

GORE a dispersé le groupe qui m'entourait, après quoi il m'a demandé s'il pouvait amener ses amis. J'imaginais une bande de snobs durs et cyniques, et j'étais bien ennuyée. Mais lorsqu'ils vinrent, ce n'était pas ce que j'avais redouté. Elizabeth Talbot-Martin, diserte, charmante, intelligente, spontanée. Le producteur de télévision Stanley Haggart, grand, beau, chaleureux, qui donne une impression de générosité et d'intuition. Woody Parrish-Martin, imaginatif, un conteur du Sud, souriant, ténébreux.

Ils connaissaient et admiraient mes histoires. Stanley lut mon écriture : « Vous êtes une sorte d'héroïne qui luttez contre l'ordinaire, qui luttez pour transcender vos schèmes. Vous cherchez à vivre sur un plan supérieur. Vous recherchez l'extraordinaire. C'est à force d'aimer que vous transformez tout. Il y a en ce moment une profonde dépression qui risque d'avoir un effet sur ce que vous écrivez. Vous cherchez à dire la vérité, mais enrobée de merveilleux. »

C'étaient les amis avec qui Gore avait formé

le projet d'acheter une maison dans la 85e Rue, que Stanley reconstuirait et décorerait.

Edmund Wilson déclare : « J'ai renoncé à l'idée de vous absorber. Vous êtes une personnalité trop forte.

— Pourquoi vouloir absorber qui que ce soit ? »

Je me mis à espacer nos rencontres. Je n'y prenais aucun plaisir; elles étaient éprouvantes. Je n'étais pas naturelle avec lui. Il en fut dépité. Je savais qu'il me punirait tôt ou tard grâce à l'arme de sa critique, soit en me dénigrant de manière destructrice, soit par le silence.

J'avais toujours soutenu devant Olga qu'un changement de système ne viendrait pas à bout de la guerre et de la cupidité. Que la seule solution était que chacun s'efforce d'opposer sa discipline individuelle à l'hostilité, aux préjugés et aux distorsions d'autrui, où le mal prend racine. Nous en avions discuté bien souvent. Elle est maintenant désillusionnée par la tournure politique prise par les événements, l'œuvre à laquelle elle a consacré vingt ans de sa vie. Elle me dit : « Vous êtes née avec une vision plus profonde, Anaïs. Vous avez pénétré dans des mondes plus profonds, qui ne vous ont pas déçue. Vous avez trouvé les vérités fondamentales. Je me suis dirigée vers les mondes extérieurs de l'action, et ils m'ont trahie. J'ai perdu ma foi, je n'ai rien édifié. Tout cela par suite de ma crainte du monde intérieur. Vous avez eu le grand courage de rechercher la vérité, et d'écrire la vérité. Je voudrais faire quelque chose de plus profond et pour mon malheur j'en suis incapable. »

Cela vint après une attaque de *La Faim* où elle m'avait déclaré que ce n'était qu'une étude de pathologie, et qu'elle ne pouvait en faire un compte rendu pour la revue *Soviet Russia* parce que cette œuvre n'était pas constructive mais décadente.

Après m'avoir dit tout cela, elle sanglota pendant deux heures. « Je savais que j'avais attaqué ma propre conscience, mon âme. Oh ! Anaïs, comme vous avez persévéré avec courage et discrétion, disant des vérités que je n'oserais dire. »

Chaque système est pur à ses débuts, et il est corrompu par la nature humaine; il n'est d'autre remède que de connaître la nature humaine et de la regarder en face. Les psychologues sont les seuls au monde à faire un travail constructif.

Je niai avoir été douée d'une vision plus vaste à ma naissance.

Nous naissons tous avec une vision plus vaste, avec une connaissance de deux mondes. Un choc me jeta vers les mondes intérieurs où je trouvai force et profondeur. Mais vous, vous avez montré du courage dans le monde extérieur. Vous l'avez affronté et moi j'en avais peur : la vie politique, internationale de la richesse et du pouvoir. Je ne m'y sens pas chez moi. Je le fuis. Je ne suis pas sûre que ce soit le courage qui m'ait incitée à explorer les mondes souterrains. N'était-ce pas la peur ?

Vendredi j'ai rédigé d'un seul trait les dix premières pages de la scène de la réception dans le nouveau livre, *Les Miroirs dans le jardin*. J'ai trouvé une nouvelle manière de traiter la vision névrotique, une représentation théâtrale symbolique de ce qui se passe dans notre vision. C'est une réception intérieure : telle que je la décris, les gens n'y participent aucunement car chacun ne rencontre que des interférences avec la réalité de cette réunion. J'ai fait fusionner les symboles et les détails extérieurs. Je me suis inspirée du style de danse de Martha Graham pour placer les personnages, les faire agir de manière symbolique et suggestive.

Samedi j'ai rédigé encore cinq pages.

Hier, cinq autres encore, sur l'absence de Djuna au cours de la réception. C'est une étude de l'absence. Les réceptions réalistes sont toujours décrites comme si tout le monde était là mais la névrose et la rêverie retranchent du présent. Ce n'était pas chose facile à décrire.

Ma plus grande source d'inspiration est l'œuvre d'autres artistes : le monde subtil, mystérieux, suggestif de Martha Graham; les peintres modernes, la musique moderne qui accepte les dissonances; la sculpture; et les créations de mode.

Cinq minutes après son retour à New York, Gore me téléphone pour me donner rendez-vous au Charles-Restaurant. Il n'a cure de mes autres engagements. Il s'agissait de fêter sa libération de l'armée. Il était en civil, l'air encore plus mince, plus jeune et plus vulnérable.

Il dit : « J'ai l'impression de revenir au bercail. Je me sentais perdu à Washington. Vous m'avez jeté un sort. Ce que j'acceptais à une époque, maintenant je ne l'apprécie plus. J'ai trouvé mon grand-père sénateur parfaitement ennuyeux. »

Nous sommes allés au Ruban-Bleu. Nous avons bu et parlé. Il m'a raconté que sa mère lui disait : « Personne ne t'aimera jamais autant que moi. »

Il avait voulu que sa mère meure.

J'étais émue du changement qui s'était opéré chez ce jeune homme qui vivait dans le plus extérieur et superficiel des mondes, qu'il soit capable de s'abandonner à un rêve, une amitié exceptionnelle.

J'ai décrit Djuna s'enfuyant de la réception. Les véritables merveilles de la vie résident dans les profondeurs. Explorer les profondeurs pour y découvrir les vérités, voilà la merveille véritable que connaissent l'artiste et l'enfant, que la magie et le pouvoir sont dans la vérité.

Lorsque Diana Trilling déplore que Liliane,

son mari et ses enfants soient irréels, et ne soient pas traités complètement ni substantiellement, elle ne comprend pas que si je consacrais quatre cents pages à construire la maison, la vie de tous les jours, les détails qui rendraient tout cela « réaliste », je renoncerais, ce faisant, à décrire ce que Liliane éprouvait, l'irréalité pour elle de son mariage, son foyer, ses enfants. Comment peut-on consacrer tout un roman à rendre réel quelque chose qui paraît irréel au personnage central ? J'avais bien précisé que Liliane ne les sentait pas; lorsqu'elle commençait par se rendre à la cuisine pour voir Nanny pour qui la maisonnée était réelle, elle cherchait à se rapprocher des siens à travers la gouvernante, parce que pour Liliane les liens étaient tranchés. Lorsque Nanny s'en va, le foyer s'effondre.

Diana Trilling n'a pas compris tout cela.

Qu'il est donc facile de faire ce que fait Steinbeck, de prendre des gens qui souffrent de la faim et de la pauvreté physiques, dont les difficultés sont simples, concrètes, directes. Son univers est simple à raconter. Je prends un univers bien plus inexploré, celui de la névrose, et je vais dépeindre le drame contre lequel le psychologue se débat tous les jours : un univers de vision diffuse, de relations interrompues, de drames symboliques où la vision psychique crée des problèmes délicats et totalement différents. Dépeindre la famille de Liliane comme elle la sent, la voit, la connaît. Dramatiser le drame intérieur avec autant d'acuité, de précision que Martha Graham représente la jalousie, le tourment, la peur.

Je ne décris pas la réalité objective qui est

photographique, mais la façon dont les êtres voient et sentent la réalité, leur réalité. Je peux mettre de la clarté dans ces sentiments. Tout le monde, hélas ! ne peut être analysé, ce qui serait bien nécessaire, mais la littérature moderne a une tâche à accomplir. Les romans du passé ou bien acceptaient l'objectivité classique, ou bien accueillaient l'irrationnel subjectif, mais sans jamais l'élucider. Il est merveilleux de parler d'êtres humains qui luttent pour la nourriture. Mais il est également indispensable de prendre conscience de notre névrose collective, de l'explorer, de chercher à ramener au monde celui qui s'en est détaché et souffre de cette aliénation. Le névrosé est privé de son monde humain. On peut le lui rendre. Sans ce travail nulle histoire ne progressera jamais. Tout ce qui s'est développé à partir de Freud, ou même en opposition avec lui, est plus utile que Marx. Car le monde ne peut sentir la faim ou la pauvreté d'autrui lorsqu'elle est névrotique, ou bien repliée sur elle-même. Ceux qui explorent l'univers de la névrose sont ceux qui atteignent les racines de l'agressivité de la guerre, de l'hostilité et des préjugés. Si bien qu'en définitive un névrosé revenu à sa vie humaine peut devenir un humaniste véritable.

J'ai présenté Gore à *Harper's Bazaar* avec un extrait de son nouveau roman, et aussi à *Town and Country*.

Marshall un jour arriva avec un costume qu'il avait acheté en solde. Leo Lerman donnait une réception à laquelle les femmes devaient venir habillées à la mode des années vingt. Marshall m'apportait une robe sans taille, à poitrine plate, couverte de perles, qui pendouillait sans forme, ainsi qu'un chapeau cloche qui me recouvrait les oreilles comme un pot de chambre, le tout accompagné d'un maquillage de clown avec un rond rouge sur chaque joue. Je revêtis cette tenue, me regardai dans la glace et refusai de sortir comme cela. Marshall avait dépensé trente-cinq dollars (il y avait aussi un boa en plume rouge) et fut très blessé de mon refus. Je lui expliquai de mon mieux : « Après que mon père m'eut dit que j'étais laide, j'ai passé le reste de ma vie à y remédier du mieux possible, je me suis efforcée de me rendre belle. Pourquoi me rendre à une réception en une tenue de clown ridicule ? »

Marshall n'était pas d'accord. Je dis à Leo Lerman que je ne serais pas costumée. Il me supplia de venir quand même. Les femmes avaient des toilettes à coucher dehors, ce qui était le but recherché. Je n'arrivais même pas à les reconnaître !

Mais nous sommes encore en froid, Marshall et moi.

Gore lutte contre des forces menaçantes, il affronte les critiques, il est vulnérable. Ainsi que tous les écrivains il rêve d'acceptation totale, d'amour unanime. Un rêve. On lui dit que l'on préfère son premier roman *Williwaw*, au second, *In a Yellow Wood*. Lorsqu'il entend cela au téléphone, il pâlit. Ce que les autres pensent compte beaucoup pour lui.

Je lui rappelle que l'on doit d'abord demander : Quelle est la personne qui a dit cela ? Est-ce quelqu'un dont l'opinion a de la valeur ?

Il m'incite à lutter contre Diana Trilling.

« La meilleure riposte est de continuer à travailler. Faire un travail toujours meilleur, c'est à cela qu'il faut consacrer son énergie. Je ne peux pas rendre Trilling plus subtile ou plus intelligente. »

Rango et moi parcourons encore les rues ensemble. Nous faisons encore halte au café. Mais nous ne parcourons plus les rues du présent, seulement celles du passé. Ce sont des échos d'une entente profonde, des échos humains. Nous faisons halte à des prolongements dans le temps de nos cafés parisiens. C'est l'amitié ancienne qui guide nos pas, qui commande les consommations, guide notre dialogue. C'est l'amitié ancienne qui esquisse des gestes avec une cordialité familière. L'étincelle n'est plus là. Des échos attardés. Les rues d'un attachement de neuf années sont encore richement peuplées. Il a encore des histoires réjouissantes à me raconter, même si je ne les entends pas avec autant de fraîcheur ou ne les rapporte pas dans le Journal; il est encore rempli d'humour indien, de malice, de roublardise. Mais ce sont là des restes du passé, des échos, des répercussions, affaiblis et qui s'évaporent devant les moments plus marquants passés avec d'autres amis.

Gore a tellement besoin de s'affirmer.

Son premier roman est dédié à sa mère, Nina. Sa pièce est dédiée à moi-même.

Je peux lui dire ce qu'autrefois Otto Rank m'avait dit : « Prenez garde de ne pas entrer dans le monde avec le besoin de séduire, charmer, conquérir ce que vous ne voulez pas vraiment, rien que pour être approuvé. C'est ce qui provoque les moments de paralysie devant les autres et supprime la confiance et le naturel. »

J'ai conscience d'aimer et de rechercher des illusions évanescentes, fugitives. Ce qui devrait être, non pas ce qui est, voilà ce qui m'intéresse. Des idées, des expériences, des idéaux reflétés, mais déformés par des rêves. Egalement créés par des rêves.

Entre les deux, une solitude qui n'épargne rien. Le rêve qui accompagne l'expérience vous éloigne de la réalité tout en créant un monde du merveilleux.

Je travaille non pas par explosion, mais par infiltration.

La luminosité est le trait le plus séduisant de l'adolescence. Les hindous appellent cela un quelque chose par quoi nous pouvons devenir invisibles ou briller de lumière [1].

Mais lorsque je parle avec Gore des humeurs euphoriques, des moments d'enthousiasme, il me dit : « Je ne sens jamais les moments euphoriques, seulement les dépressions. » Vivent-ils vraiment avec moins d'intensité que moi, moins de couleur, moins de sentiment ? Instruments assourdis. J'avais raison de décrire la névrose sous forme de surdité, de myopie, d'une atrophie partielle des sens.

L'homosexuel craint la totalité, l'absolu en

1. Cette affirmation étonnante semble pourtant bien être ce que l'auteur a voulu dire. (*N.d.T.*)

amour. Il distingue donc le physique de l'amour. Mais maintenant je constate que par suite de ma sympathie et parce que je rencontre chez l'homosexuel les mêmes hostilités et les mêmes rébellions envers celui des deux parents qui se montre dominateur, possessif, volontaire, j'éprouve de la sympathie pour leur manière perverse de circonvenir la relation homme-femme. Je suis peut-être destructrice ou révoltée d'une manière si détournée et subtile qu'elle est pratiquement impossible à déceler, et presque imperceptible tant elle est contenue. Je laisse cela aux jeunes. Je laisse les jeunes s'en prendre aux aînés qui s'en croient. J'ai laissé Miller être agressif dans ses écrits, et j'ai pu alors continuer à être douce et innocente, un élément pacificateur plutôt que révolutionnaire. Tous mes prétendus « enfants » étaient des rebelles. Ils exprimaient des besoins et des colères dont j'avais honte, et que je répudiais.

Nous projetons sur autrui le Moi que nous ne pouvons supporter, afin de pouvoir le détester chez les autres et le détruire. Ces éléments condamnés sont nécessaires à la vie. Lorsqu'on les tue, on tue la vie. Mais l'idéal en moi les niait. Tout chez moi est contrôlé et passe par des voies détournées. Je le vois maintenant. Est-ce pour cela que je protège les destructeurs et ceux qui se font du mal par leur esprit destructeur, tels Henry, June, Rango, Zara ?

Comme c'était Gore qui m'avait présentée à Dutton, comme il avait suivi de près la rédaction des *Miroirs dans le jardin*, m'avait encouragée, je dis que je lui dédierais le livre.

Je ne sais si cela tient au fait que je connais tellement d'artistes qui ont été définis par Baudelaire comme étant homme, femme et enfant à la fois, ou bien des adultes qui n'ont jamais détruit en eux la vision fraîche de l'enfant, mais ce que je vois chez l'homosexuel est différent de ce que les autres y voient. Je ne vois jamais la perversion, mais plutôt quelque chose d'enfantin, une pause dans l'enfance ou l'adolescence lorsque l'on hésite sur le seuil du monde adulte. La relation fondée sur l'identification, la ressemblance ou « le double », sur le narcissisme, est un choix plus facile et moins exigeant que celui entre les hommes et les femmes. C'est presque incestueux, comme un lien de parenté. Il est vrai qu'il peut y avoir chez l'un davantage de traits masculins, et chez l'autre davantage de traits féminins, de sorte qu'ils peuvent s'équilibrer ou se compléter. Mais chaque fois que j'ai rencontré un homosexuel, ce que j'ai trouvé c'était de l'infantilisme. Il y avait souvent aussi une parodie des parents et des grands-parents, un attachement au passé, un amour des objets anciens, toujours une fixation sur la préadolescence lorsque nos inclinations sexuelles ne sont pas encore cristallisées et toujours quelque événement traumatisant qui provoquait la peur de la femme, d'où la haine à son égard.

Cette haine de la femme, je ne l'avais jamais rencontrée avant ma venue en Amérique. L'homosexuel espagnol ou français aimait les hommes, mais sans détester les femmes. Paradoxalement, il les voyait sous un jour romantique. Mon premier amour fut un homosexuel. Si ses désirs allaient aux hommes, ses poèmes, ses fleurs, ses hommages, ses rêves venaient à moi.

Pablo était très à l'aise avec les femmes. Il voyait sa mère de manière romantique, de même sa première maîtresse. L'autre monde paraissait joyeux, facile dans sa promiscuité, naturel et sans permanence. Il avait (je l'ai toujours maintenu) une innocence.

Chez l'homosexuel américain c'était la haine de la femme qui était une perversité car elle déformait la réalité et rendait impossible tout épanouissement. La présence constante d'un ennemi crée l'inverse de l'innocence. L'homosexualité prenait un aspect de défiance, de traîtrise, de clandestinité à ses propres yeux. C'est pour cette raison peut-être qu'il n'y avait pas d'histoire d'amour romantique. Les romans homosexuels étaient des histoires de promiscuités, non d'amour. Je connaissais quelques couples amoureux, mais on ne les rencontrait jamais en littérature. La culpabilité que la culture leur avait inculquée les empêchait-elle de reconnaître un amour ? Je les menaçais toujours, s'ils ne le faisaient eux-mêmes, d'écrire le premier roman homosexuel sur l'amour, pas la prostitution.

Comment se fait-il que les jeunes aient cette luminosité ? Et lorsque l'amitié se termine, cette lumière disparaît. Est-ce que je les éclaire et les irradie lorsque nous échangeons une chaleur vitale, ou lorsque je perçois leurs potentialités ? La lumière s'est éteinte chez Leonard. Est-ce que par ses écrits, ses affirmations inertes prononcées d'un ton calme il a détruit mon illusion qu'il était vivant ? Est-ce lorsque je ne trouve pas assez de vie en eux que je me détourne ? C'est sa qualité de vie qui illumine une personne pour moi.

Mes amitiés, au lieu de se concentrer, comme à Paris, sur un très petit nombre, se sont fragmentées en beaucoup. Je ne trouve que des relations partielles. C'est la totalité que l'homosexuel redoute. Il sépare amour et sexualité.

Je découvre sans cesse que le *Journal* est un effort pour ne pas perdre, pour me garantir contre l'éphémère, les morts, les déracinements, les dessèchements, les irréalités. Je sens que lorsque j'enferme, je sauvegarde tout. Cela vit ici. Lorsque quelqu'un partait, je me disais qu'il était présent dans ces pages.

Le caractère est hors du temps. Sans âge. Notre vie est une navette entre le passé, le présent et l'avenir. Avec les jeunes on vit dans l'avenir. Je préfère cela. Et cela change constamment selon la vision, l'image ou le mythe qui vous possède. Nous grandissons parfois dans une direction, et pas dans une autre, inégalement. Nous grandissons partiellement. Nous sommes relatifs. Nous sommes mûrs dans un certain domaine, infantiles dans un autre. Le passé, le présent et l'avenir se mêlent et nous tirent en avant ou en arrière, ou nous fixent dans le présent. Nous sommes formés de strates, de cellules, de constellations. Nous ne nous débarrassons jamais de notre enfance. Nous n'y échappons jamais complètement. Nous en revivons des fragments à travers les autres. Nous vivons des strates enfouis à travers les autres. Nous vivons à travers les autres des projections des Moi non vécus.

Je refuse de vivre mes failles. Je les enterre, les condamne et les nie. Incapables de se manifester, elles habitent d'autres personnes. J'accepte chez les autres des cheveux mal peignés, des chaussures percées, une robe d'une propreté douteuse, l'emportement, les mensonges, la veulerie, les trahisons, les jalousies. Permettre à d'autres d'être vous à votre place, permettre à d'autres de se plaindre à votre place. La culpabilité qu'implique cette participation secrète mène à se sentir responsable de la vie des autres. Si on ne possède pas la beauté, on vit cette beauté chez l'autre. Mais il en est de même de la laideur. L'attirance pour les jeunes qu'éprouvent les vieux s'explique par le besoin de sentir leur avenir protégé. Le besoin de foi et la vision de l'avenir que possèdent les aînés.

Dans l'univers des enfants, la place accordée au jeu est un bon terrain pour l'imagination et la fantaisie. Lorsque cela n'est pas tué dans l'enfance, c'est cela qui crée l'artiste et l'inventeur. Vous devenez une Martha Graham, la danseuse la plus grande et la plus significative. Chaque geste illuminé par le sens. Rien n'est perdu. L'art a des pouvoirs magiques. Créer et transformer.

Billet d'Henry :

Le bébé semble avoir des mains pareilles

aux vôtres et les utilise comme vous, en des gestes rituels hindous. Tout me porte à croire à son intelligence supérieure et à son excellente nature.

Heureux d'apprendre votre bonne fortune auprès des éditeurs.

Stanley Haggart après avoir lu mon écriture :

Grande puissance d'amour, d'un amour compatissant. L'inspiratrice qui a la foi. Vous avez une foi profonde, persistante, persévérante. Les gens les plus ordinaires pourraient admirer la stabilité de votre foi. Vous œuvrez jusqu'à ce que cela arrive. Vous persévérez. Vous refusez d'abandonner une foi pour une autre. Vous dépassez la moralité ordinaire pour atteindre au-delà une moralité plus vaste. Vous êtes digne de confiance. Votre direction est créatrice, jamais destructrice. Il y a une grande tristesse. Intuition puissante mais vous pouvez vous perdre dans des imbroglios émotionnels. Vous avez une grande puissance émotionnelle. Il faut l'utiliser chaque jour dans des relations. Sinon elle gagnera en intensité et déséquilibrera d'autres relations. Je vous vois comme le soleil dans les tableaux de Van Gogh. Vous êtes parvenue à l'équilibre, à la pondération, à la confiance en vous. Vous pouvez vous adonner à des occupations ordinaires comme la cuisine, et vous le faites avec plus de légèreté que d'autres, avec calme et maestria.

(FÉVRIER 1946)

SUIS allée déjeuner avec Ikle, et avons rencontré Paul Mathiesen. Dix-sept ans, d'origine danoise, très blond, tout à fait charmant. Il a un sourire timide, un regard perçant et innocent, et de son corps cependant émanent des ondes de sensualité juvénile et enjouée.

Il est venu me voir. Il s'est assis par terre et m'a raconté des contes de fées. L'un de ces contes était sa propre histoire. Il peint, il écrit. Il a une voix doucement caressante. Il est dans un état de rêverie. Il poursuit ses rêveries au milieu d'un restaurant, dans des pièces bondées de monde. C'est un enfant dans un conte de fées.

Jacqueline Ford écrit de *Winter of Artifice* : « Cela fait trop mal. Dans la vie il y a des interruptions, des pauses, pour vous emmener et vous distraire de vos sentiments profonds. Mais il n'y a que vous qui viviez en eux. C'est raréfié, c'est insupportable. »

Le thème de l'Amérique est le gigantisme, le grandiose. Agrandir le Moi et ce qui l'entoure et les objets pour cacher la faiblesse. La colère prélude au pouvoir. Elle peut devenir créatrice. Je l'ai toujours considérée comme négative. Etre contrôlé. Mauvais. Mais elle peut devenir nécessaire à l'affirmation de soi et à la création. Crainte de l'affirmation de soi par suite de la culpabilité : culpabilité envers les plus faibles, peur de les blesser. Mais plus encore, peur d'être seul, séparé des autres, de perdre des relations, peur de se retrouver seul. Devoir trouver des relations de protecteur à obligé ou de protecteur à indépendant. Quel soulagement cela sera le jour où je ne me sentirai plus contrainte et forcée de protéger et de me faire plus petite et plus faible afin de ne pas écraser les très jeunes. La douceur de ceux qui ont été mutilés par des parents qui les écrasaient. Ma mère était écrasante, avait une volonté indomptable et mes parents donnaient tous deux libre cours à leur colère, de sorte qu'ils ont mutilé ma colère par crainte des conséquences (le divorce). Si on se révolte, on perd ceux que l'on aime.

Mon univers est si vaste, si grand, que je m'y perds. Ma vision est difficile à soutenir. Hier soir je me sentais seule dans ce que j'écris. Je n'ai pas de jumeau pour mon écriture. C'est un lourd fardeau pour une femme.

Gore revient. Il voudrait connaître Christopher Isherwood, parce que leurs écrits se ressemblent. « J'aurais voulu être l'auteur de *Prater Violet.* »

Stanley est passé maître dans l'art de créer un chez-soi avec très peu de moyens. Son propre appartement sans confort est un exemple de son habileté. Comme un décor de théâtre, tout est fait à bas prix, imité. Le divan tout autour de la pièce est fait de planches ordinaires. Il apporte des matériaux des studios de la télévision où il construit des décors pour les films publicitaires. Je lui ai prêté une poupée japonaise pour un feuilleton télévisé. En la lui apportant je le vis au travail. Dans un décor il y avait quatre pièces différentes : une cuisine dans laquelle l'actrice faisait de la publicité pour un aspirateur, un salon où elle désignait le somptueux tapis, et ainsi de suite. Stanley a une présence généreuse, chaleureuse, protectrice. Il a l'instinct pour créer des foyers. Et des éclairs de poésie. Lorsqu'il lit une écriture il invente grâce à ses intuitions et son langage. Gore, au début, avait songé à lui faire arranger une maison en meulière dans l'East Side où nous aurions tous habité ensemble. Mais le projet n'eut pas de suite. J'ai vu Stanley créer de nombreux intérieurs. Il croyait qu'en créant un certain intérieur, il pourrait changer la vie de ceux qui y habitent, les affecter.

Un soir de Noël où il nous avait invités il avait rafraîchi le champagne dans la neige qu'il avait prise sur l'appui de la fenêtre. Une autre fois il servit un couscous dans un grand plat sur une table orientale ronde et basse. Il est doué et s'efforce de flotter. Il a des manières et des solutions pour tout faire avec presque pas d'argent.

C'est une manière de rêver la beauté, comme font les décorateurs de théâtre, avec des matériaux de pacotille ou de remplacement; c'est une qualité que j'admire et que j'ai souvent mise en pratique lorsque les moyens étaient limités.

Aujourd'hui j'ai fini de récrire la deuxième partie des *Miroirs dans le jardin*. J'ai condensé deux cents pages en quatre-vingts. J'aime le récit de la réception. C'est comme un des ballets de Martha Graham dont je me suis inspirée. Il est plein de rythme et de couleur, comme un mobile ou une peinture moderne. Cela me satisfait. Je suis nerveuse et épuisée.

Hier au soleil les yeux de Gore étaient vert et or. Je ne vois que sa sincérité avec moi. Je sais qu'il joue un personnage, simule et manque de sincérité au-dehors, mais je ne vois pas cela et je ne souhaite pas le connaître dans le monde. Il me donne le meilleur de lui-même. Sa franchise et sa douceur, son courage et sa sincérité.

Réception chez Maya Deren. Objets d'art aux murs, lumières tamisées, mobiles et photographies. Ornements africains, fourrures, tambours, tout cela donne une impression de vie sous la tente primitive. Nous dansons ensemble, Paul Mathiesen et moi : « Ce n'est pas une danse, me dit-il, mais un enchantement. » D'ordinaire c'est moi qui rêve, mais ici c'est lui le rêveur, et je le regarde cherchant à deviner ce qu'il rêve. Il est aussi muet qu'une statue. Il ne laisse aucune phrase à la mémoire. Il sourit. Seul son visage demeure dans votre souvenir. Un demi-sourire. Encore un ange sexué ?

Un vieil homme riche l'emmène au Yucatan. Il m'a apporté ses tableaux et ses écrits pour les garder. C'est un elfe. Il parle comme s'il était en transe. Et tout le temps il se rend parfaitement compte de tout, beaucoup plus qu'il ne le dit. Il emploie très peu de mots. On a le sentiment qu'il s'agit d'une transmission comme s'il avait une autre manière de communiquer. L'un des tableaux est un autoportrait dans lequel il se voit non en jeune homme, mais en faune. De temps à autre il émet un jugement profond, à la manière des enfants, inopinément. A d'autres moments il semble désorienté dans le monde, perdu comme un enfant. Comme s'il était le premier occupant de plein droit, et nous les intrus maladroits ignorants des rituels. Il est mince, très blond, la chevelure tirant sur le blanc, avec des mains sensibles, un parler très lent. Il aurait pu naître au pôle Nord, où les hommes emploient peu de mots, mais il est né en Californie. Il a découvert *Under a Glass Bell* alors qu'il était écolier. Son professeur n'approuvait pas le livre et il partit de l'école en signe de protestation.

Les pages sur la réception ont conquis Frances. Cette fois-ci l'abstraction était une réussite. Elle se déclara sous le charme de l'humour, des images concrètes, de la clarté, de l'effet. Etrange qu'en écrivant ces pages j'aie atteint l'apogée de ma foi en même temps que le doute le plus aigu. Suis-je folle ? Est-ce que je vois ce que les autres ne voient pas ? Est-il possible de voir au travers d'une réception la réalité intérieure, comme si les gens étaient transparents, et de découvrir que, pour une raison quelconque, ils n'étaient pas là, mais faisaient semblant d'y être ? J'ai pleuré. Je brise une autre coquille. C'est douloureux.

J'écris tous les jours à Leonard parce qu'il est en enfer, le crâne rasé, sa peau de jeune fille abîmée par un entraînement pénible au milieu d'hommes grossiers; à la caserne il n'est jamais seul. Lui, le timide, toujours replié sur lui-même, rempli de secrets inarticulés. Qu'est-ce que cela va faire à ses sentiments déjà atrophiés, à l'atrophie provoquée par son entourage ? Où ses sentiments vont-ils se réfugier maintenant, eux qui se cachent déjà sous plusieurs centaines de couches protectrices et de terreurs ? Je lui écris parce qu'il est désemparé, pris au piège, et que j'ignore s'il va survivre à cette expérience. Sa mère était froide. L'armée est brutale.

Gore a parfois l'apparence tendue de l'angoisse. Il paraît alors se mouvoir dans la vie avec difficulté. Son visage perd sa douceur et se fige en un masque. (Déjà !) Dans ces moments-là je sais qu'il est pris dans les rets de la névrose. A d'autres moments, il est naturel. Le plaisir et l'euphorie sont des états rares chez lui. Il est vulnérable, mais il sait mieux se défendre que Leonard. Il est capable de cynisme, de sarcasme, et il peut voir les faiblesses des autres sous un jour froid et cru.

Charles Duits me dit que je suis la seule personne dont il se sente proche. Il me parle de son amour pour Luchita, une Chilienne. Il s'est conduit envers elle de manière ambivalente. Sa beauté même lui fait peur. Il est donc fuyant.

Je donne une réception.

Invités : Luise Rainer et son mari Robert Knittel; Maya Deren et Sasha Hammid; Stanley Haggart; Woody Parrish-Martin; Kim Hoffman; Sherry Martinelli et Enrique Zanarte; Charles Duits, Edgar et Louise Varèse; John Stroup; Gore Vidal; Claude Fredericks; James Agee.

Retiré les matelas des lits pour en faire des divans bas à la manière orientale. Invité un guitariste de flamenco. Kim joua de l'accordéon, Steve, un Autrichien, suave, élégant et fort beau, dansa très bien.

Gore me demanda ce que je mettais dans mon vernis à ongles pour lui donner un chaud reflet.

« De l'or, dis-je.

— Comme dans vos écrits ? »

La sombre beauté espagnole de Zanarte, l'analyse intuitive que Stanley fait des autres, les fantaisies de Woody, la grâce de Steve, la musique de Kim, les films de Maya, tout cela s'épanouit ce soir-là. Agee lui-même, qui a si souvent l'air d'un Lincoln sombre et plutôt dramatique, souriait.

(MARS 1946)

DONNÉ à Amherst une conférence accompagnée de lectures. Succès. Dédicacé des livres. Tension et euphorie. J'ai lu la scène de la réception. J'ai fait amitié avec James Merrill, poète âgé de vingt ans. J'ai répondu aux mathématiciens qui me posaient des questions sur le point de vue fluctuant devant un auditoire de cinquante personnes. J'étais entourée de jeunes gens. Dormi dans la chambre de Jimmy.

Gore m'a demandé d'aller au dîner du PEN-Club. J'y allai dans un effort pour affronter le monde. Mal impressionnée par la médiocrité des propos. Un monde « littéraire » si complètement politique et commercial, rempli d'intrigues, mais c'est un monde que Gore se propose de conquérir. J'ai vu pour la première fois le contraste entre les buts que nous poursuivons. Son intérêt est comme celui de Miller : rencontrer tout le monde, conquérir la terre entière.

James Merrill à propos de mon œuvre :

J'ai beaucoup repensé, ces temps derniers, à vos livres et à ce que je ressens devant eux. Ainsi que j'ai essayé de vous le dire lorsque vous êtes venue ici, tout ce qui se passe va et vient entre deux rêves : le rêve familier de l'imagination qui se projette dans les aventures, les situations, traversant le monde et passant au-delà; et l'autre rêve plus rare du monde qui empiète sur l'imagination, les objets qui se projettent à travers des niveaux de conscience. Les deux rêves se rencontrent et entrent pour ainsi dire ensemble, dans une histoire comme celle surréaliste sur Artaud, où sa vision le précipite dans ce monde où précisément il ne peut vivre. Quelque part entre ces rêves de passer au-delà du monde, et d'être violemment troublé par les objets physiques du monde (ils deviennent, bien sûr, métaphysiques), se trouve ce que, non pas vous, mais les autres nomment « réalité », l'équilibre entre le rêve magnifique et le rêve tourmenté. C'est la façon dont vous faites fusionner ces rêves que je trouve si étonnante. Vous passez de l'un à l'autre, de sorte que les deux côtés de cette « réalité » se révèlent, ou se révéleraient si nous pouvions dire assez vite « La voilà » avant qu'elle ne disparaisse. Le passage de la scène de la réception, par exemple, où Liliane se détruit en un long monologue très réaliste — comme vous remplacez la réalité superficielle par un sentiment d'étrangeté superficielle, en employant pour la décrire des termes de couleur et de forme, et vous développez ainsi toute l'étrangeté inarticulée que provoque pareille situation chez ce-

lui qui en prend conscience. J'ai le sentiment très fort que vous dites continuellement : Tous ces rêves, ces changements de sentiment et de vision sont bien réels, sont tout ce que nous avons pour expliquer ce qui nous arrive. Et c'est une intégrité très belle et fascinante dans tout ce que vous écrivez. Même lorsque nous sommes parfaitement conscients de l'invention, l'invention est remplacée par l'honnêteté de ce que vous dites.

Ce commentaire tellement plus pénétrant que celui d'Edmund Wilson est la clef de mon amitié avec les jeunes qui comprennent ce que je fais. William Burford a également écrit un essai perspicace.

Maya est en train de tourner un film. Elle voulait que nous venions tous pour une scène de réception. Les vedettes sont Maya et une jeune fille noire, Rita. Gore a un préjugé contre les Noirs, mais il se joignit quand même à nous. Maya voulait une réunion chez elle sans directives, où tout se déroulait impromptu, selon la nature même des relations. Elle recherchait l'accidentel et le spontané. Gore et moi nous décidâmes de nous comporter à peu près comme nous le faisions lorsque nous sommes seuls avec un mélange de sérieux et d'enjouement, des mots clefs, et en rapport avec ce que nous écrivons.

J'avais battu le rappel de tous mes amis : Pablo, Westbrook, Sherry Martinelli, Charles Duits, Caron, Steve, Nancy Banks, une jolie blonde mariée à Don, un guitariste noir et qui m'avait invitée à leur rendre visite. Tei-Ko, une danseuse japonaise passive.

Maya n'était pas satisfaite de notre façon de jouer. Nous passâmes des heures sous un éclairage violent. Mais Maya refusait d'indiquer un thème ou de nous orienter dans une direction. Elle voulait qu'il se passe quelque chose. Sous les projecteurs nous nous déplacions donc comme dans une réception, formant des groupes, dansant et discutant. C'est alors que je remarquai le thème de la réception que j'avais décrite : qu'il ne se passait rien parce qu'il n'y avait pas de rapport de pensée ou de sentiment entre les acteurs; il n'y avait donc ni tensions, ni échange de moments dramatiques ou comiques. C'était vide. Je voulais dire à Maya : Utilisez mes mots pour décrire ce qui se passe ! Mais bien sûr les cinéastes méprisent les mots. Nous continuâmes donc à jouer notre vide. Nous essayâmes, Gore et moi, de donner le sentiment d'un lien, d'un échange, d'une entente vitale. Rien ne se passait ainsi que Maya voulait. Les cameras tournaient. Nous recommencions indéfiniment. Lorsque nous fûmes tous à bout de forces, toutes nos « poses », nos tentatives de simulacre, notre gêne disparurent. Nous nous laissions aller. Et la réception que souhaitait Maya se produisit. Elle applaudit : Continuez, continuez, continuez. Epuisés, au bord de l'hystérie, nous dansions, parlions, nous prenions par la main, ou bien nous retirions à l'écart, ou revenions, errant et recherchant l'intimité. Nous travaillâmes douze heures durant pour elle.

Ce que Maya recherchait sans pouvoir l'obtenir, c'était quelque chose qui se produise entre les individus. Tout cela restait vide et décousu. Je sais pourquoi. C'était une danse entre des ombres car il n'y avait aucun lien sensuel entre les diverses personnes présentes. Presque tous les jeunes gens étaient des homosexuels, ou bien très froids envers les femmes, comme c'est le cas d'Enrique. Rita, la jeune Noire, est une lesbienne. Maya est une femme inquiète que rien ne satisfait. Les hommes attirés les uns vers les autres. Qu'est-ce que ce monde sans relations vitales entre les hommes et les femmes ? Où est la passion qui bouillonnait dans les rues de Paris, de chaque fenêtre, de chaque chambre d'hôtel ? Maya criait du haut de son tabouret de metteur en scène au-dessus des projecteurs : « Une relation est en train de s'établir ! Il y a un contact. Parlez comme si vous étiez engagés dans une relation. »

Oh ironie ! Ils en étaient incapables. Nous en étions incapables. A bout de nerfs à force de supporter la lumière aveuglante des projecteurs depuis midi jusqu'à minuit, nous devînmes quelque peu hystériques. Nous gesticulions de manière désordonnée pour briser les murs. J'essayai d'entrer en contact avec Enrique, de stimuler une chaleur pour qu'elle devienne un feu ! Tout cela était chaleureux, mais ne jaillissait pas d'un centre de passion. Tel quel, cela resta à la périphérie.

Tei-Ko, la danseuse japonaise, impassible, belle, distante. Charles Duits, fuyant. Rien de fort qui s'affirme avec autorité. Et là, sous les projecteurs, je voyais le drame de notre vie actuelle : rien d'assez grand, d'assez profond, d'assez fort.

Est-ce que le film avait saisi cela ? Comment saisir le vide, le manque de profondeur, des silhouettes fantomatiques qui sont effacées de l'écran dès qu'elles apparaissent ?

La souffrance la plus grande ne vient pas de la vie, des mirages, des rêves inaccessibles de Don Quichotte, mais de l'EVEIL. Nulle peine ne saurait surpasser le réveil après un rêve. Les pleurs versés sur les Moi expirants que l'on perd. Abandonner les enfants c'est comme d'abandonner ma propre vie et ma jeunesse. Les enfants ne peuvent être des compagnons. Gore ne peut être le compagnon de la part de moi-même qui écrit, ainsi que je le croyais. Sa vie est ailleurs. Même s'il m'aime et s'il a besoin de moi, il a aussi d'autres amours et d'autres besoins. Il rêvait d'une maison où nous aurions tous habité ensemble, comme celle de George Davis à Brooklyn. Il y aurait des chambres d'amis, et une pièce pour écrire, beaucoup de rire et beaucoup d'amis.

Cependant mes efforts pour l'introduire dans ma vie, la vie des artistes, et ses tentatives pour m'introduire dans la sienne (la richesse, la haute société, les noms célèbres, surtout les NOMS : Un Tel, et puis Un Tel) furent un fiasco. Il n'apprécia pas le groupe disparate qui jouait dans le film de Maya. Moi, si. Sur ces entrefaites Gore me présenta à une hôtesse de renom international, une femme riche avec une maison dans chaque ville. Une aventurière mariée à un homme riche.

J'ai relu le livre du docteur Esther Harding, *The Way of All Women.* Elle déclare que la femme doit d'abord renoncer à l'enfant pour devenir une-seule-en-elle-même.

Paul Valéry : une œuvre n'est jamais terminée, mais seulement abandonnée.

Dans la salle de théâtre de Provincetown nous nous sommes réunis pour voir trois films de Maya Deren. Il y avait foule et un agent de police crut bon de faire une enquête : « Est-ce une manifestation ? » demanda-t-il. Quelqu'un lui répondit : « Ce n'est pas une manifestation, c'est une révolution dans le cinéma. »

J'ai trouvé bien intéressante la notice que Maya avait écrite pour le programme :

L'homme ne peut recopier l'infinie complication de l'architecture vivante de la tige de blé. La nature est seule capable de créer ses formes avec les résultats complexes qui suivent inévitablement des phénomènes aussi merveilleux. L'homme, pour sa part, est un tel phénomène; et le merveilleux chez l'homme c'est son intelligence créatrice, qui transcende la nature et crée à partir d'elle des formes qui ne sont pas naturelles.

Dans son art — en architecture ou dans un poème — il ne reproduit pas une réalité donnée; il n'exprime pas non plus simplement ses réactions immédiates de plaisir et de peine. Il part des éléments de cette réalité, la pierre, la ville, l'autre homme, et les relie dans une nouvelle réalité qui devient elle-même, dès sa création, un élément de sa manipulation suivante. Dans son effort pour créer une forme il se peut qu'il crée des formes monstrueuses ou divines; mais son ambition orgueilleuse est de créer, à l'image de son intelligence, une réalité fabriquée par l'homme.

Ce concept d'action créatrice a été négligé par le cinéma. L'analogie entre la lentille et l'œil, fondée sur la ressemblance physique entre les deux, a conduit à reproduire les formes de la réalité et celles de la littérature, du drame et de la peinture. Mais le cinéma, pour être créateur, doit faire mieux que reproduire. Le mécanisme derrière la lentille, de même que le cerveau derrière l'œil, peut évaluer l'objet placé devant lui, décider qu'il est attirant ou repoussant, banal ou surprenant. Et surtout l'analogie doit être poursuivie pour comprendre que la bande de pellicule est la mémoire de la caméra. De même que l'homme ne se contente pas de simplement reconstruire une chronologie originale, mais, dans son art, conçoit de nouvelles relations entre des éléments qu'il se rappelle, de même le cinéaste peut créer de nouvelles réalités par la manipulation des souvenirs de celui-là dont il dispose. Il est permis de temps à autre de faire une pause pour donner des formes intégrées à une étape de sa progression afin de la mieux poursuivre. Ainsi donc ces films ont été chacun menés jusqu'au bout afin de mieux les abandonner.

Le dévouement aux autres est-il une couverture pour la faim et les besoins du Moi dont on a honte ? J'avais honte de prendre, et j'ai donné. Ce n'était pas une vertu, mais un déguisement.

(AVRIL 1946)

Le printemps est arrivé d'un coup : fenêtres ouvertes, carillons de cloches sur la 5e Avenue, les boutiques remplies de fleurs, gaieté de la foule.

Gore achète une maison au Guatemala. Un ancien monastère, très beau. Il faut que j'y aille lorsque ce sera installé.

J'aide les autres à réaliser ce qu'ils désirent. Gore est remis physiquement des conséquences des engelures qu'il avait attrapées aux Aléoutiennes. Il est symbolique qu'il se sente moins raide. Sa mère lui avait dit qu'il était incapable de jouer un rôle, et il a joué dans le film de Maya. Sa mère lui avait dit qu'il était incapable de danser, et il a dansé avec moi dans le film de Maya.

J'espère que c'est la fin des ENFANTS TRANSPARENTS.

La première personne à qui je m'étais donnée, mon père, me trahit, et ma personnalité éclata. Il est fatal de se donner totalement. J'éclate, je me dédouble en un million de petites relations. Et je recherche les êtres dédoublés, les êtres divisés.

J'inspire de l'enthousiasme au père de Gore : « Il constate que vous détruisez l'image de ma mère, et il avait toujours dit que ma mère avait été pour moi l'image destructrice. »

A propos de mon œuvre : je n'écris pas des dossiers cliniques, n'en déplaise à Diana Trilling. La psychanalyse n'est que la philosophie qui sous-tend mon œuvre. J'accepte comme prémisse que c'est l'inconscient qui régit et façonne notre vie. J'innove dans l'art de conter : ce ne sont pas des récits présentés comme l'histoire d'un cas, mais des récits racontés avec une vision nouvelle de la manière dont un caractère se révèle. Dire que je présente des cas, c'est à peu près comme de dire qu'un poète qui est féru d'astronomie et qui se familiarise avec l'évolution des planètes cesse d'être poète pour devenir astronome.

Lettre de Leonard :

Il faut que vous sachiez que vous me mettez dans une situation difficile. Car comment puis-je répondre à votre offre de me faire dispenser du service à l'étranger ? D'un côté il y a plus que la libération vis-à-vis de l'armée : l'inspiration, l'amour, le confort et l'amitié.

C'est cela que vous me proposez. Cela, et votre désir de ce qui est le mieux pour moi. Mais je vois autre chose. J'ai été nourri jusqu'à présent par une source puissante, et je ne peux que me sentir obligé de rendre à la source une part de moi-même que je ne sais comment donner, et cela doit être appris mais ne peut m'être enseigné. Il semble que le mieux pour moi actuellement soit de vivre seul pour un temps, afin d'absorber ce qui m'a été offert, et de développer la semence de talent que je puis posséder, dans la solitude propice à la plus honnête des critiques. Il ne suffit pas de se laisser dire qu'un poème est bon, il faut qu'on puisse sentir cela sans influence. J'ai dit que j'avais été nourri extérieurement. Fort bien, mais cela ne suffit pas. J'apprendrai au Japon si je suis fécond ou stérile. Si je suis fécond j'en serai heureux et je reviendrai comme Ulysse qui s'est cherché et qui a opéré son voyage en lui-même. Sinon je reviendrai et continuerai de lutter avec une aide venue de l'extérieur. Telles sont les raisons pour lesquelles j'ai décidé de partir pour le Japon.

On me dit que Gore est vantard et arrogant. Je ne m'en suis jamais aperçue. Je n'ai vu que la tendresse, la douceur, la sincérité, la considération. Il croit à la continuité des relations : coups de téléphone, lettres, un dialogue qui n'est jamais rompu. Compagnons dans la vie.

Bon travail ce matin. Ecrit des pages sur

l'adolescence de Stella; la relation entre Michael et Donald; récit de l'ouverture de la tulipe relié à la première scène d'amour avec des adolescents *(Children of the Albatross).*

Lundi : inspirée pour travailler. Rédigé les pages sur Sabina et les voitures de pompiers. Vie de cafés. Tant de choses sont évidentes. Ecrire aussi est une symphonie, un ballet, un tableau. Les arts servent de symboles pour ce qui ne peut être dit avec des mots, seulement avec des symboles. La stabilité et l'orientation de base sont dues à la réalité psychologique; aux passions analysées, analysées dans leur devenir, non pas après coup, de manière statique, comme chez Proust. Les diverses femmes peuvent toutes converger en une seule, parce que, au fond, dans l'inconscient, il existe des ressemblances.

Dans la vie les femmes deviennent aussi d'autres femmes, elles échangent, identifient et projettent en l'autre, à travers l'autre, des parts d'elles-mêmes. Il se produit des échanges et des convergences, et une part de nous-même passe chez autrui.

Je décris la maison de Louveciennes.

Critique sur Virginia Woolf :

Tous les personnages de Woolf tendent à rester des paquets immensément complexes d'impressions et de sensations. Ses valeurs sont enfermées en eux mais pour le lecteur celles-ci ne peuvent être atteintes à travers l'expérience vécue dont elles constituent le reflet philosophique.

Cela pourrait également s'appliquer à mon œuvre. Je voulais donner, dans *Winter of Artifice*, la pure essence de la personnalité, débarrassée des caractéristiques nationales, du temps et du lieu, afin de mieux pénétrer au tréfonds de l'être, au Moi le plus intime. Je décris des états : l'insomnie, l'obsession, la frigidité.

Lanny Baldwin a dit que la deuxième partie de *Winter of Artifice* était comme un volcan. Un volcan, c'est bien cela en effet. Les volcans sont des soupapes de sécurité nécessaires dans les carrelages d'asphalte et de ciment, les vies cimentées et les amants asphaltés.

Réception. Olga et son mari. Bill Ottoway, l'écrivain noir. William Steig, James Agee. Mrs. Aswell de *Harper's Bazaar*, Leo Lerman, les Raydon, les Kahler, Baldwin, Gore Vidal. Gore, surmontant ses préjugés, s'est entretenu avec Ottoway.

Nancy Banks est mariée à un guitariste noir, Don. Nous sommes devenus amis pendant le tournage du film de Maya. Nous nous sommes retrouvés au restaurant, le Calypso, et nous avons écouté son mari jouer du jazz. Nancy m'a fait le récit de sa vie, et j'y ai réfléchi. Cela m'a attristée. Un autre jour je suis allée chez eux, un appartement dans une petite maison près de l'Hudson. Ils m'ont parlé de leur enfant, ils m'ont dit qu'ils ne pouvaient pas se promener avec elle dans le Village. L'enfant était belle. Il n'y avait presque aucun meuble, mais beaucoup de livres et de disques, et beaucoup d'amour dans l'air.

Je vois Joséphine et Pablo. Promenade joyeuse à travers la ville.

Les personnes qui ont atteint la maturité n'éprouvent pas le besoin de fusionner dans leurs relations. D. H. Lawrence s'est élevé contre le fusionnement. Mais c'est précisément cela que j'aime et que je recherche.

Le Gore mondain est un autre Gore. Il est insatiable de pouvoir. Il a besoin de conquérir, de briller, de dominer.

A propos de l'écriture : écrire pour moi n'est pas un métier, mon œuvre. La forme de l'art. Je refuse les modèles artificiels. Mes histoires n'ont pas de fin. Un point de vue change à tout moment. La réalité change. Elle est relative.

Avec Wilson, il s'agissait de s'incliner devant un régime nouveau, ou bien alors il fallait séduire pour éviter d'être dominée, écrasée ou asservie. Sous couleur de séduire, on évite d'être contrôlée, influencée, possédée. Car cet homme épais de puissance, le père, m'a jadis écrasée, asservie, a dominé ma vie, exercé sa tyrannie, et m'a finalement trahie. Il a brutalisé ma faiblesse d'enfant qui dépendait de lui. En présence de cette figure du père, bien que je sois une femme maintenant, je ne me sens pas libre ni égale, en mesure de poursuivre ma croissance, mes explorations, mes expériences, mes aventures. J'appréhende plutôt que, prenant ma vie entre ses mains, il ne me fasse du mal, ne m'entrave, ne m'opprime. Devant pareille attitude, nul homme plus âgé ne peut m'apparaître sous son jour véritable.

Il fallait épouser les goûts, les opinions, les commentaires d'Edmund Wilson, ou bien y adhérer comme à un dogme. Ma première expérience avait dépersonnalisé l'HOMME pour en faire le symbole de celui qui fait un mauvais usage de sa puissance. Un homme tout-puissant était quelqu'un qui faisait un mauvais usage de son pouvoir pour dominer la femme. Point n'est besoin de présenter l'HOMME par son nom. Ma vision névrotique choisissait les éléments dangereux qui, soit dit en passant, ne se manifestaient pas chez Henry, Rango ou les enfants. Je ne voyais qu'un homme dont la volonté se proposait de faire plier la mienne, sans tenir compte de mes aspirations ni de mes croyances, de me priver de ma liberté, de menacer mon développement.

Son succès même le condamnait. Le ton sur

lequel on parlait d'Edmund Wilson, un ton de respect inconditionnel, le condamnait à mes yeux. Au début il m'arrivait d'être grisée par la puissance : la puissance poétique d'Otto Rank lui conférait un don pour le drame et pour la prophétie. Mais à un certain moment il affirma sa prérogative. Le droit du seigneur. Il revendiqua son dû. C'est alors que j'eus recours à mon charme pour l'asservir et l'abandonner la première.

Tant que la névrose domine, toute la vie devient une pièce symbolique. C'est cela l'histoire que j'essaie de raconter. L'enfance crée un certain nombre de personnages qui deviennent des mythes. La première corrélation venue sert à les typer. Ils sont typés et traités selon le modèle. Il n'y a dans la névrose ni empathie ni compassion, parce que l'objet est perçu comme une menace, un ennemi qu'il faut vaincre. Et c'est de ce symbolisme (dans mon cas, seulement l'homme épris de puissance, jamais celui qui a des besoins, ou des difficultés à vivre semblables aux miennes, des frères, des sœurs, qui ne jouent jamais ce rôle) que provient l'irréalité, l'abstraction de certaines relations actuelles. Beaucoup de couples, beaucoup de personnes ne vivent pas avec des êtres réels, mais avec leurs fantômes.

Qui n'a poursuivi des années durant le charme d'un timbre de voix particulier d'une voix à une autre, comme le fétichiste poursuit un pied d'une grande beauté, sans distinguer la femme elle-même ? Une voix, une bouche, un œil, tous issus de la source originelle de notre premier désir qui l'orientent, nous asservissant tant et si bien que nous décidons de démêler la trame fatidique et de nous libérer. Le récit de la libération complète n'apparaît pas encore dans ce volume. Je suis toujours dans le labyrinthe et je dois accepter de me perdre avant d'être sauvée. Ce n'est que lorsque je m'abandonne que je suis sauvée. L'irréalité dont nous souffrons c'est cela que je veux élucider, dissiper. Qui peut dire quelles ombres du passé dictaient à Edmund Wilson ce qui l'attirait ensuite ? Le héros de ce livre c'est la maladie qui fait de nos vies un drame de la contrainte et non de la liberté.

Tandis que j'écrivais hier, on sonna à la porte. Leonard parut. Un Leonard qui avait perdu sa fraîcheur, son opalescence, sa transparence à la suite de sa vie à l'armée. Avec des mains et une peau endurcies; il est lieutenant maintenant. Un Leonard moins timide, avec une voix plus riche. Il avait décidé de partir pour le Japon.

Réception chez Maya Deren. Robert Lowry, très corpulent comme un enfant bouffi, tout en chair avec de petits yeux, déclare : « Je m'attendais à voir quelqu'un d'austère à cause de la pureté de l'écriture, mais vous êtes douce. » Griffith me dit : « Il y a dans votre écriture quelque chose qui me touche profondément, une sorte de courage du cœur. »

Je suis assise en compagnie d'Enrique Zanarte, un Vélasquez aux yeux de velours noir, mais il ne note que ce qu'il y a de haïssable, afin d'alimenter son détachement. Il me désigne la grosse femme avec un costume qui n'est pas fait pour son corps, dont le chapeau et la voilette trônent de manière grotesque sur sa laideur. Il ne fixe que l'absurde, Willard Maas avec ses dents noires, la raideur et l'incongruité. Il observe ceux qui arborent une façade : des façades mondaines abîmées, qui auraient besoin d'être ravalées. Je m'éloigne de lui parce que, ainsi que je le lui ai dit, je connais tout ce qu'il y a ici, mais ce que je ne peux aimer, ce qui ne peut s'intégrer dans mon univers, je ne veux pas le voir. Je parle avec Nancy, liée par plus d'un fil d'une tendresse chatoyante à son musicien noir — ils baignent dans la tendresse —, parce que leur tendresse personnelle déborde et se déverse sur les autres. Je parle avec Sherry. Une moitié de son corps est lourde et animale, et la moitié supérieure est enfantine et fragile, liée à beaucoup par des fils de sensualité. Je cherche l'exubérance de Pablo et sa passion physique pour la vie et le mouvement. Il est toujours en train de danser. Lorsqu'il grimpe mes cinq étages, il bondit comme une gazelle, montant les marches deux par deux, à grandes enjambées. Je cherche Robert Lowry parce qu'il a donné son énergie, voici plusieurs années, à une presse à imprimer, se consacrant à l'écriture, à l'imprimerie et à la composition de jolies maquettes de petits livres. Je cherche James Merril parce que sa poésie est si belle.

Lorsque j'embrassai Pablo à cause de sa gaieté spontanée, les autres se mirent en rang d'oignons pour être embrassés. J'abandonnai ceux qui étaient détachés, je recherchai ceux qui étaient amoureux.

Gore n'était pas là car il était malade. Lorsqu'il vint me chercher le lendemain pour m'emmener dîner, il était pâle. Il m'apportait des poèmes qu'il avait écrits à l'âge de seize ans. Il me montra des histoires qu'il avait écrites à cette époque. L'une pleine d'humour, et l'autre ironique. « En classe, on se moquait de l'émotion. »

C'est ainsi que commence la coquille. La coquille est la contribution la plus active de l'Amérique à la formation du caractère. Une épaisse carapace. Formez-la de bonne heure.

Charles Duits comprend la coquille. La sienne est plus sophistiquée. Elle est dans son analyse et son détachement intellectuels. Elle est dans sa poésie subtile.

Je vois Rango tous les jours mais il est sombre et lourd, et pèse tellement sur mon esprit que je me tourne vers l'avenir. Qu'adviendra-t-il de Leonard ? Et de Gore ? Il veut le pouvoir. Leonard, lui, ne sait même pas ce qu'il veut. Peut-être Gore se lancera-t-il dans la politique. C'est de famille.

La partie se joue maintenant entre des hommes violents, dépourvus de sensibilité, et des jeunes gens tendres et doux.

La violence de Rango. Par jalousie, il a décroché le tableau de Paul André, et il l'a détruit.

Je suis allée voir Nancy, le guitariste noir et leur enfant. Leur vie me touche tellement que je me suis installée à mon bureau, et que j'ai écrit une histoire : « L'Enfant né du brouillard[1] ». Je songeais aussi à Helen et Richard Wright et leur enfant.

Journée passée à Yonkers pour travailler au film de Maya. Dansé au milieu de statues et de colonnes d'imitation grecque. Quelqu'un a apporté des Coca-Cola et des hot-dogs. Alors que je mangeais les hot-dogs quelqu'un déclara : « Cela paraît malséant de vous voir manger des hot-dogs. » Au diable la légende ! Je m'amusais bien, et la remarque me contraria. Maya, Sasha, Rita, Nancy et Sherry refusaient de me laisser porter quoi que ce soit. Sherry me confia : « Vous êtes un personnage légendaire. Je pense continuellement que plus tard je me dirai en me remémorant tout cela : « Je me suis trouvée à Yonkers Park avec la légendaire Anaïs ! » Je fus consternée. Mon œuvre a-t-elle créé cette distance ? Je me sentais exclue. Exclue de toute vie ordinaire et naturelle.

Mais avec Gore, chaque fois que je veux agir avec légèreté, il refuse. « Vous m'avez appris à être heureux dans les profondeurs. »

1. Voir *Under a Glass Bell*. (G. S.)

(MAI 1946)

Le travail pour le nouveau film de Maya a traversé des moments difficiles. Maya, avec le véritable esprit de domination d'un metteur en scène, nous téléphonait pour annoncer : « Rendez-vous demain matin à sept heures à Central Park, devant l'entrée de la 59e Rue. Il faut tourner avant que la foule arrive. Prenez un taxi. C'est moi qui paie. »

La pauvre Maya ne payait bien sûr jamais — à supposer même qu'elle en ait les moyens. C'était une charge bien lourde pour certains du groupe. D'autres fois nous nous retrouvions du côté de Grand Street, au sud de Manhattan, devant les boutiques de robes de mariées. Décor surréaliste, au milieu de grands immeubles sinistres et inhumains, de rues dégoûtantes jonchées d'ordures et de bouteilles cassées, avec des ivrognes endormis sur les pas de portes dans des attitudes qui rappelaient plutôt celles de la mort.

Couleurs grises, brunes, noires, délavées. Mais dans les devantures un univers de satin blanc, de dentelle, de fleurs blanches et de gracieux mannequins flottant dans des nuages de tulle. Longues robes à traîne éminemment romantiques, incroyable survivance d'une époque où la beauté et la poésie étaient essentielles. Le rituel du mariage pas encore modernisé avec une tenue ordinaire. Costumes inspirés du Moyen Age, d'une époque de fastes royaux. La poitrine haute de Mme Récamier; robe Empire de Joséphine; robe bouffante de 1800; les grands décolletés carrés de la reine Elisabeth; les coiffures, les ornements et les voiles des héroïnes d'Edgar Poe; les dames des châteaux; les dames à la Cour d'Espagne ou bien à la corrida; les matrones romaines aux jeux. Tous les costumes gracieux, poétiques, vaporeux, légers dans ces vitrines de Grand Street. Un rêve surréaliste dans un quartier affamé, des corps usés. Un rêve.

Nous avons dansé au milieu des mariées, entre les reflets de centaines de mariées.

Un autre jour, à Central Park, nous eûmes une scène dramatique qui nous opposa à Maya. Frank Westbrook est un danseur de ballets. Sa vie et sa carrière dépendent entièrement de son corps. Maya avait projeté une scène dans les rochers qui exigeait que Frank saute d'un rocher à l'autre. Nous avions tous le sentiment que c'était trop dangereux. Nous trouvions que c'était trop demander. Un bond dans un ballet sur scène, dûment concerté, sur un sol bien plat, est une chose; et c'en est tout à fait une autre que de sauter de rocher en rocher au risque de se casser une jambe. Nous protestâmes. Nous estimions qu'aucun film ne valait ce risque. Nous l'encourageâmes à refuser. Comme c'était moi qui avais présenté Frank à Maya, je me sentais davantage responsable, et plus indignée aussi. Elle imposa sa volonté. Elle déclara que s'il ne s'exécutait pas, il serait éliminé du film. Nous étendîmes nos manteaux sur les rochers. Nous regardâmes avec crainte et colère. Il fit le saut. Mais notre sentiment à l'égard de Maya changea. Elle avait un film à tourner, mais nous étions volontaires. Nous donnions notre temps, notre énergie et même notre argent, et elle devait être plus humaine. Nous croyions en elle en tant que cinéaste, nous avions foi en elle, mais nous commençâmes à sentir qu'elle n'était pas humaine. Le pouvoir de sa personnalité, ses imperturbables yeux bleus, l'abondante chevelure frisée de tzigane qui forme une auréole autour de sa tête, son visage fort et carré, comme un Botticelli, yeux ronds, bouche pleine, mais beaucoup plus forte; sa voix décidée, l'arrogante sensualité de son corps de paysanne, ses danses et sa manière de jouer du tam-tam, tout cela nous obsédait. Nous passions beaucoup de temps à parler d'elle. Nous étions manipulés dans notre vie. Nous éprouvions un mélange d'admiration pour son énergie et son opiniâtreté, et de rébellion contre sa présence dominatrice.

C'est toujours elle qui reçoit. Nous nous retrouvons chez elle. Quelquefois lorsque j'arrive avec mon entourage, mes enfants, mes jeunes hommes, elle essaie d'en retenir un, et elle commence ce que nous appelons sa « danse nuptiale ». Charles Duits, un jour, me téléphona : « Je suis en tête-à-tête avec Maya. Elle fait sa danse nuptiale. Je vous en prie, venez à ma rescousse. »

Il avoua plus tard que ce qui l'avait effrayé

c'était qu'elle avait du poil sur la poitrine. Nous étions influencés, dominés par elle, et nous ne savions comment nous libérer. Nous étions fascinés de la voir à l'œuvre.

Ce que j'aime chez mes adolescents c'est qu'ils ne se sont pas encore endurcis. Nous confondons tous durcissement et force. Il faut parvenir à la force, mais pas à l'endurcissement.

Je m'éveille d'un rêve, le rêve de la presse détruite par Rango. Lorsque je n'y travaille pas, il passe son temps à discuter avec ses amis. Il s'est endetté jusqu'au cou.

Je ne suis pas allée à la presse. J'écrivais.

Confrontée à Edmund Wilson. Je me sentais adolescente. Pourquoi ? Je n'en sais rien. Mais c'est un fait. Je me sentais sans autorité, vulnérable, dépouillée de tout pouvoir. Je me disais que peut-être ce n'était qu'en me faisant plus petite que je pourrais me garder de l'orage, ou de la phase critique que je devrais traverser, qui me terrasserait. Avais-je songé à la défiance ?

La défiance signifiait la guerre, la guerre signifiait des blessures et nulle certitude de vaincre, parce que c'était une guerre que j'avais déjà faite, à armes inégales, contre le père hypercritique. Le dogmatisme et la tyrannie de Wilson, son érudition académique avaient eu raison de moi. Quelle erreur de croire que la douceur est un paratonnerre ! C'est le contraire. Il sentait mes évasions. Et la phase critique survint. Il lut un livre en entier et ne trouva rien d'autre à me dire que : « Vous avez commis une faute d'anglais. » Avec son intérêt pour Henry James il ne pouvait me lire ni arriver jusqu'à moi. Avec ses discours sur l'art grec il ne pouvait m'émouvoir. Avec ses chaussures neuves, trop bien cirées et trop conventionnelles, il ne pouvait me toucher. Elles étaient trop lourdes et trop solides. Sa maison n'était pas seulement sa maison, mais la maison conventionnelle de mon père, à Passy. Elle avait la même grisaille austère, la même élégance empruntée. Les mêmes fenêtres étroites. Il est du même âge que mon père. Elle cessa donc d'être la maison actuelle d'Edmund Wilson pour devenir un symbole du passé qu'il fallait détruire et oublier.

Il est une manière de vivre qui favorise la liberté, les grands espaces, les coudées franches. C'est comme un avion qui s'élève au-dessus des orages. C'est une manière de considérer les obstacles comme devant être surmontés; de considérer ce qui nous gêne comme un monstre créé par nous-mêmes, en nous, par nos craintes, et par conséquent facile à dissoudre, à transformer.

Le secret d'une vie bien remplie est de vivre et de frayer avec les autres comme si demain ils risquaient de ne pas être là, comme si vous-même risquiez de ne pas être là. Cela élimine le vice des tergiversations, le péché de remettre à plus tard, les communions manquées. Cette pensée m'a rendue toujours plus attentive à toutes les rencontres, les présentations, les contacts qui risquaient de contenir en germe une profondeur susceptible d'être négligée. C'est un sentiment qui se fait rare, chaque jour plus rare, maintenant que nous sommes parvenus à un rythme plus rapide et superficiel, maintenant que nous croyons être en contact avec un plus grand nombre de personnes, de peuples, de pays. Telle est l'illusion qui risque de nous priver d'un contact profond avec celui qui respire à nos côtés. La dangereuse époque où des voix mécaniques, à la radio, au téléphone, remplacent les intimités humaines, et où l'impression d'être en contact avec des millions d'êtres aboutit à une pauvreté toujours plus grande de l'intimité et de la vision humaine.

Maya avait dit qu'elle ne voulait pas employer des professionnels parce qu'ils étaient vides et sans personnalité. Toutefois, lorsqu'elle réunit des personnalités aussi diverses que celles que j'ai décrites dans le Journal, elle ne les considéra pas comme des individus, et les personnes perdirent toute signification. La partie absurde du film, la réception, est vide parce que les gens n'existent pas en tant qu'individus. Maya ne cherchait pas à faire ressortir leurs personnalités. Tei-Ko, par exemple, a un silence éloquent. Lorsqu'elle parle, cela n'a aucun sens, aucune cohérence, parce que notre langage n'est pas le sien. Les thèmes de la poursuite et de la chasse ne sont jamais développés. Presque tout le monde devient grotesque, plutôt que signifiant. Cela n'ajoute rien au film, que nous voyions en gros plan la verrue que Frank a sur le cou. Cela nous aliène le danseur. Il devient une caricature de lui-même. Dans *Meshes of the Afternoon*, Maya s'est poétisée, a respecté une aura, s'est efforcée de souligner une atmosphère. Dans ce film-ci [*Ritual in Transfigured Time*], un tel miracle est absent, sauf à la fin, avec la silhouette blanche vaporeuse. L'attitude impitoyable de Maya envers les autres a rendu sa vision cruelle et déformante. La première partie, les séquences de la statue, est la meilleure. La réception est la plus faible. Le thème est perdu. Le sens de la quête a disparu. Il y a un vide. Le thème des personnalités interchangeables n'est pas clair, et j'irais même jusqu'à dire qu'en détruisant les caractères, Maya a détruit le film. Lorsque des gestes sont interrompus lors de la réception, des têtes coupées, ce ne sont pas des êtres humains qui perdent bras et tête, mais le film qui perd sa signification. J'ai le sentiment que ce film est un échec.

(JUIN 1946)

NOTES pour une tournée de conférences :

Mon thème de base est celui des relations. Explorer toutes les variations, les subtilités des relations. Comme c'est dans les moments de crise émotionnelle que les êtres se révèlent le plus profondément, je préfère, en règle générale, décrire ces moments-là. Je choisis les instants critiques, parce qu'ils mettent en jeu toutes les forces de l'intuition. Pour ce faire, je choisis des humeurs, des états d'exaltation, des modes d'être qui accentuent la réalité du sentiment et des sens. Telle est ma contribution à un concept de la femme; le langage de l'émotion, tout à fait différent de celui de l'intellect. Etant donné que je me fais l'avocat de la spontanéité, de l'improvisation, de l'association libre, il serait contradictoire de dire que j'ai un plan, une structure consciente. Ma seule structure est fondée sur trois formes d'art : la peinture, la danse et la musique, parce que celles-ci correspondent aux sens que je considère comme atrophiés dans la littérature actuelle; et ces formes sont les plus directement liées à la vie : la vue, le corps, les émotions.

C'est la vie que je décris, à ses moments de plus grande intensité, parce que c'est alors que la signification brille de tout son éclat. J'écris continuellement dans l'état d'esprit que nous aurions, paraît-il, si nous pouvions connaître le moment de notre mort : un état où le souvenir s'intensifie. Cela provient du recours au Journal. Tenir le Journal a engendré plusieurs habitudes : une habitude d'honnêteté (parce que personne ne peut s'imaginer que le Journal sera lu par quiconque); une habitude d'écrire sur ce qui vous touche de plus près; l'habitude d'improviser sur n'importe quel thème qui vous vient à l'esprit; des habitudes de spontanéité, d'enthousiasme, de naturel. La réalité émotionnelle du présent. Un respect pour l'humeur du moment. Les rêves passent dans la réalité de l'action. De l'action, à nouveau, jaillit le rêve; et cette interdépendance produit la forme la plus haute de vie. J'ai réussi à opérer ces transitions. Je suis passée de l'un à l'autre.

Ce que le poète veut nous dire est aussi fragile que la neige, mais aussi fort que le Déluge. Est-ce la puissance de la sensibilité qui fécondera les grandes villes en béton de demain avec l'eau nécessaire ? La sensibilité nourrira les racines et provoquera une floraison ultime, elle fécondera les millions de cellules révélées par le microscope.

Le démembrement de l'homme depuis Joyce jusqu'à Proust, la destruction des cellules sous l'œil de l'analyse, la fission des atomes d'uranium produisent des réactions en chaîne. Il faut ressouder l'homme grâce à la passion et la foi. Notre foi s'est déplacée de quelque chose en dehors de nous-mêmes vers le Moi intérieur. En donnant des impressions de sentiments et de sensations, comme on pourrait le faire par la musique, grâce à l'enrichissement des sensibilités, je tente de me rapprocher de la manière sensorielle, émotionnelle dont nous recevons l'expérience.

La manière dont je m'y prends pour travailler ressemble à celle d'un compositeur. Je pars d'un mot, ou d'une phrase qui évoque de riches associations, et je commence des variations dessus, je développe, j'improvise. Toujours dans un effort pour extraire un maximum de signification.

Lorsque je pense à une femme qui a des caractéristiques orientales, je vois, reflétées en elle, un nombre infini de femmes.

J'écris de l'algèbre émotionnelle. Toute ma vie je me suis promis de commencer par le commencement et de raconter l'histoire très simplement, pas à pas. Alors je commence, et ce qui arrive c'est que mon allure s'accélère, mon rythme devient haletant et me voilà repartie à la recherche de la quintessence de la réalité émotionnelle. Pourquoi le poète a-t-il recours au symbole dans ses histoires ? Pourquoi le conteur naturel prend-il son temps et traite-t-il de manière directe l'événement brut ?

La vérité et la réalité psychologique sont à la base de ce que j'écris, mais j'ai appris que notre réalité est en partie orientée par l'inconscient et en partie formée d'expériences antérieures qui projettent leur ombre sur le présent.

Je peux toujours produire l'incident réaliste

qui est à l'origine de l'écriture, qui en constitue la source. Je peux produire le vrai modèle, le lieu, l'époque. Mais comme je tiens à extraire l'essence, à donner un produit distillé, cela devient un rêve, où toute réalité apparaît sous une forme symbolique. Tout ce que j'écris devra être traduit, mais, ce faisant, et de même lorsque l'on déchiffre un rêve, on apprendra le langage de l'inconscient, un langage d'une valeur certaine.

Je choisis les moments extraordinaires de la vie, les grands moments, parce que ce sont des moments de révélation accrue, d'illumination, de richesses extrêmes. C'est le moment où les forces de l'inconscient montent à la surface et prennent la relève. Par ce choix des états les plus forts, des états d'exaltation, j'accentue la réalité de la sensibilité et des sens. J'emploie le langage de l'émotion et des sens, qui diffère de celui de l'intellect.

Dans *Les Miroirs dans le jardin* j'ai eu recours à la peinture moderne, comme le meilleur symbole pour dépeindre la désintégration de la personnalité, la fragmentation. La peinture moderne est employée comme une clé du caractère de Jay, qui révèle son divorce avec la réalité, son démembrement. Ce qui a été séparé, démantelé, divisé par suite d'un hyperdéveloppement de l'intellect conscient, ne peut être recollé que par les sens et les émotions. La vie des sens, du sentiment, nous reconduit vers l'intégrité, vers l'expérience de toute chose dans sa totalité. L'homme a commencé à se désintégrer sous le microscope de l'analyse, portée à sa perfection ultime par Proust. Il s'est dissous dans le flot indifférencié du monologue inconscient que l'on trouve chez Joyce. Mais il n'était pas obligatoire qu'aucun de ces deux processus s'avère fatal pour l'homme, pas plus que la fission atomique n'était obligée de détruire l'énergie. Au contraire, elle a créé une source nouvelle d'énergie. L'analyse de l'homme aurait pu libérer une énergie nouvelle et créer une synthèse plus sincère. Cette dimension nouvelle, découverte et explorée, aurait bien pu être un instrument susceptible de rendre les hommes plus puissants et entiers.

Certains écrivains n'envisagent pas de se mettre à écrire sans savoir au préalable quelle forme ils vont adopter. J'ai le sentiment que la forme ne saurait être préfabriquée, mais qu'elle est créée par le sens, le contenu du livre, son thème. Pour moi c'est une éruption intérieure, très semblable à celle provoquée par la terre au cours de ses évolutions perpétuelles. Elles se produisent à la suite de tensions internes, de pressions internes, d'accidents climatiques internes, et c'est l'accumulation de ces incidents organiques internes qui a créé les montagnes et les océans. Pour découvrir ma forme propre il faut d'abord que je creuse très profond dans cette source naturelle de création. Et les sources de la création, tout comme en géologie, sont enfouies très profond au centre de l'être, ainsi qu'elles le sont au centre de la terre. Une fois que j'ai accepté de voyager dans les ténèbres, jusqu'au centre de la terre, je découvre des pierres, des charbons, des métaux précieux, et tous les éléments nécessaires à la vie. Je découvre aussi le feu, sans lequel nulle création n'est possible, car c'est le feu qui fait fusionner. Le feu, la terre et l'eau font tous partie de la création, de la passion, de l'expérience, du courant. Une fois que je suis remontée à ces sources, écrire devient aussi naturel que chanter.

Lorsque je rencontre de la difficulté à écrire, cela veut seulement dire que, tel le sourcier du temps jadis, je n'ai pas encore découvert la source.

Trop d'importance donnée à la technique empêche le naturel. Le matériau à partir duquel je crée vient de la vie, de la personnalité, de l'expérience, des aventures, des voyages. Ce flot naturel de richesses précède tout le reste. La technique n'est qu'une manière d'organiser le flot, de lui donner forme, de le modeler; mais sans le flot originel issu de la profonde richesse du matériau, tout se dessèche.

L'Amérique a souffert d'un culte du métier et des techniques. Toute technique est un métier qui est adopté de l'extérieur, non par nécessité intérieure ou par suite d'une vision intérieure. Elle ne peut que photographier et enregistrer : c'est tout. Elle ne peut communiquer la vie. Je considère que l'écriture est aussi naturelle et spontanée qu'un torrent. Lorsque je vois un cours d'eau indigent, des hésitations, des difficultés, des préméditations, des préparations, et beaucoup de bavardage, je sais que la source est pauvre.

Le thème du Journal est toujours le personnel, mais cela ne signifie pas seulement une histoire personnelle : cela signifie une relation personnelle avec les choses et les personnes. Le personnel, s'il est assez profond, devient universel, mythique, symbolique, je n'intellectualise, je ne généralise jamais. Je vois, j'entends, je sens. Ce sont là mes instruments primitifs de découverte.

Ces découvertes coïncidèrent avec celles de la science et de la psychologie (ou plus exactement furent influencées et développées par elles). En restant fidèle à mon expérience personnelle, j'ai découvert le thème fondamental de la littérature moderne : l'homme démantelé par l'analyse, la vie moderne, la technologie moderne et qui atteint un état d'apathie dangereux pour sa santé mentale et pour sa vie.

Le primitif et le poète ont toujours marché la main dans la main. Lorsque Picasso fut parvenu à un certain plateau dans sa créativité, il se tourna vers l'Afrique pour renouveler son inspiration. La connaissance intellectuelle ne suffit pas. La musique, la danse, la poésie et la peinture permettent à l'émotion de s'exprimer. C'est par elles que l'expérience pénètre dans notre sang. Mais pas les idées.

Beaucoup de ce que l'on écrit en Amérique confond banalité et simplicité, les clichés avec la sincérité universelle. Il existe une suspicion puritaine à l'égard de ce qui risque de séduire et charmer les sens.

Il existe un préjugé à l'encontre de la subjectivité, parce que l'on croit que la subjectivité rétrécit la vision. Mais cela n'est pas plus vrai que de dire que l'objectivité aboutit à une forme de vie élargie. Rien n'aboutit à une forme de vie plus vaste si ce n'est la capacité de se déplacer en profondeur vers l'intérieur autant que vers l'extérieur. Ce qui compte ce n'est ni la subjectivité, ni l'objectivité mais la mobilité, la vie, leurs relations réciproques, et le lien entre toutes les relations. Un homme qui n'est pas relié aux autres meurt. Mais un homme qui n'est pas relié à lui-même meurt aussi.

Le problème le plus important pour le romancier c'est que chaque génération doit créer sa réalité et son langage propres ainsi que ses images propres. Chacun d'entre nous doit recréer le monde.

Il y a une dimension nouvelle du caractère et je cherche une manière de la saisir. L'ancien point de vue unique est trop rigide.

La vie d'un individu est en grande partie rêvée. Il faut découvrir cette partie, la traquer. C'est une part de notre réalité, de notre réalité émotionnelle.

Je travaille à coups d'éclairs d'intuition, par illuminations successives. Un moment choisi est infiniment plus révélateur qu'une gigantesque contruction de détails. Le monde qui entoure le personnage est décrit tel que celui-ci le voit, un paysage émotionnel. Un bouton que l'on recoud révèle l'insouciance d'un homme dans sa relation avec la femme qui coud.

Il faut aller et venir dans le temps, parce que le passé influe et souvent domine le présent.

C'est Henry James lui-même qui disait que si l'on décrit une maison avec un trop grand luxe de détails, de manière trop concrète, objective, solide, complète, il devient alors impossible pour l'imagination de concevoir ce qui pourrait s'y passer. Le caractère de la maison projette son ombre sur les événements, crée ses associations propres avec des atmosphères connexes (de temps, de lieu, d'histoire, d'architecture). La réalité de la maison engloutit le canevas et le contenu. Je vais en sens inverse. Je veux le moins d'accessoires et de décor possible.

(ÉTÉ 1946)

LORSQUE Maya nous demanda de jouer dans ses films, nous fîmes tous l'aveu de nos craintes individuelles. La peau de Frank Westbrook était marquée de petite vérole, et il était très sensible là-dessus. Sasha promit qu'il s'en souviendrait. J'avouai que j'étais la plus âgée et que je redoutais les gros plans. Chacun de nous avait un défaut, une faille, un point faible. Des jambes lourdes, un cou épais. Sasha et Maya nous promirent à chacun qu'ils en tiendraient compte. Sasha avait pris grand soin de Maya. Il l'avait rendue très belle dans ses films. Les taches de rousseur disparaissaient, les traits lourds étaient adoucis, la chevelure désordonnée et frisée était allégée, éclairée. Nous nous en remîmes à eux.

Je me souviens de ce retour de chez Maya, où nous avions vu le film terminé. Lorsque ce fut fini nous demeurâmes prostrés et muets. La peau de Frank Westbrook était mise en lumière, chaque pore, chaque bouton de variole était agrandi comme un cratère. Un gros plan de moi, deux fois grandeur nature, était déformé et montrait une peau luisante. Chacun put constater que son défaut figurait en bonne place. Maya déclara : « C'est toujours comme cela. Chacun éprouve un choc la première fois qu'il se voit à l'écran, ou qu'il entend sa voix. C'est pourquoi je vous ai fait signer une autorisation. Cela passera.

— Maya, voulez-vous dire que bien que nous ayons travaillé pour vous sur un plan amical, que nous vous ayons donné notre temps, et souvent l'argent qui nous manquait pour payer des taxis, vous ne prendrez pas en considération notre sentiment et n'apporterez aucun changement au montage ? Vous avez photographié des kilomètres de pellicule de Frank. Pensez-vous que vous pourriez trouver une autre photo de lui d'un peu moins près ? »

Kim Hoffman, Steve, Gore, Bill Howell, Pablo. Tous seraient déçus. Il y avait une laideur dans la vision, dans l'objectif, en Sasha lui-même qui était témoin de notre réaction sans un frémissement de sympathie. Il semblait considérer que la grandeur de Maya, en tant que metteur en scène, justifiait absolument tout, et que nos réactions n'avaient aucune importance.

Le plus curieux c'est que les qualités uniques de mes amis qui semblaient avoir intéressé Maya, la gaieté et l'éclat de Pablo, la prestance de Gore, la beauté de Steve, l'expression spirituelle de Hoffman, l'intelligence et le talent de danseur de Frank, rien de tout cela n'avait été saisi. Ces qualités apparaissaient diluées, détrempées.

Nous ne pouvons voir en autrui que ce que notre nature nous permet d'y voir. L'étendue de la vision dépend du stade de développement personnel.

Je m'aperçus que le préjugé de Maya à l'égard de la psychologie venait de son conflit avec un père psychiatre. Elle rejetait toute interprétation symbolique, et pourtant les actions de ses films étaient symboliques, non pas réalistes. Elle était sans contredit influencée par Cocteau.

Si Maya désirait représenter dans la scène de la réception une hypnose des sens, un imbroglio de relations, des individus dans un état second de cordialité, les « cabinets particuliers de l'amour », les attirances réciproques, elle n'en avait rien dit et cela n'eut pas lieu. Ce qui se révélait, c'était le vide.

La mort de désillusion n'est pas instantanée, et il n'y a pas de coup de grâce pour les désillusionnés. Parce que, lorsque ceux qui veulent vous venir en aide indiquent simplement que vous rêvez, que vous êtes prisonnier d'une illusion, vous pouvez répondre tout aussi sincèrement : je conçois et je mets au point l'avenir.

Quelle différence y a-t-il entre la fragmentation que je vois autour de moi et la pluralité que Novalis considérait comme une marque du génie ?

Serait-ce que les personnalités les plus riches ont des aspects multiples, mais ne se désagrègent pas ?

La famille de Gore avait une maison à Easthampton et il suggéra que je vienne y passer une semaine. Je louai une chambre dans une maison pittoresque. Claude Fredericks était aux environs chez des amis, Moira n'était pas très loin, et Mme Pierre Chareau se trouvait aussi chez des amis. Je louai une bicyclette pour mes déplacements. Nous nous retrouvions tout un groupe à la plage. Gore quittait la plage de son club sélect pour venir nous rejoindre.

Je crois qu'il avait honte que nous traversions la ville à bicyclette.

Un soir Hugh Chisholm donna une garden-party. C'était si beau que cela me fit songer à la réception imaginaire du *Grand Meaulnes*. Il y avait des tentes bigarrées et des brouettes remplies de pétales de roses. Les hommes et les femmes étaient sortis de *Vogue* et de *Harper's Bazaar*. C'était beau à regarder, mais cela manquait de chaleur et de naturel. Je n'y restai pas longtemps.

J'étais à un croisement, attendant que le feu devienne vert. Ce qui me surprit et me fit examiner le cycliste à mes côtés ce fut l'éclat extraordinaire de ses grands yeux. Ils brillaient d'un éclat argenté qui était presque effrayant, parce que cela soulignait la panique tumultueuse qui affleurait en surface.

Ses gestes étaient souples et dégagés, les gestes d'un adolescent, inquiets et légers. Seul le regard contenait toute la fièvre. Il avait conduit sa bicyclette comme une voiture de course. Il avait foncé sur moi comme s'il n'avait pas vu les arbres, les autos, les gens, et il faillit brûler le feu.

Le feu rouge devint vert. Il fit mine de repartir en trombe, mais s'arrêta net pour me demander le chemin de la plage. Le ton sur lequel il demandait sa route donnait à penser que la plage était un abri vers lequel il se hâtait pour échapper à de graves dangers.

Easthampton me déplut. Le nuage de monotonie et d'uniformité suspendu au-dessus des villas neuves et pimpantes, les pelouses impeccables, les meubles de jardin immaculés. Les hommes et les femmes à la plage, tous unidimensionnels, sans aucun magnétisme qui les rassemble. Des zombis de la civilisation, vêtus élégamment avec un regard mort. Statiques. Pancarte devant l'église : « Ici se trouve l'église la plus coûteuse de Long Island. »

A minuit les lieux était déserts. Tout le monde était chez soi avec des bouteilles censées procurer la gaieté venue d'ailleurs. Ils buvaient comme à une veillée funèbre. Seuls les bars étaient ouverts, où des silhouettes molles se cramponnaient à l'oubli.

Je me trouvai à court de somnifère. Je sortis à la recherche d'une pharmacie. Elles étaient toutes fermées. A une heure je marchais encore, dans l'espoir de me fatiguer et d'arriver à m'endormir, mais je ne pouvais me débarrasser de mes souvenirs de Saint-Tropez : les fiestas, l'animation du port, les terrasses des cafés, les lumières, la danse, les drapeaux, les pavillons des yachts.

Une voiture s'arrêta à ma hauteur. Un

grand officier de police aux cheveux blancs me demanda poliment :

« Puis-je vous déposer quelque part ?

— Je n'arrivais pas à dormir. Je cherchais une pharmacie pour y acheter un somnifère. »

Je montai dans la voiture. Je dis : « J'éprouve la nostalgie d'autres plages que j'ai connues.

— J'ai eu le mal du pays, après avoir quitté l'Irlande.

— Est-ce que vous connaissez Saint-Tropez ?

— Oui. A une époque j'étais le garde du corps d'un homme très riche. Je vais vous emmener chez moi d'abord. La femme et les gosses sont endormis, mais je peux vous donner de l'aspirine. »

Il me laissa dans la voiture. Il entra chez lui. Il ressortit, portant un verre d'eau et deux comprimés. Je les avalai docilement. Il braqua sa lampe électrique sur un buisson dans son jardin et me dit : « Regardez ! »

Je vis des fleurs de velours, avec un cœur noir et des yeux d'or.

« Des roses de Sharon, dit-il respectueusement, du plus pur accent irlandais. Elles ne poussent qu'en Irlande et à Long Island.

— Je pourrai dormir maintenant, dis-je.

— Certainement. On ne peut s'endormir que lorsque l'on a trouvé quelque chose dont on puisse se réjouir. On ne peut jamais dormir lorsque l'on est en colère. »

Il me donna des roses de Sharon pour les admirer. En me reconduisant, il parlait d'une autre personne qui avait le mal du pays.

« C'est un jeune garçon dans la Royal Air

Force. Aviateur pendant toute la guerre, engagé à dix-sept ans. Il est au sol maintenant, et il ne peut s'y faire. Il est inquiet et passe son temps à faire des excès de vitesse et il ne respecte pas le Code de la route. J'ai cessé de lui donner des contraventions. Il a l'habitude des avions. C'est dur d'être mis à pied. Je sais ce qu'il éprouve. »

Le lendemain nous nous revîmes à la plage. L'aviateur mis à pied était là. On nous présenta. Nous marchâmes le long de la plage. John commença à parler : « J'ai eu cinq ans de guerre comme artilleur. Passé deux ans en Inde, suis allé en Afrique du Nord, dormi dans le désert, j'ai dû faire plusieurs atterrissages forcés, une centaine de missions, j'en ai vu de toutes les couleurs. Des hommes qui mouraient, des hommes qui hurlaient quand ils étaient enfermés dans un avion en flammes. Leurs bras carbonisés, leurs mains comme des griffes d'animal. La première fois que l'on m'envoya au front après qu'un avion se fut écrasé... l'odeur de chair calcinée. Elle est écœurante et douceâtre, et elle vous suit pendant plusieurs jours. On ne peut s'en défaire. On ne peut l'oublier. Elle vous hante. On s'amusait bien aussi, pourtant, on riait tout le temps. C'était la vraie rigolade. Nous faisions venir des prostituées et nous les poussions dans les lits des types qui n'aimaient pas les femmes. Nous avions des beuveries qui duraient plusieurs jours. Cette vie me plaisait bien. L'Inde. J'aimerais y retourner. La vie ici, la conversation des gens, ce qu'ils pensent, cela me barbe. J'aimais dormir au désert. J'ai vu une femme noire donner naissance. Elle travaillait aux champs, transportant de la terre pour un nouveau terrain d'aviation. Elle s'arrêta de porter de la terre pour donner naissance sous l'aile d'un avion, comme cela, puis elle enveloppa le môme dans des chiffons et reprit son travail. Etrange de voir le gros avion moderne et cette femme à moitié nue qui accouchait, et puis continuait à transporter de la terre dans des seaux pour un terrain d'aviation. Vous savez que seulement deux d'entre nous sont revenus, de tout le groupe que nous formions au départ. Mes copains me le disaient bien : « Ne te fais pas mettre à pied; quand on est au sol on est fichu. » « Eh bien ça y est. Trop d'artilleurs en service. Je ne voulais pas rentrer chez moi. La vie dans le civil c'est bon pour les vieilles filles. C'est une ornière. C'est un train-train. Regardez-moi cela : les filles piquent des fous rires idiots sans raison. Les garçons me courent après. Il ne se passe jamais rien. Ils ne rient pas pour de bon, et ils ne crient pas. Ils ne sont pas blessés et ils ne meurent pas, et ils ne rient pas non plus. »

Il y avait une lueur dans ses yeux que je ne pouvais lire, quelque chose qu'il avait vu mais dont il ne voulait pas parler.

Nous marchâmes le long du rivage infatigablement, jusqu'à ce qu'il n'y ait plus ni maisons, ni jardins bien entretenus, ni personne, jusqu'à ce que la côte devienne sauvage.

« Certains meurent en silence, poursuivit-il, comme obsédé. Cela se voit dans leurs yeux qu'ils vont mourir. Certains meurent en hurlant, et on doit détourner la tête et ne pas les regarder en face. Lorsque l'on m'entraînait, vous savez, la première chose que l'on me dit : « Ne regardez jamais un mourant dans « les yeux. »

— Mais vous l'avez fait », dis-je, comprenant tout à coup l'expression de son regard. Je le voyais distinctement à l'âge de dix-sept ans, pas encore un homme, avec une peau délicate de jeune fille, les traits fins, un nez petit et droit, une bouche de femme, un rire timide, une grande tendresse émanant de son corps et de son visage, regardant les mourants dans les yeux.

« Celui qui dirigeait mon entraînement m'avait dit : « Ne regarde jamais les yeux des « mourants, il y a de quoi rendre fou. » Est-ce que vous me trouvez fou ? C'est ce que vous voulez dire ?

— Vous n'êtes pas fou. Vous êtes profondément blessé et effrayé, tout désemparé, et vous avez le sentiment que vous n'avez pas le droit de vivre, de vous réjouir, parce que vos amis sont morts ou bien mourants, ou qu'ils volent encore et courent des dangers. N'est-ce pas cela ?

— Je voudrais être avec eux maintenant, boire avec eux, voler, voir de nouveaux pays, de nouveaux visages, dormir au désert, sentir que l'on peut mourir à tout moment et qu'il faut se dépêcher de boire, et se battre fort, et rire fort. Je voudrais être avec eux. »

Je le vis deux ou trois fois, et puis il disparut. Il était à l'hôpital, avec la malaria.

Je revins à New York. La mer d'Easthampton ne m'avait pas rénovée. Ce n'était pas pareil.

Georges Davis a convaincu *Harper's Bazaar* de publier la section « Stella » des *Miroirs dans le jardin.* On demanda à Leo Lerman d'écrire une courte introduction. Ils utilisèrent une photo de moi tirée du film de Maya.

Irène Selznick téléphona à Hollywood pour parler de « Stella » à son mari. Puis elle vint me voir.

Elle voulait que j'écrive une pièce pour elle. Je lui expliquai qu'à mon sens la manière dont j'écrivais était à l'opposé du théâtre. Je n'étais pas douée pour le dialogue ou l'action réalistes. La vie était intérieure, et les conversations faisaient partie de cette conscience intérieure.

La parution dans *Harper's Bazaar* produisit une illusion de succès mondain. C'est une illusion éphémère, car les lecteurs de *Harper's Bazaar* ne s'intéressent pas à l'écriture en soi. C'est une manifestation de mode, comme une robe. Cela veut simplement dire qu'on est à la mode en ce moment.

(OCTOBRE 1946)

Un jour la sonnette retentit et, comme d'habitude, je m'avançai en haut de l'escalier pour entendre qui venait. J'entendais haleter et grogner comme un animal, et un objet que l'on traînait dans l'escalier, une marche à la fois, en cognant les bords à chaque coup, une pause et puis cela recommençait. Finalement un bossu parut à la porte, avec un visage déformé que l'on avait comprimé autrefois pour le rapetisser et le mettre à la mesure du corps. Ses yeux pleuraient de froid. Il portait une caisse de livres de chez Dutton, des exemplaires des *Miroirs dans le jardin*.

« Entrez, lui dis-je. Laissez cela ici. Voudriez-vous me l'ouvrir ? Vous accepterez bien une tasse de café ?

— Ce n'est pas de refus. »

Tandis que je préparais du café, il me demanda : « Pourquoi avez-vous acheté tous ces livres ?

— Pour offrir à mes amis. J'ai des amis qui ne peuvent payer un prix aussi élevé pour un livre. »

Lorsqu'il eut ouvert la caisse, je pris un

exemplaire. La couverture me déplut. J'avais remis à Dutton une très belle gravure représentant des flammes avec une échelle blanche qui les traversait. On l'avait imprimée dans un ton orangé couleur bonbon acidulé. Mais on pouvait lire :

LADDERS TO FIRE BY ANAIS NIN.

« C'est vous qui avez écrit le livre ? demanda le bossu, en remarquant le nom sur le papier qu'il me tendait à signer.

— Oui, c'est moi qui l'ai écrit.

— Cela vous rapporte gros un livre comme cela ?

— On me donne dix pour cent du prix de chaque exemplaire.

— Ce n'est pas énorme. Est-ce qu'il se vendra bien ?

— L'éditeur ne le croit pas. Il le publie sans trop en parler, de sorte que personne n'y fera attention. Il le fait pour le prestige. Le prestige, c'est-à-dire qu'un jour peut-être il en sera fier. Un critique important en parlera peut-être.

— Si cela ne vous rapporte pas plein d'argent, si lui non plus ne fait pas un gros bénéfice, alors je ne vois pas l'intérêt.

— Il y a un intérêt. J'aime écrire. Il y a des gens qui aiment lire. Nous pouvons y prendre plaisir. N'y a-t-il pas quelque chose que vous aimez vraiment faire ?

— Oui. J'aime la pêche. J'y vais tous les dimanches.

— C'est pareil. »

Il redescendit laborieusement. Je lisais mon livre comme pour la première fois, comme s'il avait été écrit par quelqu'un d'autre, lorsque la sonnette retentit, et les mêmes bruits de phoque qui s'ébroue se firent entendre dans la cage d'escalier. C'était le messager de E.P. Dutton.

« Vous avez oublié de signer.

— Oh ! Je m'excuse. »

Il me dévisagea une fois encore de ses tout petits yeux larmoyants comme si j'étais un spécimen étrange, et partit avec une contorsion de la bouche censée être un sourire.

Les Miroirs dans le jardin était publié officiellement. Trois cents personnes environ vinrent au Gotham Book Mart et me fêtèrent comme on rêve de l'être, chacun apportant plusieurs exemplaires du livre à dédicacer pour lui-même et ses amis. Ils me disaient : « Continuez, s'il vous plaît, ne changez pas. C'est tellement réel. Cela a transformé ma vie... » Trois journées de réceptions dans une librairie me donnèrent la preuve que le monde pour lequel j'écris est plus grand que ne le supposaient les éditeurs, et aussi d'une qualité plus élevée et d'une sincérité plus grande. Les jeunes auteurs à venir gaspilleront moins d'énergie à batailler, à imprimer, à parler en leur propre nom. Réceptions à Young's Bookstore, Lawrence Maxwell, Four Seasons. Chez Lawrence Maxwell, Eugène Walter m'offrit une couronne en papier.

Les gens ne m'offrent pas des compliments ordinaires, mais ce qu'ils ressentent, par leur regard et leur silence. Tout cela contrebalança le burlesque pénible et facile de la critique du *New York Times*, intitulée « Opéra de quat'sous surréaliste ». La colère implacable de Diana Trilling; et, pire que tout, la trahison de Leo Lerman. Il me téléphona : « Vous devriez rentrer dans votre trou après ce portrait d'une femme qui en aime une autre. » (La relation que je décris n'est même pas homosexuelle !)

•

J'ai reçu une lettre d'un jeune écrivain, et plus tard un manuscrit. Le manuscrit remporta mon approbation et mon admiration. C'était subtil et poétique, les mots étaient rythmés et suggestifs. Cela avait une qualité qui fait défaut à ce que l'on écrit en Amérique actuellement, la tragédie.

La mère, marquée par la petite vérole, couchée dans une pièce obscure, refusant de participer à la vie au grand jour, et le garçon qu'on ne lui amène que pour des visites compassées. Le château acheté en Europe et reconstitué au Texas, à Dallas.

La solitude. La salle à manger solennelle avec candélabres. Le jardin avec des statues. Et le garçon qui tombe amoureux d'une statue. C'était né de Proust, mais avec un ton, une atmosphère propres.

Ce Kendal est un artisan. C'est un mathématicien. Son objectivité donnait à sa main plus de fermeté, à ses mesures une plus grande précision. Il décrivait les obstacles, les distances que les individus conservent pour se préserver de la ferveur, de la contagion, de la fusion.

Il me répondit par une critique de *La Faim*. Il cherchait un ordre et une forme classiques.

Lettre de Kendall :

Je peux seulement dire de votre lettre qu'elle m'a procuré un sentiment de fluidité d'appréciation, une vague chaude et tendre qui se brisait sur une série d'aspects et d'objets selon un rythme intérieur où votre lettre était partout, c'était la beauté, c'était l'avantage de me trouver en présence d'une lettre à laquelle tout contribuait directement sans qu'aucune part de l'expérience soit superflue. Cette vague exprime mon sentiment envers la lettre; étant donné que j'éprouve une prodigieuse difficulté car, à parler franchement, et je ne saurais être autrement avec vous, le fait que vous êtes une femme est pour moi d'une incongruité extrême pour des raisons qui n'ont pas dû vous échapper; raisons qui émergeront avec, je l'espère, une sincérité et une intensité extrêmes dans les sections suivantes du roman. En fait, mon manque total d'humour me fait plutôt redouter notre prochaine rencontre que j'appelle néanmoins de mes vœux, car je sens que je n'aurai rien à communiquer, à part ma tristesse à travers mon silence.

Cela m'amusa, mais aussi m'inquiéta, que mon chaleureux éloge de son livre, ma réaction à ce qu'il avait écrit aient été pris pour une lettre d'amour, et qu'il mette déjà au point son système de défense !

(NOVEMBRE 1946)

La correspondance grandit. Je travaille à mes conférences.

Je m'aperçois que les homosexuels vivent en groupe, dans une promiscuité presque communautaire, et se serrent les coudes professionnellement. Une fois qu'ils se sentent acceptés, ils vous entourent subtilement d'une barrière faite d'une chaîne d'amitiés. J'en ai d'abord rencontré un, puis son ami, et ensuite leurs amis, et je me trouve maintenant complètement entourée. Ils apportent leur gaieté, leur brio, leurs dons, leur charme, leur beauté, et c'est un cercle magique. Ils tiennent l'Homme à distance d'une manière subtile, par la parodie, la moquerie ou bien la jalousie directe. Ils se sont approprié ma personne.

Cela est-il la conséquence de ma quête du monde de l'artiste ? Était-ce que je trouvais les hommes durs, motivés par le pouvoir, obsédés par leurs buts et non par la vie ?

Robert Lowry est venu et, à cause de ses livres, de sa presse à imprimer, j'étais bien disposée à son égard. Il a été brutal dans ses propos, affreux, sinistre. Désabusé.

James Agee n'aime que ses compagnons de beuveries. Et je ne peux passer toute une nuit à boire.

Avec les enfants, ou malgré eux, je me trouve, en tant que femme, dans un sorte de désert. Je suis dans l'impasse.

La presse s'est effondrée sous un monceau de dettes. Corrodée par l'irresponsabilité de Rango. Elle a dû fermer. Même pour déménager il a fallu que ce soit moi qui m'occupe d'emballer, trier, classer, nettoyer. Rango a emporté chez lui la petite presse. Il a vendu la grande pour régler ses dettes. Il s'est mis à vendre ses livres, à mettre en gage son pardessus et sa machine à écrire.

La névrose est comme un filtre gris ou neutre qui transforme l'expérience. Les lettres que Gore écrit du Guatemala (qui devraient être pleines de couleur, de soleil, d'acuité, de vision) semblent diminuées, affadies atténuées. Manque de foi, d'intérêt pour ce qui l'entoure, pour les êtres. Navrant, la névrose.

Edmund Wilson écrit un commentaire obtus des *Miroirs dans le jardin*, mais il trouve que j'ai fait des progrès dans la nouvelle partie du livre. Bien que « l'histoire soit un peu amorphe, elle contient des choses charmantes ».

Il n'y a que les jeunes qui me comprennent véritablement et qui m'intéressent.

Cinq heures, c'est l'heure de ma dépression.

Parce que la journée active est terminée durant laquelle je mets au pas et conquiers mes désillusions ou mes déceptions. Mais cinq heures, c'est l'heure fatidique, la fin du travail, le commencement de la prise de conscience, alors que les autobus sont tellement bondés que l'on ne peut monter, que tout le monde se dirige vers un but, que les amants se sont choisis. C'est alors, au coin de la rue, incapable de rentrer chez moi, que je sens cette vague d'angoisse qui m'étouffe, je suis échouée, déracinée, seule.

Les amis vers qui je me tourne ici semblent tous incapables de grandes amitiés. Ils tombent tous en morceaux, ils se dissolvent en amitiés fragmentaires. Au lieu d'écrire dans le Journal, j'ai essayé de parler à quelqu'un, d'écrire à quelqu'un. Ils écrivent des lettres mesquines, indigentes, étriquées, petites, parcimonieuses.

Lettre à Kendall :

Il y a un malentendu. Je ne voudrais pas que cela gâche l'intérêt que je porte à votre œuvre. Il faut que vous sachiez que non seulement je suis une femme, mais aussi un écrivain, et que je peux admirer une œuvre et m'y intéresser indépendamment de la personnalité de l'auteur. J'ai parfaitement compris votre manuscrit, et mon intérêt et mon enthousiasme n'étaient pas destinés à l'écrivain, ils allaient au-delà du personnel. Ils s'adressaient à l'écrivain ainsi qu'au tragique de l'écriture. La description de la distance qui sépare les êtres me touche toujours et mes efforts pour faire toujours diminuer ces distances aboutissent parfois à des malentendus. Si je m'étais permis d'exprimer cela, c'est parce que je trouve le monde parcimonieux dans ses réactions, puritain, craintif, économique. J'aime la chaleur et la générosité, et c'est parce qu'il y a si peu à aimer totalement que, lorsque je le trouve, j'aime le dire. Non seulement je connais tout ce qui est sous-entendu dans le manuscrit, mais j'ai deviné la crainte que vous ressentiez, la crainte que cela ne rende impossible et incongrue la compréhension d'une femme. Je vous en prie, cher Kendall, accordez-moi assez de subtilité et surtout assez d'expérience personnelle en ce qui concerne votre problème. A dire vrai, je connaissais et j'ai assumé cela avant, parce que j'ai constaté que ce n'était pas un cas unique, mais collectif parmi les écrivains et les artistes. C'est un problème qui relève de ce que Eliot appelle la maladie de l'amour moderne par suite de l'incapacité où nous sommes d'aimer totalement. C'est une rupture à l'intérieur de l'amour lui-même, qui est plus grave en Amérique, plus fatale, à cause du puritanisme et du matriarcat. Ce que je craignais c'était que vous ne puissiez accepter mon interprétation de l'œuvre. Croyez-moi, vous vous êtes mépris sur ma réponse, si vous l'avez comprise comme un amour pour la personne. Il est exact que la foi emploie le langage de l'amour, et qu'ils paraissent être pareils. En fait j'ai toujours été la meilleure des amies, et pas en tant que femme, pour le genre de personne que vous êtes, sur la base de la sensibi-

lité, de la créativité, J'espère que ce malentendu ne gâchera pas notre amitié et que vous me croirez lorsque je dis que j'ai senti et respecté l'obstacle dès le début, même dans votre nouvelle, et que peut-être c'était la sécurité que me procurait cet obstacle qui m'a donné toute latitude pour réagir sans réserve à ce que vous écrivez.

Lettre de Kendall :

Il faut que je vous explique la raison de ce que vous avez appelé la perfection de mon écriture. J'espérais tellement que vous diriez perfection parce que je veux vous dire pourquoi. Pour moi il n'y a pas de perfection dans ma vie personnelle. Je mène une vie de malheur et d'une complexité misérable, de sorte que mes écrits sont tout ce en quoi je puisse me fier. Là seulement je trouve un soulagement à mes tensions. Je n'ai aucune vie en dehors de mon langage, du moins pas de vie heureuse. Je changerais de place sans hésiter avec quelqu'un dont l'écriture montrerait moins de perfection, parce qu'en montrant cela l'écrivain me communiquerait qu'il y a un certain bonheur dans sa vie, aussi peu que cela soit. Je ne pourrai jamais exister de manière heureuse autrement qu'à travers l'art, c'est pourquoi je dois y consacrer ma vie entière. Rien d'autre ne doit entrer dans ma vie, car j'ai souvent senti à des moments où j'ai été terriblement blessé par un ami que la blessure en fait était intérieure, et je sens que j'ai quelque chose à dire avant ma destruc-

tion. Vous aussi vous êtes très vulnérable, mais vos écrits témoignent que vous êtes en possession d'un médicament, d'un baume, que vous appliquez sur vos blessures, et dont j'ignore le nom. En ce qui concerne La Faim, *je dois reconnaître que j'ai peut-être été jaloux d'une joie de vivre qui se manifeste dans votre langage, et puisqu'il existe une sorte de communion entre vos mots et les miens, appelez cela une confession, je vous ai envié votre joie.*

Albert Mangones est de retour.

« Je croyais, Anaïs, que vous m'aviez oublié.

— Je croyais que c'était vous qui m'aviez oubliée !

— Vous n'êtes pas facile à oublier. »

Trois années se sont télescopées et on aurait dit qu'il n'était parti que quelques jours. Il a maintenant trente ans. Il est marxiste. Il voulait aider Haïti. Il a épousé son amie d'enfance qui l'avait attendu huit ans. Il a un enfant de onze mois.

Quel contraste avec les circonvolutions verbeuses de Kendall ! Voici une île de Polynésie, une nature tropicale qui fleurit, la chair couverte de rosée, teintée par le soleil, le regard luisant, une bouche formée pour le plaisir.

Lettre de Kendall :

Merci de votre aimable lettre qui m'assure

que nous pouvons être bons amis en vertu de notre foi réciproque en nos écrits, car je n'ai jamais réussi à faire fusionner le monde de l'art avec celui de la vie réelle : et je sens qu'avec vous je n'aurai pas à faire l'effort de l'impossibilité. Ces deux mondes ne peuvent exister pour moi côte à côte. Je ne peux être conscient des deux à la fois... l'un doit se transformer complètement en l'autre, il n'y a pas de moyen terme, pas de milieu, il n'y a que deux extrêmes, et je ne suis pas conscient de leur relation mutuelle tant que celle-ci ne s'est pas créée. Je ne peux la créer consciemment, pour la bonne raison que je ne puis créer ma vie de chaque jour. Cela demeure pour moi un mystère infini, je peux dire seulement que c'est complexe. Le monde de l'art est simple : je peux le construire aussi parfaitement qu'il me plaît. Et ma satisfaction vient de ce que je sais que les heures, les jours et les années que je consacrerai à ma construction représentent un temps vécu de perfection, car en passant de ce monde parfait au monde imparfait, j'ai une preuve consciente dans le mot écrit de mon univers parfait alors même que celui-ci a cessé d'existerpar suite de mon déplacement...

Tant d'abstractions pour masquer la perte de l'Eden ! Caresses, tendresse, force, richesse, douceur, feu, miel, chair, paradis de la terre et de l'amour sensuel.

Albert est triste parce qu'il a du sang noir

en même temps que du sang blanc, et il est pris entre les deux mondes. Il a été expulsé du parti communiste de Haïti. Il travaille donc maintenant aux Nations Unies, alors qu'il avait fait des études pour construire des logements pour les pauvres de Haïti et qu'il voulait aider ses compatriotes.

(DÉCEMBRE 1946)

DÎNER avec Kendall à l'hôtel Lafayette. Il a un regard sombre et brûlant comme un Espagnol, et nous parlons ensemble facilement. Il éprouve un amour plus grand pour sa poésie que pour sa prose. J'ai l'intuition que cela vient de ce que le poème est un déguisement alors que la prose est révélatrice. Il est secret.

Il me raconte une histoire incroyable. Son père ne veut pas qu'il soit écrivain. Il est absolument contre. Il est riche, mais il ne veut pas laisser à Kendall le temps de mettre en forme son roman. Son expression, tandis qu'il me racontait cela, était douloureuse. Il sortit alors de sa poche le cadeau d'anniversaire qu'il avait reçu de son père : un stylo en or avec le porte-mine assorti. Le père n'avait pas perçu l'ironie de la chose. Kendall était amer.

Je suis partie faire une tournée de conférences dans diverses universités. A Harvard, j'ai habité chez Carlton Lake. Carlton est cultivé, intelligent, sincère, il s'intéresse à mon œuvre depuis plusieurs années, et il voudrait beaucoup mettre sur pied une maison d'édition. Une réelle amitié.

La façon dont je me donne à une situation est presque effrayante. Le moment présent devient le centre. Je m'intéresse à la vie de Carlton, j'entre dans leur vie, les secrets qu'ils ont, lui et sa femme, leurs faims. J'éprouvais de la compassion pour la femme qui n'est pas à la hauteur intellectuellement, mais qui est comme une enfant, sans malice, et je l'ai aidée à prendre de l'assurance, à perdre ses craintes. La scène s'anime, devient proche. Je partage vraiment leur vie. J'éprouve tout ce qu'ils ressentent. Je me sens proche d'eux, réchauffée. Tout cela rayonne d'humanité, de compréhension. Nous avons échangé des sentiments, des parties de nous-mêmes. La réalité, l'intensité de mes deux journées passées avec eux, confidences, un volume entier de vie.

J'ai parlé dans la « Poetry Room » de la bibliothèque de Harvard, présentée par James Johnson Sweeney. Deux cents personnes environ sont venues, alors qu'il y avait place pour une centaine seulement. La pièce était prévue pour en recevoir cinquante ! La conférence et la lecture furent reçues avec une grande concentration. Aucun bruit de papier froissé ni de toux.

Je portais une robe noire avec un foulard rose, j'ai conquis beaucoup de personnes dont certaines même ne cachaient pas leur préjugé, comme le professeur Post de l'université de Boston. Le matin nous avons enregistré ma lecture de « Ragtime ». Cela me fit un choc d'entendre ma voix pour la première fois, avec une pointe d'accent français, et surtout cette voix jeune et mal assurée.

Je partis pour Dartmouth le lendemain. J'avais été invitée par le professeur Herbert West. Avant la conférence on me conduisit dans sa bibliothèque. Il me parla de sa solitude, de la vie d'universitaire, de l'annihilation de son désir d'écrire, de sa vie uniquement par la lecture. Il me fit pénétrer au cœur de sa vie, pleine de mélancolie. Il a été l'un des premiers à parler d'Henry Miller. Impossible de mener une vie libre dans une université. Les gens s'épient et colportent des ragots. Un homme intéressant, taillé à la serpe, humain et chaleureux, mais pesant. Nous avons parlé toute la soirée.

Le lendemain matin, après le petit déjeuner, j'ai parlé et lu devant un auditoire de près de quatre cents étudiants. De nouveau j'accaparai toute leur attention. Le professeur West dit qu'il avait été ému de voir une silhouette aussi petite et frêle devant cette salle remplie d'hommes.

L'université a l'intention de publier la conférence.

Kendall m'a envoyé deux télégrammes, l'un pour exprimer son impatience de me voir à Amherst, l'autre une réponse imaginaire pour me remercier de lui avoir envoyé un morse. En ouvrant les télégrammes j'avais une impression d'intimité chaleureuse, non pas attachée à une personne précise, mais que l'on peut transférer, qui n'est pas fixée sur un seul individu.

Mais avant Amherst il y eut Goddard College. Maya Deren m'avait précédée, avec ses films. Les étudiants lui en voulaient d'avoir absolument tenu à parler de ses films d'abord, comme pour être sûre qu'ils les verraient de son point de vue à elle. Ils auraient voulu voir les films avant d'en discuter avec elle.

Nous essayâmes cela avec la première lecture. Je commençai par lire une histoire, puis nous en discutâmes. Mais quel interrogatoire, quelle obsession de ce qui a été éliminé. Ils ne comprennent pas l'écriture, mais ont l'impression pathétique que des faits plus précis les aideront à comprendre. De huit heures à midi, quatre heures de discussion. J'apprends à parer les coups, à résister aux intellectualisations, à esquiver les questions qui ne sont pas pertinentes. Mais j'étais épuisée.

Puis cinq heures de voiture pour arriver à Amherst. J'étais invitée chez James Merrill, qui occupe un appartement dans une maison de deux étages. Kendall vint. Nous dînâmes au champagne. Nous étions heureux, merveilleusement libres, nous parlions avec exubérance. Kendall a dix-neuf ans, ainsi que je l'apprends, et il est né le 20 février. Voilà pourquoi je me sentais des affinités! Il est grand, brun, le visage buriné. Sa sensibilité n'est trahie que par le regard et par les mains. Son aspect n'a rien de féminin, mais son élocution hésitante témoigne de son insécurité. Lorsque des étrangers vinrent pour me voir, ayant appris que j'étais ici, cela déplut à Jimmy et à Kendall qui les reçurent très froidement. Kendall parlait du roman ultime.

Nous tentions de le définir. Je parlai de Fez comme du labyrinthe; du *Journal* de Nijinski. Jimmy Merrill est plein d'humour et d'entrain, ce qui contrebalançait l'intensité et l'anxiété de Kendall.

Jimmy passa des disques de musique classique. Il nous lut un poème. Kendall lut un poème. Kendall dit qu'il écrirait un essai sur mon œuvre. Je décrivis l'idée que je me faisais d'un roman ultime. Libéré des draperies, des détails superflus. Nous fîmes des gorges chaudes des portes que l'on ouvre et referme, des cigarettes que l'on allume, des verres que l'on remplit, des glacières que l'on ouvre et referme, pour fournir la clé des personnages ! Je leur rapportai ce que Wilson avait dit à propos du fait que « Liliane ne boit jamais » et qu'elle lui rappelait pourtant Mary McCarthy. Nous étions tellement soûlés de nos propres paroles, d'excitation, si proches d'une ivresse de mots, de poésie, de projets, que lorsque Jimmy s'écria : « Je sens de la fumée », nous restâmes sans réaction. Il alla ouvrir la porte, et il l'avait à peine entrebâillée que la pièce fut envahie de fumée. Il referma la porte et dit : « Anaïs, appelez les pompiers. Il faut que je rassemble mes manuscrits. »

J'appelai les pompiers, mais en entendant mon accent français et la gaieté de ma voix, l'homme qui répondit crut à un canular d'étudiant. J'appelai Kendall : « Parlez-lui vous-même. Il ne croit pas qu'il y a le feu à cause de mon accent. » Nous nous tordions de rire parce que nous n'arrivions pas à croire à un incendie, parce que cela semblait tellement absurde, parce que Jimmy était planté là avec ses manuscrits et disait : « Oh ! Anaïs, c'est une astuce publicitaire évidemment. A l'occasion de *Ladders to Fire* nous avons mis le feu à la maison, et nous allons être obligés de descendre par une échelle. » Nous ouvrîmes les fenêtres. La maison n'avait que deux étages et nous tomberions sur l'herbe et les buissons si les échelles tardaient à arriver. Nous entendîmes les sirènes. Un grand pompier ouvrit la porte de Jimmy, prêt à nous secourir. Mais comment secourir des gens saisis d'un rire inextinguible ? Nous déclarâmes qu'il s'agissait là d'une publicité. Il crut que c'était le champagne. Il y avait beaucoup de bruit. Les voisins étaient venus au spectacle. Deux voitures de pompiers étaient là. Et ce fut le clou lorsque le pompier déclara : « Fausse alerte. C'était la dame du rez-de-chaussée qui avait oublié un gâteau au four, et c'était cela qui avait fait toute la fumée. »

Je travaille à une section « Menuets de l'adolescence[1] », et je trouve maintes façons de décrire les évasions, les disparitions, les bonds qui marquent les hésitations des adolescents, en prenant le ballet comme structure.

Lettre de Kendall :

Absolument impossible de travailler ici à mon roman, l'eau monte en moi et va empor-

1. Publié par la suite sous le titre *Children of the Albatross*. (G. S.)

ter les digues avec violence si je ne peux m'échapper vers l'écriture en guise de canal...

Je cherche à convaincre Rango de retourner au Pérou car sa mère qui vieillit l'appelle, et sa famille lui donnera sa part d'héritage. Sa famille est riche et puissante. Son frère dirige le journal le plus important de Lima.

Nous discutons de part et d'autre d'une table de restaurant et je lui fais un dessin pour lui montrer qu'à New York il ne lui reste pas d'issue. Un emploi fixe est impossible à cause de son manque de discipline, de son anarchisme. Il n'a même pas pu s'occuper de la presse à ses heures et à sa guise !

Il dit qu'il ne peut pas aller au Pérou parce que Zara refuse d'y aller. Elle ne veut pas retourner pauvre et vaincue dans la famille qui l'a rejetée.

Rango offre le même argument : « Je ne peux retourner dans ma famille, pauvre, humilié, un raté, comme ils me l'avaient prédit.

— Mais tu n'es pas un raté. Tu peux emporter une brassée de livres d'une grande beauté de conception et d'impression. Je t'habillerai et je te donnerai suffisamment d'argent. Au Pérou tu trouveras peut-être quelqu'un pour s'occuper de Zara et te permettre de travailler au journal de ton frère. »

Je ne voulais pas dire : « Tu as tout détruit, la presse, mon attachement, ma foi. » Mais je fus prise tout à coup d'un étrange sanglot étranglé en songeant à l'étendue des dégâts qu'ils avaient causés. Rango me regarda, aveugle, sans comprendre.

Il aimerait aller en France où habite sa

nièce Elsa, mais il ne veut pas y retourner sans avoir d'abord revu sa mère qui se fait vieille maintenant. Mais il ne peut se présenter devant elle dans son état de pauvreté, et s'il se rend au Pérou il est probable que le parti communiste voudra qu'il y reste. En attendant il n'a pas téléphoné pour s'enquérir de deux situations à mi-temps pour un travail d'imprimerie. Il n'a pas écrit à sa mère, après m'avoir emprunté ma machine à écrire dans cette intention. Il n'a pas écrit en France pour savoir ce que ses amis pourraient lui trouver à faire là-bas.

Gore est rentré du Guatemala. Il a construit une maison et il veut que j'aille là-bas pour y faire un séjour. Il a meilleure mine.

A deux heures je reçois un télégramme de Kendall : « Prière prendre rendez-vous avec Lippincott après-midi du 3. » Je me suis démenée pour faire accepter son roman de manière qu'il soit libre pour écrire. Alors que ce qu'il écrit est ordonné, minutieux, parfait, son écriture est échevelée, folle. Il est différent de Gore, ni simple ni humain, mais bourru et compliqué. Mais l'étincelle entre nous engendre l'écriture qui assure notre équilibre mental qui est notre or, notre seule affinité.

Gore a terminé *The City and the Pillar.*

Lettre à Gore :

Je vais essayer de vous dire ce qui a été détruit par votre roman : c'est le mythe dont je vis; je suis une romantique, et vous êtes un cynique. C'est justement cette différence que votre livre met en relief, et non pas la ressemblance que j'avais imaginée. Voici un livre sans illusion, ni sentiment, et sans poésie. Cela n'est pas un reproche ni une critique. Mais pour moi, sans magie, ni sentiment, ni poésie, il n'y a pas de vie. Jim, dans votre histoire, tue Bob parce que Bob n'a pas su rendre romanesque la relation sexuelle qu'ils ont eue autrefois, et l'a considérée prosaïquement comme un incident de parcours. Jim en est irrité : il a idéalisé la première rencontre sexuelle et pour Bob cela n'est rien. C'est pourquoi il le tue. Jim tue la légende en lui-même, mais en fait il n'y avait pas de légende, seulement un besoin chez Jim d'idéaliser la réalité. Or j'ai lu votre roman comme une révélation de votre inconscient. Lorsqu'il s'agit de dépeindre Maria, elle n'est qu'une femme qui a vu deux guerres, qui a des cernes autour des yeux et qui ne peut trouver de relations satisfaisantes. Lorsque tous les hommes l'auront quittée, ainsi que vous le dites, elle sera prête à accepter la position de mère que lui offre Jim.

Tout à vos yeux est diminué et enlaidi. Toute qualité, toute beauté vient de la vision personnelle. Dans votre vision tout est laid. J'aime l'exubérance et l'enthousiasme de Pablo, et j'oublie ses taches de rousseur et ses mains de vieillard. J'aime l'intelligence de Frank et ne fais pas attention à sa peau abîmée. Mais vous, vous faites exprès d'insister sur les défauts, de ce qui peut être caricaturé. Je me répétais tout le temps à votre décharge que vous aviez été blessé si profondément que vous aviez perdu votre foi envers les êtres, votre sensibilité. Mais lorsque vous faites le portrait de quelqu'un, toute la beauté, tout le côté miraculeux disparaît, et il ne reste que le côté ridicule, terne, défectueux. Vous êtes donc un réaliste.

Ne voir que la laideur, c'est ce que l'on fait lorsque l'on n'aime pas. La nausée que vous inspirent les individus, la vision de laideur que vous en avez ne pourront que vous blesser. Vous ne vous rendez pas compte que lorsque vous peignez uniquement avec cruauté, en ne soulignant que les défauts ou les faiblesses, vous êtes perdant. Car vous créez un monde affreux où il n'y a rien à aimer, et qu'est-ce qu'un amant sans un objet qu'il puisse aimer ? C'est ce que j'appelle un esprit destructeur. Vous avez été blessé; désormais, par conséquent, vous blesserez les autres ! Vous vivez sans foi, et cela rendra votre univers amer et gris. Le seul transformateur, le seul alchimiste qui change tout en or, c'est l'amour. Le seul antidote contre la mort, l'âge, la vie ordinaire, c'est l'amour. Votre mère vous a fait plus de mal que je ne le croyais. Ou bien j'avais eu trop de confiance en mon pouvoir de vous guérir. J'avais mal calculé. La magie n'a pas opéré. Vous êtes parti après notre amitié, inchangé. Je ressens mon échec en tant que magicienne. Un magicien qui n'a pas réussi prend ses affaires et s'en va. Non seulement vous avez tué Bob, ce qui n'a guère d'importance étant donné qu'il existe un million d'autres Bob, mais vous avez aussi tué Maria.

Je ne postai pas cette lettre, je la lui donnai à lire au bar du Ritz. Cela lui fit un choc. Si j'avais été confrontée avec un aspect de Gore que je ne connaissais pas, c'était son tour d'être confronté avec une Anaïs qu'il ne connaissait pas. C'était la perte d'un Gore inventé. Le Gore qu'il était avec moi, le côté qu'il m'avait montré, n'était pas celui qu'il devait révéler dans sa vie et dans son œuvre. Il n'a que vingt ans. Il écrit un livre sur un monde unidimensionnel, le sexe dans le vide. Un livre qui lui fera du tort dans le monde de la politique. Un livre littéral et prosaïque. Le directeur littéraire de chez Dutton me dit : « Je déteste ce livre. » Gore m'appelle à l'aide : « Je vous en prie, dites-moi que c'est mon plus grand livre. » Et c'est là le jeune homme que je croyais tendre, aimant et dévoué. Jouait-il un rôle ? Avais-je projeté sur lui mon propre rayonnement ? Avais-je imaginé ce Gore ? Etait-ce un aspect de lui qui s'était manifesté dans des circonstances favorables ? Avais-je détourné son sadisme, sa cruelle vision d'autrui ? Comment avais-je pu ne pas voir sa vision cynique ?

Anaïs, tu avais inventé un Gore qui aurait pu exister, mais qui n'est plus.

Cela me causa plus de tristesse que si Gore était mort physiquement.

Lorsque parut *Les Miroirs dans le jardin*, comme je n'avais pas les moyens de faire faire de nouvelles photographies, je songeai à l'humeur enjouée des surréalistes et je remis à Dutton les photographies qu'avait faites et que m'avait données le photographe de *Town and Country*. J'expliquai aux responsables de la publicité que je voulais que ces photos soient légendées avec le nom des personnages, et que celle du centre uniquement devrait être identifiée comme me représentant. Les photos furent distribuées et, par négligence ou par malice, elles parurent toutes comme me représentant : moi avec le visage oriental voilé de Hejda; moi avec les cheveux courts et le costume tailleur de Liliane. Ces mêmes journalistes qui réclamaient de l'humour à cor et à cri, des plaisanteries, prirent cela le plus sérieusement du monde, comme une manifestation de ce surréalisme décadent dont ils avaient horreur et auquel ils ne connaissaient rien.

La réaction fut totalement négative. Pas un sourire, personne ne reconnut les rôles que jouent les femmes, le déguisement et le jeu. La photo où je posais comme l'auteur ne fut pas utilisée. Celle où je faisais Liliane ne fut pas comprise et fut à l'origine de la légende que j'étais lesbienne. Si j'avais eu des rapports sexuels avec des femmes, je n'aurais rien trouvé à redire. Mais étant donné que c'était une part de ma vie qui n'avait jamais eu de réalisation, je trouvais cela bien ironique. J'avais aussi le sentiment que c'était de la malveillance, car c'était fait dans le but de m'excommunier de la communauté. Lorsque l'on n'accepte pas votre œuvre, on trouve toujours une explication rationnelle pour ne pas l'aimer. Les critiques s'emparèrent de cette étiquette pour l'épingler à leur manque total de compréhension. L'autre étiquette dont ils se servirent de manière destructrice était « surréaliste ». Pour eux cela signifiait uniquement les canulars de Dali, excentricité, besoin du sensationnel. J'étais entourée d'homosexuels qui écrivaient sur l'homosexualité, mais le seul fait que j'aie donné à entendre qu'une femme puisse en aimer une autre, cela me valait l'anathème.

Oscar Baradinski réimprime *On Writing* d'après la très belle brochure de Dartmouth. Je lui envoyai la photographie de moi posant pour Liliane en entourant uniquement le visage.

Il imprima le corps tout entier avec le tailleur, en violet, et désormais je fus « typée » pour tous ceux qui n'aimaient pas mon œuvre.

Je protestai auprès de Baradinski. Il promit de changer la couverture pour la prochaine impression.

Je protestai aussi auprès de Frances Steloff, et elle me promit de ne pas vendre les brochures telles quelles, mais d'attendre la réimpression.

Leo Lerman m'a demandé une brève autobiographie :

Cher Leo,

C'était une question que j'espérais bien que vous ne me poseriez pas, mais à laquelle vous répondriez pour moi. Sur moi-même. Voulais que vous fassiez mon portrait tel que vous me voyez; je me vois, et je vois ma vie, chaque jour différemment. Que vous dire ? Les faits mentent. J'ai été Don Quichotte, toujours créant un univers à moi. Je suis toutes les femmes des romans, et cependant aussi une autre qui n'est pas dans les romans. Il m'a fallu plus de soixante cahiers jusqu'à présent pour raconter ma vie dans mon Journal. Comme Oscar Wilde, je mets mon talent dans mon œuvre et mon génie dans ma vie. Ma vie est impossible à raconter. Je change chaque jour, je change ma façon d'être, mes concepts, mes interprétations. Je suis une série d'humeurs et de sensations. Je joue une centaine de rôles. Je pleure lorsque je m'aperçois que d'autres les jouent à ma place. Mon Moi réel est inconnu. Mon œuvre est seulement une essence de cette vaste et profonde aventure. Je crée un mythe et une légende, un mensonge, un conte de fées, un monde enchanté; c'est un monde qui s'effondre tous les jours et me donne envie d'en finir comme Virginia Woolf. J'ai essayé de n'être pas névrosée, pas romantique, pas destructrice, mais peut-être suis-je tout cela sous des déguisements.

Il est impossible de faire mon portrait à cause de ma mobilité. Je ne suis pas photogénique à cause de ma mobilité. Paix, sérénité, intégration, tout cela m'est étranger. Mon climat habituel est l'anxiété. J'écris comme je respire, naturellement, spontanément, cela coule de source, ce n'est pas en guise de substitut à la vie. Je m'intéresse davantage aux êtres qu'à l'écriture, davantage à l'amour qu'à l'écriture, vivre m'intéresse plus qu'écrire. De-

venir une œuvre d'art m'intéresse plus que d'en créer une. Je suis plus intéressante que ce que j'écris. Je suis douée par-dessus tout pour les relations. Je n'ai aucune confiance en moi et grande confiance en autrui. J'ai besoin d'amour plus que de nourriture. Je trébuche et je fais des erreurs, et veux souvent mourir. C'est probablement lorsque je sors tout juste du feu que je parais le plus transparente. Je m'avance toujours dans le feu, et j'en ressors plus vivante. Tout cela n'est pas pour Harper's Bazaar.

Je pense que la vie est tragique, non pas comique, parce que je n'ai aucun détachement. Je me suis rendue coupable d'idéalisation, coupable de tout sauf de détachement. Je suis coupable d'avoir fabriqué un univers où je peux vivre et inviter d'autres personnes à vivre, mais en dehors, je ne peux respirer. Je suis coupable de vivre avec trop de sérieux, de gravité, mais jamais de manière superficielle. J'ai vécu dans les profondeurs. Ma première tragédie m'envoya au fond de la mer; je vis dans un sous-marin, et fais rarement surface. J'aime les costumes, l'écume de l'esthétique, le panache et les écrivains poètes. A l'âge de quinze ans je voulais être Jeanne d'Arc, et, plus tard, Don Quichotte. Je ne me suis jamais réveillée de mon accoutumance aux mirages, et je terminerai probablement dans une fumerie d'opium. Rien de tout cela ne convient pour Harper's Bazaar.

Je suis apparemment douce, instable, pleine de faux-semblants. Je mourrai en poète, tuée par les non-poètes, je ne renoncerai à aucun rêve, ne me résignerai à aucune laideur, n'ac-

cepterai rien d'aucun autre monde, que celui que je me suis fait moi-même. J'ai écrit, vécu, aimé comme Don Quichotte, et au jour de ma mort je dirai : « Excusez-moi, tout cela était un rêve », et peut-être qu'alors j'aurai rencontré quelqu'un pour me répondre : « Pas du tout, c'était vrai, absolument vrai. »

Tout ce que j'écris est vrai, transposé mais vrai. La source du Journal est l'œuvre de ma vie. Pour ma part, j'ai tout expérimenté et maintenant je suis prête à repartir à zéro. Cher Leo, je n'ai rien à dire. Je n'ai pas parlé de mes défauts. Je manque de courage pour regarder les monstres, les estropiés, les anormaux, les infirmes, les difformes, les malades. J'aime les champignons, les tropiques, la couleur noire. Je souffre d'une solitude chronique. Je suis née sous le signe de Vénus, celle qui apparaît dans une coquille chaque matin, avec un regard triste : « Encore une longue journée d'amour à venir. » J'étais faite pour vivre la vie de Ninon de Lenclos, mon personnage féminin préféré. Je ne m'installerai jamais, jamais je n'aurai de chez moi. Mon emblème est un vaisseau errant. Je suis un écrivain. J'aurais préféré être une courtisane. Le reste se trouve dans le Journal.

Leo Lerman ne répondit pas.

Il y avait un côté de Gore que j'ai vu, qui existait en ma présence, un Gore qui aurait pu s'épanouir si un amour plus profond avait été possible. Cet aspect fuyant, prêt à disparaître, qui caractérise les jeunes, me cause une grande peine, comme de voir l'innocence d'un enfant détruite. Qu'est-ce qui la détruit ? Qu'est-ce qui dans le monde, chez les autres, la détruit ?

Je suis allée dîner avec lui. Même endroit. Mais plus la même relation. Nous nous étions porté l'un à l'autre des coups mortels. Je ne voulais, ne pouvais être sa mère, sans autre vie personnelle. Il ne pouvait être le fils de ce que j'écris, l'héritier, celui dont je pourrais aimer l'œuvre. S'il était le Gore de son œuvre, il était alors pour moi un inconnu. Gore déclara : « Quelqu'un a dit que nous devrions écrire un livre ensemble, car vous écrivez avec excès, et moi avec restriction. Vous êtes trop chaleureuse, et je suis trop froid. J'ai tout ce qui vous manque. »

(JANVIER 1947)

HIER soir j'ai reçu quelques amis pour mettre un terme à la solitude de Kendall. Invité la sœur de Bill Howell, ballerine d'une grande beauté, et son mari Danny Kenning. James Merrill, Frank Westbrook, Pablo, Nancy et Carter Harman. Comme nous étions assis par terre, à la lueur des bougies, ils avaient tous l'air jeunes et beaux. Chacun très doué dans sa partie. Carter, compositeur, Nancy, écrivain, mince, d'une beauté abstraite. Je les estimais tous dignes de l'amour de Kendall. Carter est ouvert, tranquille, avec un sourire contagieux, et un mélange de simplicité, d'intelligence et de sensibilité. Il a vingt-sept ans, des yeux bleus, des lèvres pleines, il est svelte et blond. Il a réchappé de l'expérience de la guerre sans névrose. Il était aviateur, il a été en Inde. Il écrit de la musique pour le ballet. Il est charmant et détendu.

Nancy est mince et frêle, comme un oiseau, mais en même temps froide et dure. C'est un mariage d'enfants.

« Vos écrits, dit Carter, ont déclenché la musique en moi, ont suscité mon désir d'orchestrer. Je voulais être écrivain tout comme vous souhaitiez être musicienne. J'éprouve le besoin des mots et j'y suis très sensible. Je veux composer pour le chant. » Il a mis en musique des poèmes de E. E. Commings. La tension et la rigidité de Kendall étaient plus sombres par contraste avec Carter. Des êtres rétrécis. Pourquoi ai-je l'espoir de les faire fondre ? Ils me font du mal, et je ne peux avoir d'effet sur leur rétrécissement. Etait-ce le rétrécissement de mon père ?

Je comprends bien mieux maintenant mon besoin d'expansion et de dilatation. Avais-je peur de me laisser entraîner par eux, et avais-je choisi qui exercerait un frein ?

Lettre de Kendall :

La réunion était étrange, merveilleuse, pleine de rencontres insoupçonnées, rendue magique par des regards qui se croisaient, par une entente à laquelle je crois être parvenu avec une essence rythmique chez le danseur Frank. Je me sens plus âgé Je suis sous le charme. Je suis calme. Je suis au bord d'une découverte. Je laisserai le roman parler pour moi, car je le lui envoie à lire. En ma personne tous mes sentiments sont masqués. Je ne peux parler par moi-même. Il faut que je parle dans ce que j'écris.

(FÉVRIER 1947)

LE Centre poétique de la Y.M.H.A. présente une lecture de « Prose et poésie d'Anaïs Nin ».

A dix heures je lisais des passages de *La Maison de l'inceste*.

A dix heures Kendall et Frank se rencontraient pour la première fois.

A dix heures Pablo écoutait un concert de musique française de la Renaissance avec Dolly Chareau.

A dix heures, Bill Howell attendait la fin de la séance pour m'emmener à une réception.

A onze heures nous retrouvâmes Albert à une fête haïtienne et nous pénétrâmes dans un univers de joie authentique et de réactions sensuelles. Albert chante et joue du tambour.

A trois heures nous rentrâmes par les rues verglacées. Kendall était à une réception à Sutton Place pour fêter le succès de James Merril à ses examens, un bal pour la haute société et les débutantes.

Entendu à la radio les « chansons enfantines » de Carter. Délicat, innocent, enjoué.

Bernard Pfriem, qui est peintre, a invité chez moi ses amis : Dorrey, Toshka et trois personnes extraordinaires : Anatole Broyard, Français de La Nouvelle-Orléans, beau, sensuel, ironique; Vincent, grand et sombre comme un Espagnol; et Arthur qui a du sang noir et du sang juif.

Me trouvant, comme à l'accoutumée, habillée trop tôt, avec ma robe blanche moulée, un lourd collier d'or arabe, les cheveux relevés très haut, j'ouvris la porte, et le premier arrivé fut Vincent. Il portait un album de disques afro-cubains. Il en mit un sur le phonographe tout tranquillement, et il ouvrit les bras. C'est un danseur professionnel, agile et souple.

Une réception délirante, aux chandelles, mouvementée. Trois amis jouèrent des charades. Dick, rejeté par Pablo au profit d'un autre, sortit sur la terrasse, soûl comme un Polonais. La balustrade n'est pas solide. Il s'appuya dessus trop fort, et elle céda. Vincent, au péril de sa vie, le retint jusqu'à ce que les autres le tirent à l'intérieur. Toshka, complètement ivre, voulait absolument faire l'amour. Quelqu'un disparut avec elle sur le toit. Carter et Nancy ne restèrent pas jusqu'au bout.

Vincent voulait que je sache qu'il n'en revenait pas d'avoir sauvé la vie à Dick : « Je ne ferais jamais cela en temps ordinaire. Je suis un poltron. Je crois que j'essayais de me surpasser, de faire beaucoup mieux que d'habitude, pour vous impressionner. »

A cette surprise-partie, avec des gens que je n'avais pas choisis, je me sentais étrangère.

Ce qui la faisait contraster violemment avec mes rêves c'était un coupon de soie blanche que Leonard avait envoyé du Japon et que l'on avait déployé sur le paravent comme un symbole de l'innocence que je recherche, mon refus du cynisme, mon refus de boire. Mon disque chéri de la *Sonate pour violon et piano* de Debussy, que je considère comme le morceau de musique le plus triste que l'on ait jamais écrit, fut cassé par mes visiteurs en état d'ébriété. A l'inverse de la réception que je décris dans *Les Miroirs dans le jardin*, suspendue dans l'à-demi rêvé, à la recherche de l'accomplissement, celle-ci laissa des taches de vin, de la bougie sur le plancher, des mégots, des miettes, des bouteilles vides, des cendres, des déchets, un champ de bataille. Je dus nettoyer, prendre un bain, effacer toutes les traces avant de pouvoir m'endormir. Ce goût de fond de bouteille, si familier à Rimbaud, le goût de la profanation.

Lettre de Kendall :

Combien étrange que j'aie dû pénétrer dans l'appartement de Frank par la sortie de secours parce que celui-ci avait perdu sa clé ! Le symbolisme de cet acte m'apparaissait clairement, comme à vous, j'en suis sûr. Il n'y a pour moi d'autre accès que la sortie de secours, car je vis pour ma part constamment dans un état d'accidents, de désastres. Et je me rends mieux compte chaque jour que mon seul soulagement est d'écrire, que si je trouve jamais une relation humaine, il faudra que cela vienne par le truchement de l'écriture, les mots doivent créer un chemin, la relation, le contact entre moi-même et l'humain. Il est fatal de pénétrer par la sortie de secours. Vous comprenez, n'est-ce pas, que je suis finalement incapable d'aimer, car cela, dans ma vie, a pris des proportions telles que j'examine toujours l'amour avec chaque cellule de mon esprit. Je ne crois pas qu'aucun amour puisse survivre à cette sorte d'analyse. Il devient toujours plus difficile pour moi de plonger, oui, de plonger dans n'importe quelle aventure. Je me tiens à distance, au-dessus, au-delà, audessous, jamais au beau milieu, mais d'un autre côté; je ne me suis pas encore forgé en pierre. Je ne me plongerai pas dans ce que j'écris cet été, je composerai depuis les hauteurs supérieures avec toute la cruauté glacée dont je suis capable, je détruirai dans mes écrits tous ceux que j'ai jamais aimés, et puis à la fin je me détruirai aussi. Je n'éprouverai pas la moindre culpabilité, le moindre remords, la plus petite responsabilité, sauf envers mon processus de destruction. Je serai alors absolument seul, j'existerai comme un sphinx dans le désert. Je suis bien heureux de savoir que vous récrivez. Il faut que vous appreniez à être terriblement critique envers vous-même en matière d'écriture, et ce sera des plus difficiles parce que vous êtes peut-être la personne la plus affable que je connaisse. Le fait même que vous soyez une femme aussi merveilleuse gêne votre écriture, parce que pour vous le besoin de vivre est le plus fort. Vous qui êtes capable de vivre, continuez donc, de grâce. Je ne le peux pas, il faut donc que j'écrive. Mais sachez bien que lorsque je suis le plus cruel, c'est là que je pleure le plus.

Il est un thème qui court tout au long de l'œuvre de Kendall, de Gore, de Leonard : ce thème de la paralysie, de l'incapacité d'aimer, lié à la non-création. Car tout cela se tient. On ne crée guère par haine. Comment me suis-je donc retrouvée prise au piège, entourée d'homosexuels, de gens qui ne peuvent avoir une vie riche, et s'accomplir ? Je sais fort bien qu'ils sont dangereux pour les autres êtres, qu'ils détestent ceux qui vivent ou aiment ou écrivent sans difficulté. Pourquoi viennent-ils me trouver ? Est-ce moi qui le leur permets ? Je comprends leurs difficultés, bien qu'elles ne soient nullement semblables aux miennes. Je ne peux leur être d'aucun secours. Ma bonté ne fait que les aigrir. Ils ne peuvent la posséder entièrement pour eux seuls, parce qu'ils m'apportent une part d'eux-mêmes si petite que je ne peux fixer toute mon affection sur un seul.

Anatole Broyard a dit à Sherry, après avoir dansé avec moi : « Anaïs est sensuelle. »

Sherry lui a répondu : « Non, Anaïs est mystique. »

Anatole : « Mais non, Anaïs est sensuelle. Ou peut-être une harmonie des deux. »

Vincent me dit : « Vous êtes une femme étrange. A la surprise-partie vous ne vous êtes pas comportée en maîtresse de maison, vous n'avez pas dirigé les opérations. Vous ne vous êtes pas mise en colère lorsqu'ils ont cassé les disques. Vous aviez l'air d'accepter que les gens se conduisent ainsi, mais vous étiez si loin, et vous vous êtes encore éloignée à mesure que la soirée passait... »

Le manuscrit de *Children of the Albatross* est sur la table. Il faut que j'écrive la fin.

Kendall m'envoie une lettre désespérée : « Au fond du gouffre. »

Kendall reprend sur un instrument différent ma complainte de l'âge de douze ans : « Un jour je pourrai dire que j'ai atteint le fond. » Je réponds à son appel désespéré : « Permettez-moi de vous faire sortir de la maison de l'inceste. Je connais chaque détour du labyrinthe. Je ne vous laisserai pas vous détruire vous-même. »

En m'éveillant aujourd'hui je me sentais comme une fleur, suave, calme et douce. Je me suis réveillée dans une pure solitude qui n'est pas de l'esseulement. La machine à écrire. Du pain sur la planche. J'ai revêtu ma robe d'intérieur capitonnée en satin ivoire, qui m'a coûté la modique somme de cinq dollars, et je suis descendue chercher le courrier. Billet de Kendall :

Beaucoup descendent dans les profondeurs et ne remontent jamais. Seul le plongeur expérimenté peut descendre à de telles profondeurs, et remonter à la surface. Encore une fois, que répondre à vos lettres alors que je me sens tellement venimeux devant votre in-

croyable bonté ? Voici un poème que j'ai écrit sur vous :

« Annoncez votre présence comme une cloche,
Non pas avec force, mais en faisant écho à sa douceur
Dans les sons infinis de l'amour
Qui sort de la cellule du danseur,
Dans un mouvement tourbillonnant
Proche du tempo conçu pour les rites
Dans le calme kinétique qui forme
La religion violente de midi à la rotation miroitante. »

Avec cet hommage sur mon bureau je travaille, en souriant, aux pages sur le joueur d'orgue de Barbarie avec son singe.

Visites d'Albert, de Rango, de Vincent.

Lettre de Kendall :

Votre lettre aujourd'hui sur ce que je tenais caché. Oui, je me cache à moi-même ce fait effrayant à admettre que j'ai pour la première fois, et la dernière, je le sens, été incapable de ne pas succomber à l'amour du primitif, de l'adolescent. Nous nous consumons tous deux, séparément, dans la solitude, car nous n'avons aucun moyen — il doit pourtant bien en exister un — de communiquer. Nulle issue pour moi car je n'ai pas le temps d'écrire.

Il est dans la désolation — je le devine — et cela va devenir de la haine. C'est bien là véritablement la tragédie ultime de la non-communication que Henry James a clarifiée.

Le père immensément riche de Kendall lui refuse une rente de deux cents dollars par mois pendant qu'il termine le roman auquel il travaille.

Rango est venu à bout de ma foi et de mon dévouement. Mais il répète que toute sa vie il n'a pas eu de chance.

J'ai téléphoné à Kendall le jour de son anniversaire. Je fus contristée d'apprendre qu'il recevait uniquement des jeunes gens. Une exclusion de la femme aussi totale doit être désastreuse à compenser !

Le jour de mon anniversaire, il y eut une tempête de neige. Je sortis le matin vers dix heures parce que ma machine s'était mise à déraper allégrement (c'est sa maladie habituelle), pour la faire réparer. J'allai chez Rango leur laisser de l'argent, pour les empêcher de mourir de faim. Je travaillais à une section de *Children of the Albatross*. Pablo vint me chercher à huit heures et demie ce soir-là. Nous allions au Carnaval haïtien. Dans mon costume de danse espagnol je dansai toute la nuit. Les Haïtiens ne me laissèrent pas manquer une seule danse. Mon anniversaire se passa à danser avec des hommes dont le désir est ouvert, puissant, fier, dont le corps est vivant, épanoui, et sécrète puissance et passion.

De là nous nous rendîmes au Soho café. Mon humeur changea tandis que nous regardions un ivrogne qui avait été chanteur autrefois, acteur et maître de cérémonies. Il arracha le micro des mains du chanteur français, et se mit à chanter sans suite en tanguant, avec des vestiges d'esprit disparu et des bribes de connaissances linguistiques. Il avait un regard triste, implorant les applaudissements de manière enfantine, un verre de plus, humble devant l'autorité de la propriétaire. Il était venu la trouver la semaine d'avant et lui avait dit : « Est-ce que vous promettez de m'envoyer une carte de Noël ? Personne ne m'en envoie jamais. Je ne peux supporter cela. » Elle tint promesse. Il revint la semaine suivante, dessoûlé, pour la remercier. Il travaille à la morgue. Il répéta toute la soirée : « Il faut que j'aille au boulot. » On l'avait surnommé « Viande froide » après qu'il eut décrit minutieusement la nature de son travail. Il répétait : « Il n'y aura pas de cadavre avant six heures. C'est une nuit trop froide pour se suicider. » Il but jusqu'à son dernier sou, et la propriétaire lui donna une pièce de vingt-cinq *cents* pour son transport.

Je rentrai et je ne pus trouver le sommeil. « Viande froide » m'obsédait. Il fallait que je le décrive.

L'angoisse tue l'amour à coup sûr. Elle cause les échecs. Elle donne aux autres l'impression que vous auriez si un noyé se raccrochait à vous. Vous voulez le sauver, mais vous savez qu'il va vous étrangler avec sa peur panique.

(MARS 1947)

J'ai terminé dimanche *Children of the Albatross*. Je suis seule. Contente. Fini de recopier et de retoucher le livre, que je dois remettre demain. Je voudrais écrire un essai sur la similitude qui existe entre la philosophie orientale et la psychanalyse. Mon œuvre a quelque chose d'oriental.

Lettre de Gore, d'Antigua :

Il faut que j'arrange cette maison comme un symbole, peu importe que j'y habite ou non, il suffit qu'elle soit là, mais il n'y a pas de cœur, bien sûr. Je danse en solo ces derniers temps, je danse sans spectateurs, magnifiquement. Mon attachement pour vous continue, il devient plus poignant, plus vaste, plus désespéré chaque jour, que peut-on faire avec la beauté ? Elle est là, elle fait mal. J'ai parfois le sentiment qu'une part trop grande de moi-même est restée dans le sein maternel, ce n'est pas une question de développement, plutôt de ce qui n'a jamais été, n'est jamais né.

Je ne peux jamais musarder bien longtemps avec des rêves. Je me sens comme un étranger de passage, les livres ne sont que des ombres que je projette devant le soleil...

Bill Howell et moi sommes allés voir Richard Wright. Je dus entraîner Bill rapidement sans quoi il aurait gâché sa relation avec Wright à force d'ergoter obstinément. Wright expliquait qu'il n'aimait pas Howard Fast qui l'avait insulté personnellement, et Howell s'était mis dans le crâne de le faire changer d'avis.

Je sens autour de moi une dépersonnalisation des relations qui m'alarme, car les miennes sont si personnelles, et chaque individu est unique et irremplaçable. Je considère que cela est un affaiblissement de l'amitié et de l'amour.

Je ne peux concentrer toute mon amitié entièrement sur aucun de mes amis, parce qu'aucun n'est suffisamment complet en lui-même. Je poursuis en eux des échos, de vagues ressemblances avec des relations plus complètes. Il faut que je crée des relations profondes avec la douceur de Howell, la manière directe de Gore, ou l'état rêveur, hypnotique, de Leonard. Mosaïques. Construction à partir de petits morceaux. Un bout de lettre, un poème, une présence ténue, quelques mots. Pablo laisse au mur son autoportrait, il laisse un mobile, un oiseau pendu au plafond. Leurs manières tendres m'asservissent, mais comme ils sont incomplets, comme ce ne sont pas encore des hommes, leur présence s'estompe. Mais peut-être aussi que, parce que je suis une femme, j'ai détecté ce qu'un psychiatre ne pouvait détecter, je me suis rendu compte fort clairement que l'homosexualité était en partie, et chez la plupart des jeunes gens de ma connaissance, un stade d'immaturité. Si deux d'entre eux formaient un couple, avançaient dans la vie, se soutenaient mutuellement, étaient fidèles et dévoués, si je voyais autour de moi une relation complète, un grand amour, je croirais à leur maturité. Mais étant une femme, il m'était donné de voir leurs craintes, leur insécurité, leur fragmentation, leur promiscuité, leurs vacillements, le peu de profondeur de leurs rencontres sexuelles. C'était leur difficulté à vivre qui suscitait ma sympathie; le corps et l'âme de Gore gelés dans les Aléoutiennes, les timidités de Leonard. La désintégration de Howell après la guerre parce qu'il avait découvert là la source de ses difficultés avec les femmes. Il sortait d'un bar, pris de boisson, et fut attaqué par cinq soldats. Il n'avait pas cherché à se défendre. Chaque fois que nous parlions de cela il me posait la même question : « Ai-je été lâche ? Etait-ce de la peur ? » Mais un jour qu'il avait bu davantage que de coutume il ajouta : « Ce qu'il y a de pire c'est que cela me fit plaisir. Oui, cela me fit plaisir d'être passif. »

Parce que j'étais une femme, l'homosexuel me confiait son infantilisme. Les rencontres sexuelles éphémères, le mépris de la personnalité de l'autre, le besoin, oh ! le besoin d'être toujours rassuré, tranquillisé, admiré, encouragé. Quelque chose dans le psychisme a été mutilé, comme ce fut le cas pour moi après la désertion de mon père, quelque chose qui gêne la croissance, l'assurance, la maturité.

Je voyais en Pablo des expressions de très jeune garçon. Moments d'innocence qui illuminaient son visage, gestes d'une tendresse enfantine, sans rien de sexuel. Je les voyais s'endormir au milieu d'une réception d'un sommeil profond, comme des enfants. Je voyais leur spontanéité en art dont je me réjouissais : ils savaient dessiner, écrire, chanter, danser, pratiquement sans avoir appris, à la manière des enfants. Leur visage n'était même pas tout à fait mûr, leurs dents, leurs mains. Tous les éléments qui composent le charme et l'enchantement, et les dons qui accompagnent le développement des artistes, semblent maintenir dans leur personnalité, malgré leur maturité et les années qu'ils prennent, les sensibilités, la curiosité, la réaction toujours alerte de l'enfant à la vie.

Cette faculté de renouvellement, de jeunesse perpétuelle, que j'aimais chez l'artiste, je la retrouve chez les homosexuels. Seulement ici elle est gâchée par l'angoisse, le remords, les inhibitions, l'autocensure. Pourquoi ne pas admettre cela avec fierté et simplicité ? Pourquoi n'ont-ils pas des attachements romantiques et durables ? Pourquoi n'écrivent-ils pas des histoires romantiques sur l'amour homosexuel ? Tout cela revêt un aspect furtif. Ou alors cela se manifeste par l'ironie, la satire, la moquerie de soi-même. Cette manie de la caricature que j'ai rencontrée pour la première fois chez Henry, je la retrouve tout autour de moi. C'est une déformation parfois subtile, mais pas toujours, une ridiculisation qui dénigre tout ce qu'elle touche, le diminue, attribue la fausseté à la sincérité et l'hypocrisie au sentiment, et qui nie toute sensibilité. J'ai souvent menacé en plaisantant mes amis homosexuels d'écrire un livre sérieux, profond, émouvant sur l'homosexualité. Il me semble que le sujet est caricaturé et que l'on n'exploite pas ses possibilités de beauté. On le traite toujours avec honte, de même que la quête des prostituées.

Kendall a révélé son côté sadique et malade dans une histoire qu'il a écrite sur une réception, celle où il a fait connaissance de Frank, et que j'avais trouvée belle. Pour lui cela avait été une soirée de laideur, j'étais devenue la séduisante et dangereuse sorcière qu'il faut détruire, chacun était une grimace, une menace, complice du complot ignoble pour mettre fin à sa solitude. Ce que j'avais fait par pitié pour sa solitude était devenu une scène aussi dégradée qu'une maison de prostitution. Et celui qui lui avait murmuré dans le creux de l'oreille toutes les interprétations tendancieuses était un jeune poète qui paraît être une personne sensible et intelligente, qui s'était comporté comme Iago avec Othello, mais à un niveau si bas que c'était impossible à croire. Etait-il amoureux de Kendall et jaloux de ce que je lui offrais d'entrer dans mon univers ? Le contraste avec la véritable réception pour laquelle j'avais choisi mes amis les plus doués, les plus sincères, me choqua tellement par sa laideur grimaçante, me confrontant avec un inconscient si répugnant, que cela brisa sur-le-champ notre amitié. L'impuissance qui change la beauté en laideur. Cela ils y arrivent : détruire, rapetisser, déformer.

L'enfant qui recherche amour et protection et qui se retourne ensuite contre la mère, en fureur parce qu'elle est une femme, parce qu'elle appartient à un homme, parce qu'elle n'est pas à lui pour en user et en mésuser.

Lettre de Kendall :

Jamais je n'ai rencontré une personne dont je n'ai pas finalement détruit la relation avec moi par un ultime masochisme; mais j'ai appris de vous que les relations peuvent exister qui sont trop précieuses, trop chères, trop essentiellement spirituelles pour souffrir la destruction. J'ai, je vous l'assure, développé soudain un sens des valeurs que je n'avais jamais possédé auparavant. Il n'y a qu'une seule manière dont je puisse guérir la blessure que je vous ai causée par l'histoire, et c'est de terminer le roman du mieux que je peux et de vous le dédier.

Chose étrange, je peux pardonner beaucoup, beaucoup d'actes, beaucoup de trahisons, beaucoup de formes d'égoïsme, d'exploitation, n'importe quoi sauf la laideur de la vision que j'appelle cynisme. Je crois que le cynique est celui qui projette sur autrui sa laideur intérieure. Ce trait unique suffit à m'aliéner totalement.

Joséphine chante au Ruban Bleu. Leonard est toujours en Corée. Kendall et James Merril sont retournés à Amherst. Pablo est au Panama chez sa première maîtresse. Rango vient tous les jours. Il ressemble à un vieux lion très fatigué. Il fait fonctionner chez lui la petite presse. Il a de menus travaux à exécuter.

J'ai donné un dîner pour Richard Wright et Albert qui voulait le connaître.

Albert a raconté à Wright ses difficultés à Haïti. Il avait étudié l'architecture pour aider ses compatriotes à construire des logements à bas prix, comme les projets qu'il avait vus en Amérique. Il avait pris la peine d'affirmer son origine africaine, bien qu'il fût pâle, et à demi espagnol. Mais il s'était trouvé ostracisé par les politiciens noirs, les Noirs de pure souche, à cause de son teint clair et de son origine bourgeoise et confortable. Il était désillusionné sur la gauche qui n'avait pu coordonner ces éléments inharmonieux. Rien de ce qu'il avait rêvé n'avait été accompli; et maintenant, aux Nations Unies, il lui semblait qu'il n'y avait que d'interminables discussions sur la légalité. Pas assez d'action pour sa jeune impatience, son esprit bouillant.

Wright se montra très compréhensif et parla de ses propres déboires. Il songeait à partir pour l'Europe.

Albert pensait qu'il ne devrait pas partir parce qu'on avait besoin de lui ici, parmi les siens.

« Je peux seulement être utile comme écrivain, et comme écrivain ici je suis bâillonné par des humiliations mesquines et des insultes quotidiennes. Je suis obsédé par un seul thème. Il me faut du champ. Il faut que je parte loin de mes blessures personnelles, mes irritations personnelles. Je suis dérangé si constamment que je ne peux même pas travailler. J'ai besoin de vivre libre si je veux me développer en tant qu'écrivain. »

Je donnai raison sur ce point à Wright.

Pourquoi chacun ici se figure-t-il qu'à force de ne penser qu'au mécanisme de la vie, de l'histoire, nous viendrons à bout de tous les problèmes ? Il arrive que l'on ait besoin de s'en aller pour penser juste. Je ne crois pas que l'obsession des Américains pour la politique et l'économie ait amélioré quoi que ce soit. C'est une obsession aussi étriquée que n'importe quelle autre. Richard a peut-être raison. Il a besoin de débrayer, d'oublier cette friction quotidienne.

Dès que l'on se détourne de la politique, on se récrie vertueusement. Mais la politique n'est pas la seule tâche que l'on ait ! Chacun doit s'acquitter de la sienne correctement, et cela aura une influence indirecte sur la politique : le médecin, le psychologue, l'assistante sociale, le prêtre, le poète, l'écrivain, le musicien. J'en ai assez de voir tout le monde embrigadé pour ne penser qu'à l'actualité.

Pour ce qui est d'une échappatoire, des tours d'ivoire : la culture sur laquelle le Japon fonde sa vie depuis des millénaires est née d'une cour qui était coupée du reste du monde, parce qu'il était trop dangereux de voyager, parce qu'il n'y avait aucune manière de communiquer, aucune manière de se répandre à cette époque. Ainsi dans une cour repliée sur elle-même, sans contact avec l'extérieur, naquirent toutes les règles de l'esthétique, de la beauté, de la littérature, de l'architecture, du jardinage et de la philosophie qui devaient valoir au Japon l'admiration et le respect des savants et des visiteurs.

Si Richard Wright pouvait connaître une certaine paix, ne plus être harassé quotidiennement, son écriture y gagnerait.

Henry a eu droit à un répit après les restrictions et le sens de la limitation dans lesquels il était né. Formes plus grandes de culture. Libéré des blessures quotidiennes abrasives, j'ai le sentiment que Wright travaillerait mieux.

Albert n'était pas de cet avis. Et Richard était déçu parce que le point de vue d'Albert est celui qu'il entend sans cesse.

Ce que je ne voulais pas dire c'est que peut-être, après un séjour en France, Richard serait moins névrosé, pourrait se fier aux amitiés qui se présentent à lui. J'ai essayé d'être son amie, mais je le trouve plein de réserve et de défiance.

Gore me téléphone. Il s'est battu pour moi chez Dutton. Et il a gagné. Ils voulaient attendre deux ans avant de publier *Children of the Albatross*. Ils vont le publier maintenant !

(AVRIL 1947)

Carter Harman est venu travailler à la musique de *La Maison de l'inceste*. Nous avons bien travaillé. Nous nous comprenons. Il veut faire du livre un drame musical qui baigne dans le rêve. Le livre le remplit de musique.

Travaillé de nouveau avec Carter. J'écris ce sur quoi nous tombons d'accord. Et lui écrit la musique.

Nous sommes allés au ballet de Lincoln Kirstein.

Dîner chez Nicholas Wreden. C'est un des directeurs littéraires adjoints de chez Dutton. Confort, solidité bourgeoise, vie bien rangée, conversation de salon. Je trouve cela mortel. Gore est là. Il me reconduit.

Carter Harman deviendra-t-il un grand compositeur ? Gore deviendra-t-il un écrivain célèbre ? Carter est complètement émotionnel, il est toute musique. Il arrive modestement, avec sa valise remplie de partitions et le métronome.

La réponse de Leonard après avoir lu son

portrait dans *Children of the Albatross* consista en cinq mètres de somptueux brocart feu expédié de Corée et qui enveloppait une boîte à secret, symbole que j'avais employé pour décrire son caractère.

Et un billet : « Le livre m'a profondément ému. »

Gore ne sait pas ce que M. Macrae, directeur littéraire de Dutton, a fait derrière son dos. Chaque fois que je devais venir voir Nicholas Wreden, pour discuter des *Miroirs dans le jardin*, fixer des dates de conférences ou d'interviews, je me dirigeais vers la sortie d'un pas décidé. Mais avant que j'aie pu atteindre l'ascenseur M. Macrae, avec une infaillible intuition, ouvrait la porte de son bureau et m'interceptait. Il m'accompagnait jusqu'à l'ascenseur, ou bien m'invitait dans son bureau. Il me faisait voir des photos de sa famille à un jumping. Et sa conversation se ramenait invariablement à ceci : « *Les Miroirs dans le jardin* ne se vend pas bien. A l'heure du déjeuner je suis allé au parc, et je me disais en regardant les gens assis à côté de moi sur le banc : jamais ils ne liront *Les Miroirs dans le jardin.* »

Je lui répondis : « Ils le liraient si j'étais assise sur ce banc-là. »

N'ayant à offrir aucune suggestion pour améliorer la vente, je décidai de tenter de l'amadouer en lui montrant mon Journal d'enfant, car c'est un catholique et un bon père de famille. Il le lut, et son commentaire fut : « C'est charmant. Pourquoi n'écrivez-vous pas ainsi maintenant, au lieu de toute cette vie de bohème du Village ? »

Pablo a décidé de faire le tour du monde avec un de ses amis. Il s'est fait embaucher sur un cargo danois qui peut prendre une cinquantaine de passagers au maximum. Pablo devait s'acquitter de toutes sortes de tâches, selon les besoins : servir à table, porter les valises, nettoyer le pont.

Il voulait que je voie le bateau, mais les visiteurs ne sont pas autorisés le jour où l'on appareille. Il voulait que je sois là pour lui dire au revoir. Il serait absent durant plusieurs mois.

Il me suggéra de téléphoner à la Compagnie, en exprimant le désir de m'embarquer comme passagère lors d'un prochain voyage et en demandant à visiter le bateau. Je reçus en effet l'autorisation.

J'arrivai donc le jour du départ, bien habillée comme une passagère éventuelle, et le commandant danois me fit en personne les honneurs de son navire. Je dus commencer par m'asseoir en sa compagnie pour goûter à la bière danoise, tandis que Pablo et son ami nous servaient. Puis il me fit visiter le bateau. Sa partie, la partie des passagers, et, vers la poupe, la partie réservée à l'équipage. Pablo et son ami rôdaient par là. Lorsque nous arrivâmes à la cabine de Pablo qu'il partage avec son ami et deux autres, au-dessus de son miroir il avait déjà épinglé les photos de ses amis. La plus grande était la mienne dédicacée. Le commandant dut la remarquer. Il ne laissa rien paraître. Je pus embrasser Pablo pour lui faire mes adieux, et je restai sur le quai à le regarder s'éloigner, silhouette touchante sur ce bateau sévère sans banderoles ni fanfare. Un bateau solitaire, exclusivement pour hommes, et comment serait-ce, pendant des mois et des mois, pour un garçon aussi rempli d'exubérance, de vie et de chaleur que Pablo ?

La revue *Poetry*, avril 1947 :

Nous apprenons de Paris qu'a été organisée une séance de lecture d'œuvres nouvelles d'Antonin Artaud au Vieux-Colombier, à laquelle ont assisté tous ses amis et supporters, y compris Gide. La moitié n'a pu entrer dans le théâtre, et le poète était tellement agité qu'il en était incohérent, dit-on. Les poèmes troublants d'Artaud, avec le retard habituel, seront probablement populaires en Amérique aux alentours de 1960. Justin Saget, le critique de Combat, *a dit de lui que c'était « le dernier de la race véritable des poètes maudits ».*

(MAI 1947)

WOODY PARRISH-MARTIN est brun comme un Méridional, il est toujours en train de rire, de boire et de parler, allongé par terre, plein de charme et d'esprit. C'est un écrivain causeur. Il a des difficultés à se décider à écrire. J'aime beaucoup ses histoires. Il a aussi un esprit moqueur. Ses commentaires sont souvent critiques. J'ignore tout de lui, mais son attitude dans la vie est celle de quelqu'un qui a reçu une formation poussée, et qui parle de manière assez critique des êtres humains imparfaits. Il a du style, quelque chose de subtil, dans sa façon de s'habiller, ses propos, son comportement. Il entre en souriant. Ce sourire dissimule un enfant terrible.

Dans son appartement il a des cages vides de toutes sortes, qui me fascinent. Orientales, victoriennes, de divers pays. Il est doué à plusieurs niveaux que l'on ne peut analyser, qui ne forment pas un tout. Dons dispersés, personnalité dispersée, histoires dispersées que je voudrais, en bon artisan, conservr, rassembler, mais qui se sont dissoutes, évaporées.

Je me souviens d'une histoire : une jeune

femme que son amant avait abandonnée fut contrainte d'épouser quelqu'un d'autre. A l'église elle pleura. Elle pleura des perles véritables, que le village entier ramassa.

J'entends toujours Woody rire. Ce rire est aussi son cercle isolant. Je n'arrive pas à le connaître mieux. Il transforme tout en un jeu d'esprit.

Une autre personne pour qui j'éprouve du respect et que j'aimerais avoir comme ami, c'est James Agee. J'aime ce qu'il écrit, son air de ne pas se soucier de l'apparence, son sérieux, son silence. Ses vêtements ne sont jamais repassés, il porte rarement une cravate, souvent il n'est pas rasé. Il est très grand, dégingandé, maigre, osseux. Il me fait penser à un Lincoln sans barbe. Mais lorsqu'il vint à mes surprises parties il ne fut pas très en verve.

Trois barrières formidables se dressent entre moi et les écrivains américains : l'une est l'alcool que j'apprécie avec modération; ensuite je n'ai pas ces manières brusques et directes de garçon manqué qui sont le propre des femmes masculines et qui leur inspirent confiance; la troisième, je suppose, tient au fait que je ne suis pas de souche américaine.

C'est cela qui me rejette toujours dans le cercle des jeunes qui ont faim de ma présence et de mon œuvre. Nous ne buvons jamais ainsi que le font les écrivains de la génération du dessus. Nous inventons et nous créons, nous écrivons, nous peignons et nous voyageons.

Les amies que j'aimerais avoir et qui ne sont pas réciproques : Martha Graham, Isak

Dinesen. (Pablo lui a remis en main propre un exemplaire de *Under a Glass Bell*. Je n'ai jamais eu de nouvelles ensuite, mais j'ai rêvé de sa vie, de son château, de ses contes.) Et puis Anna Kavan en Angleterre et son *The House of Sleep* qui ressemble tellement à *La Maison de l'inceste*.

James Baldwin écrit son premier livre. Il est sympathique. Le mur qui nous sépare ici, c'est surtout son obsession de la politique. Cette obsession de la politique est peut-être, pour moi, le mur le plus infranchissable. La politique dont ils parlent tous n'est pas humaniste. Ils ne sont pas psychologues. Ils sont abstraits et théoriques. Ils se nourrissent des nouvelles quotidiennes qu'il faut réinterpréter. C'est une forme de pensée insoutenable d'étroitesse et de rigidité. Tous les mots qu'il faut prononcer, les idées, sont établis par un chef de file ou bien par le journal qu'on lit régulièrement. On est dans un groupe, et on fait de son mieux pour détruire l'autre groupe. Les livres ne sont critiqués que du point de vue de leur affiliation politique. Les amitiés sont dictées par elle, régentées par elle, détruites par elle. Ma quête de vérités qui transcendent une pensée aussi cloisonnée paraît suspecte. C'est comme si je refusais de faire la guerre, me déclarais pacifiste, et que je fusse frappée d'ostracisme.

Je suis arrivée en Amérique avec un visa temporaire, renouvelable tous les six mois.

Maintenant que la guerre était finie et que je savais que je ne pouvais retourner à Paris, il fallait que je quitte les Etats-Unis et que je rentre comme « résident permanent ». Et je pourrais ainsi commencer les démarches pour me faire naturaliser. J'entrepris donc toutes sortes de formalités pour constituer mon dossier.

J'hésitais entre le Canada qui était proche, et le Mexique dont je rêvais. J'allai à un cocktail, et comme je parlais de tout cela à un jeune Américain de l'Ouest, il me dit :

« Est-ce que vous voulez dire que vous vous apprêtiez à regagner la France sans rien connaître d'autre que New York ? C'est tout ce que vous connaissez de l'Amérique ? New York n'est pas l'Amérique. Il faut tout voir, et surtout le Sud et l'Ouest. »

Le livre d'Henry [*Le Cauchemar climatisé*] ne m'avait pas donné envie de voir tout cela, mais le jeune homme de l'Ouest et son amour de ce pays me donnèrent cette envie. Je commençai à penser à ce pays, me demandant si je pourrais le voir sur mon chemin en me rendant au Mexique.

Je trouvai quelqu'un qui se rendait en voiture à Las Vegas pour divorcer, et nous convînmes de partager les frais de voyage.

Lorsque tout cela fut mis sur pied je me rendis compte à quel point je désirais fuir New York, et sa vie dure et corrosive comme le climat.

ÉTÉ (1947)

UNE Ford modèle A décapotée. La grand-route qui vous précède, qui se déroule au fur et à mesure. Explosions rythmées, des heures durant, de sorte que même à l'arrêt on a l'impression de rouler toujours.

Il y eut d'abord Holland Tunnel, comme si New York était un tunnel où l'on souffre de claustrophobie et que je cherche à m'en dégager. Espace. Brusquement le ciel s'ouvre et occupe presque tout l'espace. Le ciel constitue la majeure partie de la scène. Nuages qui changent à tout moment, tantôt éloignés, tantôt proches et menaçants. Au loin la route ressemble à un mirage. Les arbres défilent rapidement, les panneaux indicateurs, les affiches, les poteaux télégraphiques, les villes, les maisons. Les nuages voyagent avec vous, ou bien vous montrent le chemin, ou alors ils annoncent l'orage, ou bien l'aurore, ou un crépuscule brumeux; massés capricieusement, ils se dispersent ou gagnent en densité. Après la ville, je me rendais compte à quel point je vivais rarement les humeurs du ciel, comme j'en avais rarement une vue nette.

Après le tunnel, mes yeux se remplirent de verdure : champs, bois, forêts, collines, montagnes.

Les villes, les motels se ressemblent d'une manière hallucinante. Où sommes-nous ? Washington. Le motel, le café, le drugstore. Comme nous nous levons à l'aube, nous prenons notre petit déjeuner avec des ouvriers dans des cafés au bord de la route, ouverts pour les routiers. Les gens mangent au comptoir en silence. Ils échangent des remarques sur le temps. Il fait froid aujourd'hui, il fait humide, il fait chaud aujourd'hui.

Rythme, rythme, rythme. Des heures de route qui se déroule. Noms merveilleux sur la carte. Parc national des Smokies. En chemin nous gravîmes une montagne par erreur. En arrivant au sommet, il neigeait. Il neigeait et la route se terminait là. C'était une route sans issue. Nous dûmes faire demi-tour dans la neige, dans l'obscurité qui nous environnait comme un abîme, et revenir à notre point de départ.

Après la neige, chaleur et soleil tandis que nous roulions vers Roanoke en Virginie. Routes larges, routes étroites, chemins de terre, chemins parfaits. Quelquefois nous sommes seuls sur la route, et quelquefois entourés de camions qui font un bruit infernal. Parfois les pancartes dissimulent le paysage. Un paysage de voyageur de commerce.

En Virginie, dans un restaurant, nous avons vu la majestueuse vieille dame qui dirige l'endroit et qui a connu Walt Whitman.

Il est bien étrange de rencontrer quelqu'un qui a connu un écrivain que j'aurais voulu connaître. On espère que cette personne est un conducteur sensible qui vous mettra en contact, comme les voyantes extra-lucides, les hypnotiseurs, avec quelqu'un dont vous regrettez qu'il soit mort. Mais pas cette imposante vieille dame avec une canne. Peut-être l'a-t-elle seulement nourri alors qu'il avait faim. La seule chose qui la préoccupait c'était que nous appréciions sa cuisine et que nous ne laissions rien dans notre assiette.

Les belles grottes de Luray, dans la vallée de Shenandoah.

Deux hommes avaient la conviction, d'après la structure de « Cave Hill » et certains indices géologiques, qu'une grotte importante devait exister là. Andrew Campbell et Benton Stebbins entreprirent une exploration minutieuse de la surface de la colline. Après de laborieuses recherches, dans un effondrement ancien, au milieu des ronces et des cailloux, ils découvrirent un endroit où l'air frais montait à travers des fissures du rocher pour s'échapper dans l'atmosphère plus chaude. On les descendit par une corde dans l'obscure et mystérieuse « Chambre du Silence ».

La beauté des formes et des textures de ces grottes surpasse celle des cathédrales, bijoux, palais orientaux, lustres de cristal, rideaux de damas, flèches, des toitures d'or de Bangkok, des lacs, des coraux du fond des mers. Elles semblent être le germe de toute architecture, celle des pagodes, des arches, des tentes, du dessin des vitraux, des panoplies, des fleurs, et à l'origine des contes de fées.

Le silence, la fragilité, le son d'une goutte d'eau qui va être cristallisée et sculptée, le miroir des lacs, les motifs que dessinent les chutes d'eau arrêtées, vagues de la mer immobiles, chute de pluie suspendue, structures de perce-neige. Termes déconcertants : pure image, pur enchantement.

Toujours un ciel changeant, un paysage changeant. Mais encore aucun changement dans les visages.

La voiture est éprouvante pour les nerfs. Le motel est le bienvenu, simple ou compliqué. Parfois il est sobre et étincelant avec des meubles laqués. Une autre fois c'est un chalet de montagne dans les bois avec un ruisseau à côté. Ailleurs il y avait une vraie cheminée, et du bois pour le feu; ailleurs un radiateur électrique. Allongez vos jambes courbaturées. Dormez.

Caroline du Nord. Winston-Salem. Caroline du Sud. Atlanta, Georgie, Mobile, Alabama. Le paysage devient verdoyant, plus doux, les gens sont plus languides, les mouvements lents, les rues poussiéreuses et les maisons assoupies. C'est beau et c'est reposant. Les maisons sont enveloppées de verdure, les clôtures de fleurs grimpantes. Les prés sont d'un vert éclatant. Pas de poussière. De Mobile en Alabama, jusqu'à La Nouvelle-Orléans. Plus nous nous enfonçons dans le Sud, plus j'apprécie les parfums, le calme des mouvements, le manteau de la nature à l'image de ses rythmes, la relation de l'homme avec la terre et du champ avec l'homme, chevaux et hommes, et la petite Ford modèle A, pas aussi bruyante que les autres voitures, qui se fait moins remarquer, plus facile à garer, mieux adaptée au paysage. Finis la dureté, la fragilité, le violent fracas de la ville.

Maisons romantiques, et la plus romantique de toutes, celle de Weeks Hall, « The Shadows ».

La maison dissimulée au milieu d'arbres qui gémissent, si vieux que leurs branches pendent jusqu'à terre, mousse, lierre, voiles parasites, écharpes qui s'étirent, rosée, odeurs de vieille terre et de fleurs décadentes. Bassins au fond glauque, paons, statues, noblesse des escaliers et des colonnes, noblesse des portes et des fenêtres, dallages de marbre, bois de santal, odorant, miroirs, candélabres. Et Weeks Hall lui-même, aussi vieux qu'on peut l'être, jovial, rubicond, la voix de la maison, dont il monologue l'historique, qui raconte des anecdotes, des souvenirs, qui nous guide pour que nous ne passions pas à côté de la scène de chasse brodée sous verre, des chaises au petit point, des coffrets doublés de brocart. Les flacons à liqueur avec un bouchon d'argent, mais pas assez pleins pour étancher la soif du maître. Pas assez de nourriture à la cuisine, pas assez de domestiques, rien n'est suffisant pour maintenir la grandeur de vie qui disparaît. Mais avant de s'éteindre elle dégage son parfum de fleurs trop longtemps conservées dans leurs vases, de soieries portées trop longtemps, elle garde les traces de nombreuses têtes qui se sont reposées sur ses oreillers, les lits craquent, les baldaquins se désintègrent, les perches qui soutiennent les damas ne font plus leur office, le matelas qui n'en a que le nom, les draps qui partent en charpie.

Weeks Hall voudrait que la maison soit transformée en un musée de la culture sudiste qui appartiendrait à La Nouvelle-Orléans. Mais pourra-t-on l'entretenir ? Sinon l'érosion, les intempéries, et les années corroderont tout cela, les peintures, le mobilier, les gravures et les eaux-fortes, les photographies, les plans d'architecte, les poissons dans les bassins. A cause de la pauvreté, tant de dégâts déjà.

A une époque, du temps où il était riche, il faisait signer leur nom sur une porte aux visiteurs célèbres. Par inadvertance un peintre en bâtiment peignit la porte, effaçant les noms célèbres. Weeks Hall expédia la porte à chacun de ceux qui l'avaient signée autrefois, dans le monde entier, jusqu'à ce qu'il ait récupéré les signatures. Et elle avait repris sa place maintenant.

Souci du passé, au point d'en protéger les ossements. L'un de ses ancêtres avait demandé à être enterré dans le jardin. Il ne voulait pas être enterré dans le cimetière de La Nouvelle-Orléans avec les autres. Il fut enterré selon son désir. Mais un jour que Weeks Hall était absent, un jardinier creusa un trou profond pour un arbre aux longues racines, et il déterra l'ancêtre par erreur. A son retour Weeks Hall se mit en devoir de l'ensevelir à nouveau. Mais il s'aperçut avec horreur qu'il manquait un os. Il mit à sa recherche les domestiques et le jardinier coupable. S'ils ne retrouvaient pas l'os, la dynastie de Weeks Hall s'éteindrait. Il était déjà âgé, atteint de la goutte, avec une soif d'alcool jamais assouvie.

Je me souvenais d'avoir lu je ne sais plus où :

Les savants rabbins des juifs écrivent :
Il y a un os que l'on appelle Luz.
Nulle force de la nature ne peut le meurtrir;
Et c'est pourquoi, au Grand Jour,
Tous les autres membres, dit-on,
Surgiront de lui comme d'une graine.

Cet os était considéré comme le noyau du corps de la résurrection. Weeks Hall y croyait certainement. Son inquiétude était si grande.

Il parlait encore au crépuscule. Les cigales chantaient. Il avait retrouvé l'os disparu, et tout allait bien. Weeks Hall ne disparaîtrait pas. « The Shadows » ne serait pas maudite par l'aïeul.

La route de nouveau. Vieillards assis sur des palissades occupés à tailler des morceaux de bois, un geste uniquement, coupant des copeaux qui jonchent le sol. En Europe, les mêmes vieillards sculptaient des têtes, des pipes, des poupées, des animaux, ils les peignaient et en décoraient leur maison. Ils sculptaient des chalets suisses miniatures, de leurs mains de paysans.

Paysages d'une grande douceur. Champs ondoyants. Arbres moussus. Paysages sauvages. Montagnes bleues et mauves.

La beauté du Sud, luxuriante et enivrante. Odeur des gardénias. La Nouvelle-Orléans. Odeurs fortes de nourriture, d'herbes et de cari, jazz provenant de petits cafés, passants détendus. Le café à la chicorée avec le croissant. Les cours avec leurs plantes qui poussent n'importe comment, balcons aux balustrades qui forment une broderie en fer. Les pots de fleurs, la citronnelle, les couleurs safran. Les feuilles sont couvertes de rosée, les visages sourient, les vents sont caressants, les parcs sont remplis d'oiseaux exotiques, de flamants roses.

Pour chasser le soleil et la chaleur dans la journée, on ferme les persiennes. Cela me remémore les jours de Barcelone. Dans la pénombre, avec la lumière du jour qui pénètre par des rais minces comme un fil, il y a une intimité sensuelle de vie au crépuscule comme dans un arboretum.

C'est dans une maison de ce style, dallée de marbre, les persiennes fermées et des meubles d'osier, que nous rendîmes visite à Gore Vidal. Il nous emmena voir une femme peintre du Sud, Olive Leonhardt. Beau visage, yeux bleus glacés et pourtant intenses, cheveux argentés. Ses peintures sont entassées dans une pièce qui donne dans le vestibule d'entrée. Elle peint ses rêves, elle peint les gens et la Nouvelle-Orléans filtrés à travers sa vision. Elle voit les failles, les ironies. Elle a publié un livre de dessins satiriques intitulé *New Orleans Drawn and Quartered.* [*La Nouvelle-Orléans éviscérée et écartelée*].

Je vis le portrait qu'elle avait fait de moi alors que nous ne nous étions jamais vues, et dont elle m'avait envoyé une photo [1]. C'était moi à moitié plante, à moitié arbre, à moitié ondine, à moitié la jeune fille de *Green Mansions*.

Elle avait fait un tableau de la chambre à coucher de Weeks Hall, celle avec le grand lit et le sommier cassé, et le baldaquin en lambeaux. C'était merveilleux. C'était le seul surréalisme satirique que j'avais vu en Amérique.

La route à nouveau. Les petits chemins qui ne vont pas loin. Ceux qui continuent de manière monotone. Les villes sans intérêt que l'on a hâte de quitter. Nuages lourds, nuages légers. Distance. Tout est toujours plus loin. La carte est trompeuse. Je suis incapable de calculer les kilomètres. Les cartes routières, les horaires et les indicateurs de chemin de fer sont pour moi des livres mystérieux. Je ne suis pas un bon navigateur.

Je ne remonte pas dans le temps, bien que le sable sur les grèves de La Nouvelle-Orléans, patrouillé par les mouettes, m'ait fait songer à Saint-Tropez. Parce que, à Saint-Tropez, les pins poussaient tout près de l'eau et que les bambous étaient denses. Les pins parasols tourmentés. Lorsque nous en avions assez du soleil, nous pouvions nous allonger sur les ai-

1. Voir volume III. (G. S.)

guilles de pin. On pouvait se déshabiller et se rhabiller entre des buissons de bambous. Ils bruissaient. Ils dissimulaient les amants. Sur la route, on voyait passer dans des voitures découvertes des filles la poitrine nue. Une avidité de plaisir, les gais costumes de bain, la descente rapide à bicyclette jusqu'au port, le poisson que nous venions de pêcher cuit sur la plage. L'odeur des feux de bois de pin. La boîte de nuit en bambou et feuilles de palmier qui s'appelait Tahiti. Cotonnades fleuries, boucles d'oreilles en coquillages, colliers de coquillages, fleurs dans les cheveux. La vieille dame en villégiature qui dit en me voyant au bras de Rango : « Ces étrangers exagèrent, ils se font trop bronzer. »

A La Nouvelle-Orléans j'ai fait un retour en arrière, parce que l'atmosphère rappelait celle de la France : on retrouvait cette impression que l'occupation première consistait à jouir de la vie. C'était une ville séduisante, odorante, vivante, succulente.

Lac Pontchartrain. Région du delta. Mississippi. Lieux rendus légendaires par les écrivains. Le Sud est riche en écrivains. C'est un endroit fécond pour un écrivain. Les personnes, les plantes, l'atmosphère ont le temps de pousser et de s'épanouir, comme les stalactites dans les grottes. On a le temps de consigner par écrit. Tout ce pays a été mis en valeur par ses écrivains. La petite Ford modèle A traverse rapidement certaines villes, certains sites. Certaines silhouettes ne se montrent que de profil ou avant de disparaître dans une maison. Mais on les reconnaît. On reconnaît le Mississippi, ses bateaux et ses habitants.

Little Rock dans l'Arkansas, Oklahoma City. Nous atteignons maintenant les régions plates, le paysage immense et nu, les ranches, les haies pour empêcher le bétail de traverser la route, et pour la première fois la silhouette humaine semble avoir un style, du caractère, de la présence. La démarche est pleine d'assurance, avec des bottes, pantalons serrés, chapeaux arrogants. La terre leur appartient. Le bétail ne peut traverser mais la *tumbleweed*, cette étrange masse ronde de brindilles grisâtres, semblable à une pelote de laine, traverse la route, poussée par le vent qui balaie la plaine. Le vent et les chants commencent ici. Il y a une chanson sur la *tumbleweed*.

C'est un spectacle mélancolique, d'abord à cause de la terre aride et nue, ensuite parce que la *tumbleweed* légère et impuissante est poussée çà et là au gré du vent.

Texas, région de Panhandle, plaines, bétail. Les hommes sont plus grands et ils ont une manière majestueuse d'entrer au café, de passer leur commande et de s'asseoir. Ils ont un style aussi précis que celui du torero en Espagne, du gaucho en Amérique du Sud, le style d'une vocation qui a un caractère individuel.

Juste avant Santa Fe nous visitâmes un ranch, à Pecos, construit au bord de l'eau. Montagne, cours d'eau et arbres avaient quelque chose d'immuable, dans des tons de gris cendré, de sable et de vert printanier. Je ne sais pourquoi tout à coup j'eus envie de rester là. La ville vous pompe vos forces. Cet endroit vous en donnait.

Rupture complète avec tout ce que j'avais connu. Simplicité dépouillée. Simplicité lawrencienne. Maison d'habitation en bois, arbres, un cours d'eau. C'était tout. Je me sentais attirée.

Mais la Ford modèle A repartait le lendemain matin. En route pour Albuquerque au Nouveau-Mexique, Santa Fe et Taos pour y rencontrer Mrs. D. H. Lawrence.

Nous sommes maintenant en pays indien. Vêtements bariolés, où le rouge domine, colliers de corail et turquoise, les longs cheveux noirs tressés. Les Indiens habitent dans des huttes à petite charpente, couvertes de chaume et de boue. Ils tissent et s'occupent de leur ferme. Le maïs est encore moulu avec des meules primitives comme au Mexique.

La route montait pour aller à Taos, je sentais l'air raréfié, l'altitude, l'air froid de la montagne. Taos paraissait couleur de sable et à demi désert dans le crépuscule lorsque nous arrivâmes. Quelques Indiens, plutôt en haillons, vendaient de la pacotille pour touristes. Colliers, pierres semi-précieuses, textiles tissés à la main, couvertures. L'architecture était en pisé, et les murs blancs avec le bois noir donnaient à tout cela un air espagnol. Il se faisait tard, il fallait donc que nous dînions et que nous attendions le lendemain pour aller voir Mrs. D. H. Lawrence. Je lui avais écrit parce qu'elle avait dit autrefois que mon étude sur

Lawrence était la meilleure. Elle m'avait répondu qu'elle serait heureuse de nous voir.

Le lendemain matin nous nous rendîmes chez elle. D'après les descriptions de Lawrence, j'attendais une grande femme imposante. Je trouvai une pétillante vieille dame, petite, et tout sourires. Alors qu'elle nous conduisait au salon, je me demandais si c'était Lawrence qui l'avait vue aussi imposante, comme tous les hommes qui ne se défont jamais de la notion enfantine de la mère grande et puissante. Elle n'avait pu se tasser à ce point en vieillissant.

La pièce était assez vaste pour recevoir sur chaque mur une des très grandes toiles de Lawrence, et même dans certains cas plusieurs. Je reconnaissais les silhouettes bien en chair, les tons de chair, arbres et personnages rappelant le sentiment d'adoration de la nature que l'on trouve chez Gauguin. Mais ces personnages n'étaient pas brûlés de soleil, ils étaient anglais. Ils étaient dans des tons plus gris, leur chair n'avait pas le rose de Renoir ou de Boucher, elle était privée de soleil, comme longtemps recouverte par l'hiver. Il n'y avait ni soleil, ni or dans sa peinture, contrairement à ce dont je me souvenais d'après des reproductions. Les toiles semblaient légèrement passées. Etait-ce la peinture qu'il avait employée ? Etait-ce moi qui attendais des couleurs de joie méditerranéennes ?

Cependant Mrs. Lawrence nous montrait des partitions sur le piano et nous parlions de musique. Elle chante des lieder allemands. Elle nous aurait chanté quelque chose si nous étions restés plus longtemps.

La lumière était nette. La lumière des cimes. Un homme effacé et discret nous avait ouvert et s'était éclipsé. Il savait que les gens venaient parler de Lawrence et il se sentait peut-être de trop. Il avait son four à poterie à l'arrière de la maison. Nous y allâmes lui rendre visite et lui parler.

Mrs. Lawrence était gaie, parlait de Lawrence facilement, mais elle admit que les visiteurs la fatiguaient avec leurs questions monotones : « Ils demandent des choses qu'ils sauraient s'ils l'avaient lu attentivement. » Elle voulait écrire son propre livre.

Nous ne nous attardâmes pas. Comme nous nous dirigions vers la sortie, l'homme effacé parut et nous fit signe de le suivre à la salle de bains et à la cuisine. Il nous montra ses tableaux aux murs, tous très petits, comme s'il ne voulait pas occuper trop d'espace, pas autant que D. H. Lawrence. Nous les admirâmes, et il sourit. Puis il nous reconduisit. Nous serions volontiers restés dans la maison dans la montagne où D. H. Lawrence avait habité les premiers temps. Mais j'avais aussi peu envie de renouer avec le passé de mes amours littéraires que de mes amours humaines. J'étais curieuse du lendemain, des lieux nouveaux que nous allions découvrir.

Nous remontons vers Denver dans le Colorado et Boulder, vers le Parc national des Montagnes-Rocheuses, nous franchissons les Rocheuses et la ligne de partage des eaux; nous gagnons Fraser, Central City, et vers l'ouest Royal Gorge et Grand Junction, le Colorado National Monument. Là je commençai à voir des choses que je n'avais jamais vues, le début des rochers rouges semblables à des rochers retirés d'un feu intense. En espagnol *colorado* signifie « rouge ». Le fleuve qui porte ce nom charrie ce sable rouge, ou cette terre rouge, sur plus de trois mille kilomètres jusqu'à l'océan Pacifique.

Toujours vers l'ouest l'Utah, au sud Moab; nous suivons le Colorado. L'Arches National Monument, l'étrange aspect lunaire de l'Utah. Le pays des mormons. Les lacs salés blancs, les déserts et les petits cañons de grès grisâtre couronnés de jaune pâle. Quelque chose de si subtil, ce que l'on attend des autres planètes. Ici la sévérité et le dénuement étaient très beaux, comme les tableaux de Tanguy. Les cañons avec leurs formes mythiques, leurs tours crénelées, leurs tourelles, pareilles aux stalagmites formées par l'eau sous la terre. Ici c'est le vent qui est le sculpteur le plus adroit et le plus compliqué. Les strates géologiques de toutes les nuances depuis le gris jusqu'à l'or au point du jour, sillons en éventail, pieds d'oiseaux, poissons et coquillages incrustés dans le grès. La mer est passée par là. Les textures sablonneuses donnent à toutes les couleurs de la terre, aux cañons, aux collines, aux rochers, des contours adoucis comme avec le pastel.

Les Indiens se fondent dans le paysage. Les autres individus ont l'air transplantés et ils vaquent à leurs affaires comme des visiteurs, des guides qui ne font que passer. Indifférents, anonymes, ils ne sont pas reliés au pays. Visages fermés. Visages anonymes. Je ne peux me rappeler ces visages. Je me rappelle les Indiens, visages burinés, port altier. Lorsqu'ils sont là, je peux faire le rapprochement entre les cañons et les pyramides d'Egypte ou la Grande Muraille de Chine. Terre d'Amérique si belle, qui offre des montagnes aux cimes enneigées, des déserts africains, des fleuves, des grottes, des mines, des trésors de charbon, d'argent, de pétrole, des arbres pétrifiés, des fleurs étranges, des oiseaux étranges.

Nous traversons maintenant la réserve des Indiens Navajo. Avons passé la nuit dans un ranch au milieu des cañons aux sculptures fantastiques, au milieu d'un sable doux, couleur sépia.

Nulle trace en Utah des rigides et sévères mormons. Mais leur choix de l'Utah avec son paysage austère et souvent dénudé, ses champs de sel blancs, ses montagnes arides, semblait convenir à leur discipline.

Au détour d'une route de montagne, j'ai vu au crépuscule un chariot bâché. Je pensais que c'était un accessoire pour un film, je n'en croyais pas mes yeux.

J'ai vu les habitations des Indiens troglodytes, avec des échelles pour accéder aux étages supérieurs. J'aurais voulu qu'il y ait là plus d'Indiens. Il n'y en avait guère, comme s'ils avaient été décimés. Ils tissaient des couvertures et fabriquaient des bijoux pour touristes.

Blanding et Bluff, Mexican Hat, nous traversons Monument Valley pour arriver à Tuba City et Lee's Ferry où le bateau descend le Colorado jusqu'à Bright Angel Point, et nous longeons le Grand Cañon au nord.

Les cañons de terre rouge, empilés en strates géologiques, s'élevant à des hauteurs impressionnantes, un pic après l'autre. L'œuvre d'un mythe, une force qui dépasse notre entendement, qui impose le silence aux êtres humains, qui évoque des religions et des dieux inconnus. Temples, pyramides, tombeaux, palais. Les couleurs représentent toute une gamme de sépias, rouges, marron, argentés de lumière au sommet.

Comme nous étions là, anéantis par la masse de couleurs qui changeaient à la lumière, nous perçûmes une vibration subtile, comme une symphonie de sons en sourdine. C'était le vent qui traversait des hauteurs et des profondeurs variables et qui, affecté par les courbes, les tours, les gouffres et les promontoires, modulait une musique de murmures prolongés.

Si l'on a perdu dans la ville le sens de la nature, de sa grandeur, de son immensité, si l'on a perdu le sentiment de crainte, d'émerveillement ou de foi, le Grand Cañon restaure cette vision de beauté et d'espace.

A l'approche de Las Vegas, le véritable désert immense, aride et brûlant. Les forêts de Saguaro se dressent sur la terre desséchée comme des doigts de mains gigantesques. L'arbre de Josué avec ses étranges bras velus qui s'épanouissent en vert à leurs extrémités pareilles à celles des pins. Les cactus en fleur, violent contraste entre la branche épineuse et les doux pétales de la fleur aux couleurs éclatantes.

L'ocotillo. Les fleurs d'un rouge flamboyant ressemblent à des pompons ou parfois même à des oiseaux duveteux. Il y a un cactus du désert qui est tout en griffes et en épines et qui ne donne aucune fleur. Le yucca du désert en fleur apparaît comme un arbre de Noël éblouissant, droit et haut, avec une fleur somptueuse d'un blanc ivoire. Toutes ces plantes étaient en fleur comme au printemps, et par contraste avec le sol sablonneux, les rocs brûlés comme de la lave, la terre sèche assoiffée, elles semblaient miraculeuses et presque héroïques. En comparaison des fleurs cultivées par les jardiniers, arrosées, protégées, plantées dans le sol et avec le climat qui leur conviennent, ces plantes sont puissantes et fières, un jardin bariolé.

Je ne décrirai pas les lieux qui m'ont déplu, comme Las Vegas. En approchant de Los Angeles, je sentis dans la nuit la douce odeur des orangers qui exhalaient un riche parfum.

A Los Angeles je rendis visite à Lloyd et Helen Wright. Il est le fils du célèbre architecte Frank Lloyd Wright.

J'aperçus d'abord un haut mur, comme l'enceinte d'un château fort. Et un arbre gigantesque qui semblait étendre ses branches vénérables pour protéger la maison des regards indiscrets. La porte à gauche menait aux bureaux d'architecture de Lloyd Wright. A droite un escalier en colimaçon menait à ses appartements.

Pour la première fois depuis tant d'années en Amérique, j'entrais dans un domicile où régnait la beauté, dans un monde entièrement créé par un artiste.

Lloyd Wright se leva. Il a plus d'un mètre quatre-vingts, des cheveux gris, une tête ronde avec un front très haut, un regard malicieux et une bouche sensible. Il a une voix puissante, des manières affables, un rire cordial. A ses côtés une petite femme à la voix très douce, aux grands yeux d'un bleu profond qui fondent de douceur. C'est Hélène, sa femme, qui a été actrice et qui donne maintenant des lectures dramatiques de pièces de théâtre.

Il y avait tant à voir dans la pièce que l'on ne pouvait tout saisir du premier coup. Il me fallut la soirée entière pour absorber les sculptures précolombiennes, le paravent japonais d'une rare beauté, le lourd mobilier conçu par Lloyd. La pièce était pleine de mystère. La forme irrégulière, le mur en treillis fait de blocs disposés selon un motif, les longues fenêtres horizontales, donnant sur le patio au-dessous, et le vieil arbre pareil à un grand parapluie qui abritait toute la maison. Le patio et le balcon remplis de plantes, et le merveilleux cierge, cette fleur blanche exquise et passionnée qui ne fleurit qu'une seule fois, la nuit.

Le cheminée de pierre d'un vert doux projetait dans la pièce ses couleurs et ses ombres. La lumière était diffuse, indirecte, tamisée par les murs de pierre ajourée.

Les couleurs douces se fondaient ensemble. Les rayonnages étaient occupés par des livres, des plats japonais gris et bleus avec le motif rare du poisson, des verres de cristal, de l'argenterie. Hélène servit un dîner soigné et bien préparé pour être en harmonie avec le lieu et la conversation. Tout donnait une impression de luxe créé par l'esthétique et non par l'argent. Par le travail des mains et de l'imagination. L'atmosphère était riche, profonde et civilisée.

La présence de Lloyd donnait une impression de puissance. Ce n'est que plus tard que la sensibilité m'apparut, lorsqu'il me conduisit dans son bureau pour me faire voir ses dessins et ses projets, et des maquettes de bâtiments futurs. Ses dessins étaient très beaux en eux-mêmes, d'une conception absolument originale et poétique. Ce fut le premier mot qui me vint à l'esprit; c'est un poète. Il est le poète de l'architecture. Pour lui un bâtiment, une maison, une pierre, une toiture, chaque pouce d'architecture a une signification, est né d'un concept intérieur. C'était également une revanche sur la monotonie et la routine que j'avais vues depuis New York et dans tout le Middle West, dans chaque ville.

Je vis la maquette de la chapelle du Voyageur qu'il avait conçue pour la Société Swedenborg. Elle était toute en verre, parfait symbole de la transparence de l'esprit, parfaite expression d'une acceptation transcendante de l'espace infini. L'esprit religieux de l'homme sur un autel ouvert à l'univers grâce à la transparence du verre — lumière des bougies, lumière de la lune et des étoiles, et ornements d'or resplendissants, dont le rayonnement s'étend par-delà le sanctuaire jusqu'à la mer, jusqu'au ciel, aux arbres et à l'infini. Il avait planté une forêt de séquoias qui formeraient des arches au-dessus de la chapelle, comme dans les cathédrales gothiques, seulement Lloyd Wright était revenu aux arches naturelles constituées par les arbres eux-mêmes.

Je vis les plans qu'il avait faits pour Los Angeles. Cela aurait pu être une très belle ville que tout le monde serait venu voir, comme l'on va voir Venise. Mais l'architecture avait été récupérée par les hommes d'affaires, et l'artiste Lloyd n'eut pas la possibilité de mener à bien ses conceptions d'une fécondité, d'une richesse exceptionnelles. La pièce était remplie de projets. Lorsqu'il prenait sur les rayons un rouleau qu'il étalait sur la table, je voyais des bâtiments qui ne le cédaient en rien aux merveilles du passé. Toutes les images de monuments célèbres que j'avais vues me venaient à l'esprit : de l'Inde, du Japon, du Mexique, du Pérou, du Moyen Age en Europe, du Cambodge, de Thaïlande.

Sa force sautait aux yeux, mais la sensibilité et l'imagination étaient aussi dans ses dessins. Maisons, églises, plans pour des villes entières. Un univers de beauté lyrique en complète opposition avec les cubes totalement dépourvus d'imagination et d'une monotonie stérile que l'on voit surgir maintenant dans le monde entier.

Il ne continuait pas seulement les premiers concepts poétiques et organiques appliqués par son père sur la côte Ouest, où, jeune architecte, il avait supervisé la construction de nombreux édifices. Il créait aussi dans un style qui lui était propre. C'est lui qui avait conçu et construit le premier « Hollywood Bowl » ainsi que de nombreuses maisons particulières.

Je m'attendais à trouver Los Angeles rempli

de ses édifices. Ce n'était pas le cas. La renommée avait mis en valeur l'œuvre de son père, mais pas celle de Lloyd, pas comme il le mériterait. Si on avait exécuté ses plans, le monde en eût été ébloui. Son œuvre était à une échelle qui aurait dû plaire à l'esprit de grandeur qui existe dans le caractère américain, expression frappante et dramatique d'un pays nouveau. Mais les architectes américains, au contraire, ont choisi soit d'imiter l'Europe, soit de bâtir dans l'uniformité, la monotonie, la banalité. Dans l'œuvre de Lloyd il y avait de l'espace, de l'invention, de la poésie, un emploi effectif et limité du romantique, et toujours un effet de surprise dans la forme, un emploi nouveau et imaginatif des parties structurales, pièces, fenêtres et matériaux.

Il est doué pour susciter les vies à plusieurs niveaux, pour les variations, les caprices et les nuances indispensables à l'esprit humain. Chaque pierre, chaque tuile, chaque fenêtre, chaque texture ou matériau a été choisi pour contribuer à l'effet d'ensemble du bâtiment, son environnement, et aussi pour élever la qualité de vie de ses occupants.

L'uniformité et la monotonie tuent l'individualité, émoussent les sens. Lloyd a conçu son œuvre pour renforcer l'individualité avec la poésie, la beauté et l'intégrité. Elle est destinée à créer un environnement humain qui soit plus satisfaisant et d'une plus grande beauté. L'architecture devenue poésie.

Ce fut mon initiation à l'architecture en tant qu'art. Lloyd est un artiste complet, incapable d'une compromission. Il parle de la maison organique, construite avec des matériaux naturels et que l'on trouve sur place; de son respect pour les arbres et la forme d'une colline; de son sens de la nature, de la continuité de l'environnement naturel, et de la manière dont l'architecture doit y contribuer, au lieu de le détruire. L'entendre parler de couleurs, de matériaux, de textures, de formes, c'était comme d'entendre un peintre parler de peinture, un compositeur de musique. Il synthétisait tout cela dans son art. Il dessinait comme un peintre, il employait les mots avec une simplicité biblique, mais ses idées étaient complexes et subtiles.

Il était pénible de voir le contraste qu'offraient autour de lui les maisons provisoires et banales que l'on eût dites faites pour un décor de cinéma. Il les appelait des « boîtes à biscuits », de la pacotille, des maisons pour robots du type des motels.

Certaines de ses maisons que j'allai voir le lendemain tiennent de la forteresse, du château fort pour des individus uniques, pour contenir la marée montante de la laideur. Orgueil. Pourquoi le père milliardaire de Kendall n'avait-il pas demandé à Lloyd de lui construire un château américain, au lieu d'en importer un d'Europe, pierre par pierre, pour le reconstruire à Dallas ? Quel type de personnes préfèrent habiter dans une imitation qui n'a aucun rapport avec leur personnalité ? L'histoire de Hearst qui se répète toujours. Sans compter toutes les imitations d'architectures italienne, espagnole, française, allemande et suisse que j'avais vues en cours de route.

La fierté de Wright. Oui, fierté de la qualité. Il supervise ses constructions, veille à chaque détail : il cherche des maçons qui aiment leur travail, des peintres qui savent peindre, des serruriers adroits. A notre époque d'amateurs cela est un tour de force.

Parfois sa bouche est amère : il vitupère, il s'en prend au mercantilisme, il maudit la cupidité et les spéculateurs fonciers. Il part en croisade pour sauvegarder la qualité. Son œuvre pâtit de manière indigne. Ses maisons passent dans d'autres mains et sont esquintées, abîmées, dénaturées. Le Hollywood Bowl, qui avait une acoustique parfaite, a été démantelé, reconstruit et gâché irrémédiablement. Il est maintenant d'une laideur monstrueuse.

L'œuvre de Lloyd appartient aux grands moments de l'architecture, mais l'Amérique d'aujourd'hui n'a aucun sens de l'éternité ni de l'histoire. Le transitoire, le chiqué, l'imitation, le toc sont de règle aujourd'hui.

Nous avons examiné d'autres plans. Projets. Rêves. Rêve d'un beau campus, avec des logements individuels pour les étudiants en forme de coquillage. Un port de plaisance avec des bâtiments également inspirés par des coquillages. Certains projets accumulent la poussière. Ils ont été faits pour un homme ou une femme richissimes et capricieux, qui n'en ont pas compris la beauté. Et puis, de temps en temps, une personne fervente et dévouée qui comprend son travail et qui collabore avec lui, qui coopère pour mener à bien ses projets. C'est ainsi qu'a été construite une école maternelle originale et gaie.

Il lutte contre l'uniformité et les constructions en série. Il s'exprime hardiment, comme Varèse. S'il a des allures de moraliste, c'est parce que la beauté, la qualité et l'éthique sont inséparables. Beauté et intégrité. Et pour elles il faut accepter de faire des sacrifices.

Une autre visite. Ce sont les grandes mains de Lloyd qui ont arrangé les fleurs qui se trouvent dans la pièce avec un art égal à celui des bouquets japonais. Ses amis l'appellent lui et ses deux fils les géants de l'Ouest. Il est parfois bourru. Hélène est là comme une lumière diffuse pour créer la chaleur, l'harmonie, le raffinement, comme le baume passé sur les blessures qu'a reçues l'artiste.

Nous parlâmes de sa vie de bohème à New York, avec des amis comme Djuna Barnes, Theodore Dreiser, Helen Wesley, Eugene O'Neill.

Ibsen aurait écrit quelque chose sur ce Maître Bâtisseur, à cette différence près que l'architecte ne tombe jamais au-dessous des exigences élevées qu'il s'est fixées à lui-même. Le médiocre et le difforme croissent autour de lui comme des mauvaises herbes, hideux édifices qui ne durent pas et qui paraissent délabrés au bout de quelques mois. Il en est offensé, mais il ne cède pas. Il trouve que c'est « futile, provocant et envahissant, mais pas inévitable ».

Parmi les mots et commentaires de Lloyd Wright sur l'architecture, je trouve ceux-ci :

Ce qui me préoccupe c'est notre environnement naturel, comment nous pouvons découvrir et utiliser la forme et perfectionner les services d'une beauté stimulante et d'une variété infinie qu'elle offre à l'homme. C'est à l'architecte qu'il incombe de comprendre et de pratiquer l'art de créer avec et à partir d'elles un environnement qui convienne à l'homme, faisant progresser l'art avec tous les moyens dont il dispose, y compris, entre autres, la licence poétique et la prescience poétique. Et maintenant, après des milliards d'années d'expérience et de conditionnement sur cette terre (depuis le développement de la première amibe unicellulaire jusqu'à notre forme humaine actuelle complexe) nous n'avons aucune excuse valable pour ne pas travailler superbement.

Voir Paul Mathiesen, le Nordique, le jeune homme danois de conte de fées dans le soleil écrasant de Los Angeles, c'était là, quelque chose d'étrange. Le soleil le rendait encore plus éthéré, plus lointain, rendait ses cheveux encore plus pâles, ses yeux d'un bleu horizon délavé. Ses paroles n'avaient pas de poids, elles étaient emportées par le vent. Paul m'a emmenée voir son ami Curtis Harrington. Curtis était un enfant prodige du cinéma. A l'Université, à l'âge de dix-sept ans, il avait déjà tourné un film d'après *La Chute de la maison Usher*, et, à quelque temps de là, deux films surréalistes : *Pique-nique* et *Fragment de recherche*.

Il ne jurait que par Cocteau et par Maya Deren. Il était doux et modeste, avec des cheveux frisés, un sourire timide et des yeux de chat satisfait. C'était aussi un historien de cinéma. Il avait écrit sur les films d'autrefois, tout en rêvant de l'avenir.

Paul et Curtis m'emmenèrent un soir dans le vieux quartier au-dessus de Franklin Avenue, où les vedettes habitaient naguère : Ramon Novarro, Valentino, Theda Bara, Douglas Fairbanks, Mary Pickford. Ce qui paraissait alors somptueux dans les années vingt paraît aujourd'hui petit et pathétique. Nous nous attardâmes dans le patio d'une maison abandonnée qui avait appartenu à Valentino. Les chaises étaient cassées, le hamac à moitié arraché de sa monture, la piscine vide. Curtis fit pour moi une évocation de cette époque.

George Leite édite la revue *Circle* et il a publié une de mes histoires. Nous avions été en correspondance et j'avais promis de lui rendre visite à Berkeley.

Lorsque j'arrivai, je fus interdite devant son aspect. C'est un Rango blanc : un mètre quatre-vingts, une tête ronde, cheveux noirs frisés, grands yeux foncés. Il est d'origine portugaise. Il a des mouvements impétueux, avec un rythme de jazz saccadé. Il sauta dans sa vieille voiture, me conduisit chez lui, dans une maison à moitié vide où sa femme attendait. Tout ce que je vis, ce furent des livres et des disques. Ils avaient des enfants. Ils avaient offert de m'héberger dans le salon. Nous prîmes le café. Après New York, George et sa femme étaient comme des ressortissants étrangers. Ils n'arrivaient pas à s'exprimer. Entre chaque phrase, souvent inachevée, il fallait qu'ils bougent. Livres, personnes, lieux étaient mentionnés de manière incomplète, fragmentaire. Des thèmes étaient abordés et abandonnés. Je n'arrivais jamais à saisir ce qui avait été dit. George avait quelque chose de troublant. Agité, évasif, mobile. Il mettait des disques. C'étaient comme des signaux, des messages, un code secret. Je ne m'y connais pas suffisamment en jazz pour classer ou nommer les musiciens. J'écoutais. On eût dit que nous ne pouvions parler le même langage. Argot, jazz, l'idiome des musiciens, une phrase jetée sur le tapis, un silence en guise de réponse. Il me reconduisit à l'hôtel. Il paraissait très étonné que je les quitte. C'était une soirée inachevée.

Les Leite m'emmenèrent dans une boîte de nuit, mais avant de partir George me fit avaler une pilule. J'ignorais ce que c'était. Tout à coup la soirée devint cotonneuse, brouillée. Aucune conversation. Devant la boîte de nuit, je vis une mare de sang : ce n'était pas du sang mais du vin rouge qui s'échappait d'une bouteille cassée. George paraissait conduire comme un fou. Nous dansâmes sur des jambes de caoutchouc. La musique de jazz tourbillonnait. Une fois de plus, ils marquèrent la plus grande surprise lorsque je pris congé. Je finis par comprendre : nous étions supposés coucher tous les trois ensemble. Je les embrassai et je les congédiai.

Je partis le lendemain matin pour Monterey où j'étais invitée chez des amis et où je devais aussi aller voir Jean Varda. La maison de mes amis fut une surprise. Ils étaient gardiens d'une sorte de château, copie d'un château en Europe, sur une colline dominant la mer. Décor incroyable. Des centaines de pièces vides, de placards vides, une glacière vide. Ils étaient pauvres. La femme travaillait à la compagnie du Téléphone, tandis que John écrivait son roman. John était là pour faire visiter ce pseudo-château aux acheteurs éventuels. Ils me donnèrent une chambre somptueuse avec vue sur la mer. Ni draps, ni serviettes. Il y avait d'autres visites. Notre point de ralliement était la cuisine avec ses placards vides. Nous improvisions des repas avec les moyens du bord. Nous prenions des bains de soleil, nus, sur la terrasse.

John avait trouvé un moyen pour retarder la vente du château. Il disait aux visiteurs que les lieux étaient infestés de rats, étaient humides, et qu'il y avait des quantités de réparations à faire. Que rien ne fonctionnait : le plomberie, les fils du téléphone, l'installation électrique. Il les décourageait. Les jours passèrent. Je descendais à la plage, mais pas pour me baigner. L'eau était glaciale. Mes amis en sortaient bleus et grelottants.

J'allai voir Varda à Monterey.

Il habite une ancienne écurie. La maison, haute de plafond, a de belle proportions et elle est couronnée par une tourelle sur laquelle flotte un pavillon fabriqué par Varda.

Il avait dit que les hommes se souciaient davantage des chevaux que de leurs semblables, parce que les écuries étaient construites de manière plus noble, qu'elles étaient plus hautes et plus spacieuses.

Comme il se tenait à la porte, j'aimai ses yeux pétillants, sa voix chaleureuse et colorée, son profil d'oiseau, son corps robuste. C'est un bâtisseur qui a bâti lui-même sa maison. Il va voir dans les décharges et ramasse des bois, des vieux meubles qu'il transforme comme par magie. La cheminée, en brique, est au milieu de la pièce comme dans les maisons de paysans à Majorque. La fumée monte par le large conduit qui traverse le plafond. Ses collages illuminaient les murs. C'est une fête de couleurs et de textures. La nourriture est servie dans de grosses écuelles en bois, comme pour des géants, et il utilise de gigantesques cuillers en bois. Une échelle mène à la tourelle. J'aurais aimé y dormir, avec les quatre petites fenêtres ouvertes comme dans un mirador oriental, sur un matelas à même le sol.

Jean Varda est le seul artiste moderne qui crée non pas les contes de fées douceâtres de l'enfance, mais le robuste conte de fées de l'artiste. Le plaisir et la joie des couleurs, les surprises des formes et des contours, la constante ébullition de l'invention. Tout ce qui sortait de ses mains était plus merveilleux que son origine, qu'il s'agisse d'une salade, d'un dessus de lit, d'une housse de coussin, d'un rideau, d'un candélabre, d'une bougie, d'un livre. Tout était signé Varda. Il a créé son univers. Il a dessiné des robes pour celles qu'il aime, des bijoux pour ses maîtresses. C'était un infatigable conteur d'histoires magiques. Son regard, sa voix, son rire créaient la joie. Il n'attendait que le plaisir. Il n'ouvrait la porte qu'au plaisir.

Nous avons mangé et discuté. Le soir vint. Il construisit un grand feu sur lequel il fit la cuisine tandis que nous étions assis autour. On frappa à la porte. C'étaient les montreurs de marionnettes qui étaient arrivés à Monterey et qui voulaient voir Varda. Ils entrèrent. Ils ressemblaient aux troubadours du Moyen Age. Ils étaient loqueteux parce qu'ils avaient voyagé. Ils transportaient les marionnettes dans des sacs à pommes de terre. Après avoir dîné avec nous ils nous offrirent un spectacle. Pas d'autre lumière que celle du feu qui bondissait, des ombres qui bondissaient. Et les marionnettes qui jouaient autour de la cheminée de brique ronde.

Je repense à Varda et à sa vie, à son style de vie si beau; sans argent, il a tout créé de ses mains, avec son imagination. L'artiste grec dont la qualité dominante est le sens de l'humour et sa création d'une beauté magique. Les catalogues des objets qu'il a exposés sont une parodie du style ambigu qu'il est de bon ton d'employer parmi les artistes contemporains. Je me disais qu'un jour il faudrait que je visite Smyrne où il est né. Il a été élevé à Athènes, et juste avant la seconde guerre mondiale il s'était installé en France, à Cassis. Il avait élu domicile dans une maison croulante de vingt pièces qui était toujours remplie d'artistes faméliques, et où il recevait souvent la visite de Picasso, Braque et Miro. En 1939, il se rendit à New York pour une exposition de ses œuvres, et il s'établit finalement en Californie. A la question : où est votre domicile fixe, il répondit : « Le monde. » Son adresse : « The Arts Club. »

Ses collages ont une splendeur orientale; ils sont fabriqués à partir de morceaux d'étoffe aux couleurs chatoyantes, de papier et de miroirs. Sur une base de contre-plaqué il épingle un arrangement de formes disparates. Le premier effet est d'une abstraction, mais progressivement on distingue une femme, un arbre, une maison, un château, une église, une rue. Une seule couleur domine l'effet d'ensemble mais avec d'infinies variations qui en émergent.

Il me dit : « New York est une ville de mécontents. Je suis ravi que vous veniez au charme de la Californie. »

Ses collages portent des titres grandioses : « Fleurs prisonnières d'un labyrinthe », « Femme-spirale », « La femme étoilique », « La machine à propager le nihilisme », « Lorsque la femme se dresse dans le paysage », « Femmes faisant des signaux sous la lune », « Table de ping-pong aztèque », « Nature aussi morte qu'il est possible », « Les femmes sont principalement frugivores », « Manuel complet de la couturière », « Nature morte résignée », « Nature morte, morte de mort violente », « Nature morte dans un état avancé de cristallisation ».

Il nous délivre de la mainmise du réalisme, du manque de passion et d'esprit des autres peintres. Il remplit le rôle principal de l'artiste, qui est de transformer la laideur en beauté. Je l'imagine visitant les décharges de n'importe quelle ville, ramassant du bois, des bateaux cassés, des meubles, les emportant chez lui, leur redonnant forme et les repeignant pour en faire un objet de beauté byzantin. Dans la grange il utilisait des feuilles de fer-blanc, des planches épaisses décolorées par la mer et le vent, des bouteilles, des bois flottés, du sable et des galets. Avec des panneaux de verre d'occasion il a ouvert un mur à la lumière du nord. Il a fait un sol de ciment. Les conduits à grain lui servaient de rayonnages; la mangeoire d'auge pour ranger ses outils. Il a fait les chaises, le dessus de lit, les robes de sa femme, Virginie. Il a construit un bar en plaçant une plaque de marbre brun sur un soubassement de vieilles bouteilles cimentées ensemble. Il a fabriqué des masques avec des bois flottés. Il a fabriqué Phœbé, un mannequin de la taille d'un enfant, avec des manches qui sont comme des ailes, une jambe rouge et une jambe bleue. Elle a une robe parsemée d'étoiles en papier d'argent, et un ruban rose dans ses cheveux de paille. Elle est suspendue au plafond par une poulie et on dirait un ange voltigeant. Pour Varda l'art est une expression de joie. Il porte les mêmes couleurs qu'il emploie dans ses œuvres : pantalons roses, chandail vieux rose, du vert, du violet.

Il a un visage rubicond d'homme qui vit dans la nature et qui aime le vin rouge. Sa cuisine est aussi belle que tout le reste.

Ses collages d'or éclipsaient le soleil, ses bleus la mer, ses verts les plantes. Les bleus laminés faisaient pâlir les reflets de l'Océan. Ses verts aigus vibraient et faisaient paraître les plantes comme mortes. Avec de petits morceaux de coton et de soie, de la colle et des ciseaux, il a habillé ses femmes d'irradiations. Ses couleurs respiraient comme la chair, et les lignes délicates étaient sensibles comme des nerfs.

Dans son paysage de joie les femmes devenaient des fleurs staminées et les fleurs des femmes. Elles étaient aussi parfumées que s'il les avait peintes avec du thym, du safran et du cary. Elles étaient translucides, aériennes, elle portaient leurs cités des Mille et Une Nuits comme des écharpes nébuleuses autour de leur cou de résine acrylique.

Elles étaient parfois masquées comme les beautés vénitiennes dans les mascarades. Elles portaient des colliers de météorites solaires et des boucles d'oreilles qui chantaient comme des oiseaux. Des pétales de velours couvraient leurs seins et vous fixaient d'un regard aguicheur. Les tons orange chantaient comme les notes d'une flûte. Le magenta avait un son de cloches. Le bleu palpitait comme la nuit.

Après avoir été touchées par ses ciseaux, ses femmes devenaient fleurs, plantes et coquillages.

Il taillait dans tous les textiles légendaires du monde : le damas des Médicis, le blanc nacré des tuniques grecques, l'or et le bleu mélangés des brocarts vénitiens, la laine bleu-nuit du Pérou, les tons sablonneux des cotons africains, les mousselines transparentes de l'Inde, pour donner naissance à des femmes qui n'apparaissent aux hommes que dans leur sommeil. Ses femmes devenaient des comètes suivies de longues traînes nébuleuses. Membres errants du système solaire. Il ne donnait que la gamme argentée de leurs humeurs de sirènes, le rose coquillage des lobes de leurs oreilles. Corolles, pistils légers comme des ailes. Il les hébergeait dans des façades de tentes, abris que l'on pouvait planter pour un moment et replier ensuite pour les faire disparaître lorsque le désir expirait.

« Rien ne dure, dit Varda, à moins d'avoir été, au préalable, transposé en un mythe. »

Il parle souvent de paradis. Il est en état de grâce avec l'amour et la joie. De l'expérience il n'extrait que l'élixir de vie, l'aphrodisiaque du désir.

Il ne perdait pas de temps à pleurer sur ce qui disparaissait et se desséchait. Il dissimulait ses chagrins. Une fois seulement il me dit : « J'ai besoin de la mer. Si je ne pouvais faire de la voile, je deviendrais fou, c'est certain. »

La route en corniche que nous prîmes de Monterey à Big Sur, pour voir Henry Miller, est escarpée et dangereuse, c'est une route de montagne, et la voiture de Paul n'était pas tout à fait suffisante. Mais tandis que nous grimpions, la vue de la mer au-dessous, des rochers, des pins, des autres montagnes, était très belle. Elle avait une puissante beauté nordique, pas la beauté des tropiques, que j'aime tant. C'était une froide beauté. La mer était plombée, sombre, sans le moindre navire ou voilier.

La voiture s'arrêta dans une cour, et Henry Miller était installé dehors devant sa machine à écrire. Il paraissait en meilleure santé qu'à New York. Il était fier de posséder la modeste maison où nous entrâmes. Elle était simple et plutôt nue. Je remarquai la bibliothèque bien remplie et je reconnus ce goût du rangement qu'il avait déjà autrefois. Lepska parut. Elle était blonde, bien plantée, jolie, mais elle ne parlait guère. Il y avait une tension entre eux. Ils nous servirent à déjeuner. Il me semblait qu'Henry demandait une chaleur communicative qui faisait défaut. Lepska était silencieuse, mais affable d'une manière réservée. Il la critiquait. Il était embarrassé. Pourquoi ? Il pensait que mon voyage dans l'Ouest et au Mexique était une fuite loin de ma vie de New York et qu'il devait me venir en aide de quelque façon. Il sentait bien qu'il ne le pouvait pas. Je lui fis comprendre clairement que je n'avais pas besoin d'aide.

C'est Lepska qui m'inquiétait. Connaissant Henry, j'étais certaine qu'elle était jeune et qu'elle manquait d'assurance, et jamais il ne saurait donner à une femme confiance en elle-même. Il ne se soucierait nullement de ses doutes, de ses craintes, son manque de confiance. J'étais sûre qu'il avait fait de moi un éloge outrancier. L'atmosphère n'était pas détendue, et nous décidâmes, Paul et moi, de ne pas nous attarder.

Je m'étais avancée sur la terrasse devant la maison, à l'écart d'Henry et de Paul qui parlaient ensemble, lorsque tout à coup Lepska se précipita vers moi dans un élan d'affection et me dit avec intensité : « Je vous aime,

Anaïs, et si jamais vous avez besoin de moi ou de quoi que ce soit, faites-moi signe. » Nous nous embrassâmes spontanément. Son geste avait quelque chose de l'énergie du désespoir, et si j'étais restée, je suis sûre que nous en serions arrivées aux confidences que son silence d'avant paraissait refuser.

Je n'aurais pas dû rendre visite à Miller. Dès que l'on cesse de connaître quelqu'un intimement, on en a une connaissance extérieure, comme si on se tenait au-dehors et regardait par la fenêtre. A compter de ce jour je verrais Henry de l'extérieur, de cette manière que j'appelle ne pas connaître. A travers les yeux des autres, à travers ses écrits, ou à travers sa femme. D'autres Henry. La connaissance c'est l'intimité. L'intimité demande la confiance et la foi. Cela n'était plus.

J'arrivai juste à temps pour être le témoin d'une bataille rangée où s'affrontaient les gens de Monterey, ulcérés devant l'inauguration par Varda d'un restaurant sur Fishermen's Wharf. Les journaux étaient remplis de lettres qui déclaraient : « Ce nouveau venu n'a aucune sympathie pour nos traditions. »

Merle Armitage prit sa défense : « La question de la beauté esthétique ne saurait entrer en ligne de compte. Quelqu'un d'intelligent ne peut être que défavorablement impressionné par la bâtisse de style pseudo-espagnol, couronnée au faîte d'une sorte de phare, et connue sous le nom de « Sonny Boy ». On se demande aussi ce qu'il y a de particulièrement indigène à Monterey dans la collection de bicoques en bois aux toits de tôle ondulée, plus les inévitables enseignes lumineuses, les panonceaux bricolés et les réclames de Coca-Cola qui composent Fishermen's Wharf. J'ai été ravi de voir le bâtiment de Varda, et si la ville désire attirer les touristes, il vous faudra davantage et non pas moins d'imagination, de charme réel et d'atmosphère. »

Un autre autochtone parlait de « traditions sacrées, souvenirs nostalgiques... ».

Un autre répondit : « Tout ce que je vois c'est un conglomérat de cabanes à lapins et de baraques de tôle ondulée... »

Et le bâtiment de Varda pour le restaurant d'Angelo demeura.

Pour l'inauguration du café d'Angelo on nous convia à venir déguisés. Il était difficile de trouver de quoi se fabriquer un costume dans le château vide, avec une garde-robe dans une valise réduite au strict minimum. Il n'y avait ni rideaux, ni draperies, ni peintures, ni textiles. Nous fîmes de notre mieux. J'habillai la femme de John : de la taille jusqu'au cou elle était une religieuse, en tissu marron, avec une croix sur la poitrine. En bas on retrouvait le même tissu qui traînait jusqu'à terre, mais sans jupon par-dessous, de sorte que l'on voyait ses jambes en transparence.

Lorsque nous arrivâmes, il y avait des costumes faits par Varda, absolument merveilleux. Il avait habillé quelques-unes des jeunes femmes comme dans ses collages. Elles étaient recouvertes de papier découpé : losanges bleus, triangles roses, carrés blancs, rectangles orange, parallélogrammes violets, trapèzes verts, pentagones lavande, hexagones dorés, octogones jaunes.

L'amitié avec Varda était située à un tel niveau d'invention, de contre-invention, de légende et de contre-légende, de poésie et de contre-poésie, nos conversations étaient si loin dans l'espace, que nous étions comme deux magiciens qui faisaient chacun leurs numéros pour l'autre. Nous ne pouvions nous reposer pour éponger notre transpiration, ou bien apparaître un instant comme des êtres humains fatigués, ayant faim ou froid. Il fallait que la magie l'emporte. L'attitude de Varda dans la vie était celle d'un Merlin l'Enchanteur qui doit sans cesse enchanter et séduire, fasciner et créer. Les jeunes femmes venaient constamment le trouver pour être métamorphosées, et c'était un spectacle extraordinaire de le voir créer un mythe : leur donner un autre nom, une autre forme, les redécorer. La touche de Varda. Ce n'étaient plus des femmes ordinaires, c'étaient des mythes. J'étais un mythe, avant même de nous être rencontrés à cause d'*Under a Glass Bell*. Je possédais l'un de ses plus jolis collages. La poésie c'était un peu comme cette mascarade de beauté, et tout cela me plaisait. Nous dansions tous et nous flirtions et nous formions des couples, et dans nos déguisements nous niions notre Moi de tous les jours.

Le voyage dans l'Ouest m'avait débarrassée des toxines de New York. Il m'avait donné le goût de la nature, des gens naturels et gracieux, des artistes plus grands qui ne connaissaient pas l'ambition. J'aurais pu rester indéfiniment, mais il fallait que je m'occupe de mes problèmes d'immigration. Il fallait que je fasse ma rentrée en Amérique comme « résident permanent », en commençant par quitter les Etats-Unis et en faisant une nouvelle entrée. Si je n'avais pas visité l'Ouest, peut-être n'aurais-je jamais voulu résider aux Etats-Unis définitivement. Il était temps de partir pour le Mexique.

Alice Paalen m'avait parlé d'une colonie d'artistes près du lac Chapala que D.-H. Lawrence avait décrite. Dans l'avion qui m'emmenait à Mexico j'ouvris *Life Magazine*. Il s'y trouvait une photographie du lac Chapala, avec une description du froid qu'il y faisait et une allusion à des serpents noirs. J'avais déjà décidé que je n'irais pas, quand bien même j'y rencontrerais d'autres artistes. A la page suivante il y avait un panorama d'Acapulco. La mer, les montagnes, les rochers, une abondante verdure et un climat tropical. Je décidai sur-le-champ de me rendre là à la place.

Lorsque j'arrivai à Mexico, je changeai mon billet. Il y avait un avion pour Acapulco une demi-heure après. C'était un petit avion pour une dizaine de personnes. Il nous emporta, volant entre de hautes montagnes en bondissant continûment. Mais je fus émue par la première apparition d'Acapulco avec les montagnes, la mer, les forêts baignées de soleil. Nous survolâmes le Pacifique, puis nous longeâmes la côte, pour nous poser sur la plage.

Comme la porte de l'avion s'ouvrait je sentis l'air tiède et caressant qui vous change immédiatement en soie. Près de l'avion, des Mexicains étaient allongés dans des hamacs sous un toit de chaume. Quelques-uns s'avancèrent pour aider à transporter les bagages. Les tropiques prenaient possession de moi par la douceur, la tiédeur, comme la drogue. C'était aussi une expérience de rencontrer, après tant d'années, des yeux qui vous regardaient vraiment. Ils se posaient sur vous. Ils étaient noirs, liquides, brillants, intimes. Ils vous souriaient. Le sourire s'attardait. Le grondement des vagues et les embruns salés n'étaient qu'à quelques mètres. J'avais envie de retirer mes vêtements et de me plonger dans la mer.

Trois guitares nous avaient accueillis, trois voix s'étaient fait entendre, en un chant tendre et doux, un chant caressant comme une berceuse.

On m'avait dit qu'il n'existait que deux hôtels à Acapulco : le Las Americas, qui était pour les touristes avec dancing, orchestre de jazz et grande piscine; et le Mirador pour être avec les Mexicains, et c'était tant mieux car c'était aussi le plus beau. Il était perché en haut d'une montagne rocheuse, dominant le gouffre où plongent les jeunes Mexicains sans peur du danger. Il y avait un corps de bâtiment central et des pavillons individuels éparpillés dans la montagne entre des fleurs de la Passion, des hibiscus, des buissons de bougainvillées et des cocotiers. Par un dédale de marches et d'allées carrelées je gagnai mon propre pavillon. Il avait une terrasse avec un hamac qui se balançait doucement comme s'il m'attendait. C'était une pièce simple. Par les fenêtres me parvenait un concert de grenouilles et de cigales. Un bourdonnement sonore et harmonieux. Et un sifflement, légèrement moqueur, que je pris d'abord pour celui d'un homme. C'était un oiseau. Tout bougeait et m'enchantait, la douceur où tout baignait, les feuilles humides et luisantes, la puissante odeur de la terre à la nuit tombante, la mer qui changeait de couleur comme une opale. L'odeur de santal que dégageait le mobilier. Au loin j'entendais des guitares.

Je me changeai et pris le chemin de la salle à manger. Le patron m'accueillit avec une courtoisie surannée. Il était patriarcal, dominateur, protecteur. J'étais d'humeur à apprécier la vie de famille, les enfants, les chiens, les perroquets, les gouvernantes, la cuisine mexicaine, les chants mexicains, les guitares mexicaines. La tendresse me faisait fondre. Une émotion qui n'avait jamais la possibilité de s'épanouir à New York. Un abandon à la tendresse, à la tiédeur du climat, à la cordialité des gens, à la confiance et au sourire. C'était une humeur créée par les chants des Mexicains.

Dans un coin de la salle à manger une Mexicaine en costume local faisait cuire au gril des *tortillas*. Elle avait pour mouler la pâte des gestes rythmiques et rituels.

Le lendemain matin, le soleil semblait non seulement recouvrir d'or tous les objets, mais aussi pénétrer jusque dans mon corps. L'air que je respirais était comme une drogue d'oubli. Chaque mouvement que je faisais était un plaisir. Les couleurs de la mer, les voiliers, les fleurs et le papaya sur la table, la peau lisse des Mexicains, tout était un plaisir pour les sens. La communion des regards et des sourires était enivrante. Les festivités de la nature anesthésiaient toute pensée ou tristesse.

Acapulco avait été un village de pêcheurs autrefois, et avant cela les chercheurs de perles japonais avaient découvert là des trésors. Lorsqu'ils furent chassés, ils détruisirent les bancs d'huîtres. Elle resta un simple village de pêche jusqu'à l'arrivée des artistes. Le train n'allait pas jusque-là, et le seul moyen de transport était assuré par les ânes. Les artistes furent suivis par les agents et les hôteliers, mais Acapulco était resté un village où le vent était de velours et la mer tiède comme un sein maternel.

La première personne que je rencontrai fut le docteur Hernandez. Il avait le large visage des sculptures mayas, le nez aquilin, la bouche pleine aux lèvres pendantes, alors que les yeux étaient tirés vers le haut. Il avait une peau olivâtre, due à un mélange de sangs indien et espagnol. Son sourire était celui des indigènes, ouvert et total, mais il était moins fréquent et s'effaçait rapidement, laissant une ombre sur son visage.

J'étais à la recherche d'un nouveau territoire, le territoire du plaisir, et je sentis que le docteur Hernandez ne serait pas le guide qu'il me fallait.

J'eus envie de lui dire : « Laissez-moi un peu d'insouciance avant de m'initier au côté sombre de la vie d'Acapulco. »

Tout était nouveau pour moi. Le vert du feuillage ne ressemblait à aucun autre; il était plus profond, laqué, humide. Les feuilles étaient plus lourdes, plus pleines, les fleurs plus grosses. Elles semblaient surchargées de sève et plus vivantes. Tout comme les gens paraissaient plus vivants.

Les bungalows, certains avec une toiture faite de palmes, rappelaient les paillotes africaines.

Nous prîmes un café à la terrasse où tout le monde se rassemblait pour contempler la mer et les étoiles, et les garçons qui plongeaient du haut des rochers.

Il me déclara : « Sous les tropiques les Blancs ne résistent pas.

— C'est ce que l'on raconte, mais je n'en crois rien, lui répondis-je. J'ai vu trop de gens qui ne tenaient pas le coup à New York. On s'en prend toujours aux circonstances extérieures lorsqu'on se désagrège. Le Blanc qui ne résiste pas sous les tropiques est le même, j'en suis bien sûre, que celui qui ne résiste nulle part. »

Le soleil se couchait avec toute la pompe et le faste d'une cérémonie orientale. Les palmiers avaient une élégance dépouillée.

Le regard des Mexicains était brûlant de vie.

Le crépuscule lui-même survint sans apporter de changement de température ni modifier la douceur de l'air.

Il y a tant d'espèces de drogues. Certaines

pour se souvenir, d'autres pour oublier. Acapulco est pour oublier. Le docteur Hernandez me laissera-t-il oublier ? Il n'est pas d'oubli permanent. Nous pouvons paraître avoir oublié une personne, un lieu, une manière d'être, une vie passée, mais ce que nous faisons tout ce temps-là c'est choisir une nouvelle distribution pour la reproduction du même drame.

Ouvrirai-je un jour les yeux en cet endroit d'une beauté écrasante pour m'apercevoir que je suis prise dans le même engrenage, que je répète la même histoire ?

J'avais déjà rencontré le docteur, lucide et conscient, qui me disait : « Conscience. Conscience. Suivez-moi et voyez la maladie et la pauvreté. »

Comment pourrait-il en être autrement ? Le processus vient du dedans. Il est intérieur.

Le lendemain matin, cependant, après m'être baignée dans la mer tropicale, après avoir écouté la guitare et les chanteurs sur la plage, mangé le poisson fraîchement pêché, bu du lait de coco dans une coquille, après avoir admiré les conques apportées par les jeunes garçons sur la plage, allongée au soleil, je me souvins que la définition de « tropique » était « tournant, changement », et je sentis qu'une femme nouvelle allait naître ici.

INDEX

S

T

U

V

W

Y

Z

TABLE

DU MÊME AUTEUR

Aux Éditions Stock :

LES MIROIRS DANS LE JARDIN, roman.
UNE ESPIONNE DANS LA MAISON DE L'AMOUR, roman.
JOURNAL, tome I (1931-1934),
avec une introduction de Gunther Stuhlmann.
JOURNAL, tome II (1934-1939),
avec une introduction de Gunther Stuhlmann.
JOURNAL, tome III (1939-1944),
avec une introduction de Gunther Stuhlmann.
JOURNAL, tome IV (1944-1947),
avec une introduction de Gunther Stuhlmann.
JOURNAL, tome V (1947-1955),
avec une introduction de Gunther Stuhlmann.
LE ROMAN DE L'AVENIR, essai.
SÉDUCTION DU MINOTAURE, essai.
COLLAGES, récit.

Chez d'autres éditeurs :

LA MAISON DE L'INCESTE, collection de l'Herne (La Table Ronde).

ŒUVRES D'ANAIS NIN

D. H. Lawrence : An Unprofessional Study, Paris, 1932.
House of Incest (a prose poem), Paris, 1936.
Winter of Artifice, Paris, 1939.
Under a Glass Bell (stories), New York, 1944.
Winter of Artifice (revised), New York, 1945.
[1] *Ladders to Fire*, New York, 1946.
[1] *Children of the Albatross*, New York, 1947.
Under a Glass Bell & Winter of Artifice, New York, 1948.
[1] *The Four-Chambered Heart*, New York, 1950.
[1] *A Spy in the House of Love*, New York, 1954.
[1] *Solar Barque*, Michigan, 1958.
Seduction of the Minotaur, London and Denver, 1961.
Collages, London, 1964.
The Novel of the Future, Mac Millan, New York, 1969.

Voir aussi : *Henry Miller : Letters to Anaïs Nin*, New York and London, 1965. Paris, Bourgois, 1968.

1. Réunis en un volume, *Cities of the Interior*, Denver, 1961.

IMPRIMÉ EN FRANCE PAR BRODARD ET TAUPIN
7, bd Romain-Rolland - Montrouge - Usine de La Flèche.
LE LIVRE DE POCHE - 12, rue François Ier - Paris.

ISBN : 2 - 253 - 01611 - X 30/3904/7